總有些時光在路上

潘國靈 著

自序

● **游離省思 01**

旅人，不止一個

　　旅行，如果要給一個簡單說法，首先必然牽涉身體的流動（虛擬實境旅行在此不論），空間的轉移，跨越一條物質性的地理邊界（如城與城之間、國與國之間；「在地旅行」也暫且不論），離開自己所屬或無所屬的棲身地，去到一個相對陌生的地方，而因為所有旅行都預設了歸期或有折返之日，那離開無論多長，必然是暫時性的。暫時性也即一種中間狀態——在定着與遊移，在寓居與他方，在生活常規與異地脫軌，在離與留之間的過渡。如果歸期無日或歸地不存，那就成了放逐，而非旅行。

　　現代的城市人，一生中大抵少不了這種暫時過渡的出行時刻，但引發出行的因緣、旅人的形態及心態、旅行所生的意義，卻可以有着千差萬別，即便兩個人結伴同遊一個地方，走過相同的路，各自的領受、體驗都必然有別，無可複製。

　　回首往事，最早的旅行（如旅行指離開出生成長地而言，不是school picnic）在兒時，當然不是現在連小學也必辦的學生交流團，也不是現在不少港孩幾歲就去日本或澳美加，而是隨同家人，去到不過一海之隔，但屬不同國度的澳門。在澳門首次見識人力車伕的腳力，首次去到斯時還不知是廢墟遺址的大三巴，首次見到沙原來可以是黑色的沙灘，等等。這樣的家庭大出行（甚至幾個親屬家庭一起去）有過不止一次，一如人生，最初圍繞甚至掌管你生命的多是家人。後來家人的網逐漸撤退，再踏足澳門不是跟隨父母而是自己及同伴的主意，戀人

雙雙也曾與一班朋儕，再後來也曾經去作演講或觀賞節目等，如此，若要找一個實地作人生旅行的開端，澳門可說是了，但它又一直綿延，由兒時到中年，幾度折返，其間多少物換星移，不變的都是在上環信德碼頭出發，飛翼船彷彿真的是在海上飄飛。關於這地方，一些足跡及記憶，連同電影中她的浮光與隱喻，寫在本書的「澳門雜憶」一章。

若說澳門的出行時刻依稀集成一個個年輪，那一些地方在人生路程上，卻標明了鮮明的印記。年少時補習或打工儲下了一點錢，就想走得更遠。而所謂「遠」，對當時的我，直接一點除了以飛行里數計，更深刻的是以時差計。旅行予人不少初始經驗，你總有第一次踏足一個地方要調校手表（不，現在是手機自動更新），甚至這邊晨曦那邊深夜，「晨昏顛倒」可作如是解。不知是否「政治無意識」，一九九七年，一月我第一次去了北京，七月第一次去了英國，後者與香港有着八小時時差。住的是Bed & Breakfast或青年旅館，帶着幾個鏡頭包括長鏡頭相機，倫敦待長一點，牛津、劍橋大學城當不可錯過，尼斯湖傳說比實地吸引，巨石陣倒真叫人嘖嘖稱奇，喜歡John Lennon怎能不去披頭四的搖籃地Liverpool呢，南下Bath首次見識羅馬浴場，搭乘通宵火車從南到北切勿誤了班次，印象中在火車滾滾的輪子中，朦朦朧朧間看着旅程中逛書店買來的 *Crime and Punishment*，移動的交通工具予人另一種存在感或生命狀態。滾呀滾去到蘇格蘭高地Inverness、Glasglow，再到街上有蘇格蘭男子穿着傳統服裝吹風笛的愛丁堡；另邊廂香港改朝換代我做了一個「不在場的人」。菲林照片拍了不少，如今殘留了一些印象，以及那年那月的青春氣息在彼方。若說旅

自序

行也有所謂「啟蒙」，此行大概可算是。可惜當時沒怎樣寫，其實也無所謂可惜。

「走遠一點」，「走遠一點」，遠方的召喚傳來，其實是自己的心在作動。旅行既與身體有關，自然年紀也是一個因素。見諸表面是年輕時的背包、下榻的旅館，內在是一顆翼動的心，欲以旅行給自己打開更大的世界。適得其時，適逢其地。行程是你自己決定的，但在人生中，與任何地方（其實我更多時以城市座標來看）的相會交錯，都帶着點偶然的因素。自小讀英文教會學校的我，英文算是障礙不大（雖然愛丁堡的英語口音也不易聽），再去西歐則在六年後，這回不純是旅行，是真的跟語言有關——於香港也是一個特別的年份，二○○三年八月，如不少年輕人懷抱浪漫想像，我去了巴黎續習法語，課程一周四天課室的老師還用黑板粉筆真令我喜歡，一群同學有來自日本、韓國、意大利等等，課餘當然也不放過遊走巴黎，天生迷路的我在巴黎不時迷路（那時尚未讀到班雅明）。如是者，遊學也可成出行的一個契機，法國新浪潮及左岸電影大抵就是從那時迷上的。旅人身分不同，連帶住的地方也有別，大學給我租了一個單人房間，好像宿舍般外面有pantry地下有common area；「fenêtre」不再只是一個法語詞而是實實在在可對牢也可推開的長窗。法國人慣在暑假外出避暑，那年八月卻遇着法國高溫熱浪，家人從香港遙寄迷你電風扇來。旅者與寫者的身分剛好重疊，留下了幾篇文章，一篇當真是當時寫下沒想過會發表的日記，連同一些影像記憶和實地遊迹，收在本書的「盛夏巴黎」，一如那年那月天氣之溫度，一如那年那月我心之熾熱。

再比較特殊時刻的出行，在踏足花都巴黎四年之後。這回去的是紐約，拿了一個藝術基金獎助，讓我可在這個文化大熔爐中旅居一年之久。如此，這便不是一般的旅行，首晚入住酒店後，翌日便住進位於曼克頓二十五街一個公寓單位，洗衣服乘電梯到地庫洗衣房自理。抵埗的時候在六月，事前在紐約大學報讀了兩門城市的課，但其實更多城市的課在街上走。紐約是一個非常適合步行的城市，又有二十四小時地鐵，這年我如一塊海綿般盡情地吸收不同的文化藝術，同時又開始我新的寫作。住的時候久了，就不覺是一個遊客，加上紐約這城市的包容性，很快便融進其中，也許遊子心態，完全沒半點思鄉病，偶患感冒到藥房配點藥，咳得要命，熬在房間裏頭就過去了。人在異鄉，身體真是一個因素，而這又與年紀有關。現在即使心仍開敞，身體卻未必容易承受了。人在紐約，東岸的波士頓、首都華盛頓、New Haven以至匹茲堡都短遊過；這年間我還去了愛荷華參加愛荷華大學的「國際寫作計劃」，中途去過芝加哥交流，後來去了西面的三藩市、洛杉磯、拉斯維加斯，再折返紐約。如是者穿州過省，長途巴士、公路汽車、內陸機都乘過不少，不同的交通工具真予人不同感覺。如是者，這年，作為旅居者，同時又複疊着學生、文化交流者、駐校作家、普通旅客等不同身分。這一年比較有意識的將旅程所見寫下，主要寫及紐約，二〇〇九年便出版了《第三個紐約》一書。關於紐約，收在本書中的則是在此書之後續寫的一些文章，尤其二〇一一年底我再度飛往紐約小居一月，城市重臨，文章待續。告別愛荷華時，大家都說再來再來，如今一晃眼又十多年。「愛荷華記」和「再會紐約」二章裏，其中重收了兩

篇文章，主要為時光之對照，如當年的〈愛荷華之夢〉，對照十年後寫的〈十年，時間將東西變成隱喻〉；如當年所記的世貿廢墟〈歸零地〉，之於四年後再踏足世貿遺址後所寫的〈反省缺失〉。中文的「再會」一詞，既有重見，也有告別之意，或者重見就是告別，或者你以為告別了，有朝重遇又未可知。

西歐年輕時「哈」過，「大蘋果」（The Big Apple）咬過兩口，東歐之行還在幾年之後。以上說到「適得其時」，我以為，東歐若太年輕時去，即使身在其中，也很容易錯過。柏林圍牆曾經分隔兩個世界；中東歐不少國家，如捷克、匈牙利、波蘭，曾經是蘇聯集團的衛星國。納粹、法西斯、馬克思幽靈盤旋，經歷多少艱難之路才得以重生。東歐的感覺始終帶一份沉重，人生多了點歷練、積了點文化和歷史底蘊，才不至於陌路看花，儘管所謂認識，永遠是艱難甚至不可能的。但這些城市，因為牢記歷史，永遠又是現場的歷史活教室。第一眼的柏林是驚艷的，那麼小的城，那麼多的塗鴉，讓人一見難忘。歷史也常會以反諷之姿出現，如你來到柏林著名的Checkpoint Charlie，曾經這裏，一邊駐守的是美軍，一邊駐守的是蘇軍，冷戰年代的兩大敵對陣營。如今也有穿上美軍軍服的「軍人」駐守，卻成佈景板給拍照的，遊人在據點之間穿梭往返，旁邊有一家大大的麥當勞。波蘭人慣常板起臉孔，在華沙，在克拉科夫，真好，城市無需常常擠出笑容，「待客以善」。捷克真是一個美麗得令人傾慕的城市，來到捷克，兜兜轉轉找作家的足跡，如赫拉巴爾生前常光顧的一間酒吧，好不容易才找到，酒客在裏頭醉飲狂歡如日常，恍然領會昆德拉曾寫及的「狂歡精神」。有些東西真要身到現場才明白，或登時一下子了悟，如來到希臘幾乎被那地中海太陽刺傷了眼睛，

方才想到卡繆《異鄉人》中莫梭何以在太陽的暈眩下錯手開槍殺了個阿拉伯人。是的，走筆至此也說說「人文朝聖」。有說後現代社會，昔日傳教士那種屬靈朝聖已不可能，朝聖者由現代旅客取代，但我想，如你對文化藝術有所喜愛，很多地方，「人文朝聖」如尋找作家故居、曾經流連的場所，以至墓地也是可能的。一切在靜默中進行就好。有時也非刻意尋覓，現場與文化記憶總會互相交集，行者如我隨身攜帶的「行李」，必然包括不少看過、或在沿路買來伴隨的書，像我在波蘭路上看着布魯諾‧舒茲的《鱷魚街》、在奧地利路上看着里爾克的《給青年詩人的信》。身在柏林，我無法不喚起二〇〇六年在電影院看的《竊聽者》（*The Lives of Others*），那麼好的電影，那麼好的演員，後來因為胃癌歿了。東歐之行太豐厚，也包括其他緣故，當時沒有多寫，不少記在心頭，更多化為碎片，在此小記，且也當作一點憶述。

　　由此也可說及旅行與寫作的關係，以至兩者本質的異同。很多地方去了，但未必有寫，寫下來的，有的在當時及事後發表，累積下來，就成文學裏說的旅行書寫吧。沒有寫的不表示不深刻，而寫下的總牽涉：以上提及「當時」及「事後」，前者包括旅途上寫下的隨想紀錄、即景描畫，後者隔了時日，從後回述，於是旅行書寫，便包括同步的「現在進行式」和事後的「回憶書寫」二者，或二者之間的交疊。但凡回憶都牽涉時差，在種種回憶書寫中，遊記看來尤其不能隔太久才寫，因為旅途本質的「揮發性」，多少像看書般，身在其中正在字裏行間時，掩卷後即使餘味無窮，但也會或快或緩地消散。收在本集中的，包括在路途中同步寫下，也有在旅程過後回憶也無可避免地重構的（儘管我力求真實）。故書中文章一一標上寫作

日期，除給讀者留下情境線索外，因旅程於我也是一種生命紀錄，記某年某月，「此曾在」。寫作如飛氈，可以往返時光，但也有個極限，以另一種里程與時差計。

如果真有所謂驛馬星動，二○一一年於我便是如此。無論遠近，我總喜歡在一個城市逗留久一些；偶爾能撥出更長時間，抱着不同的心情或理由，接連遊走於不同城市之間。這一年，我先後去了杭州、北京、紐約，前者第一次遇見，後二者再度重踏，隔了不同年月。杭州逗留的時間也不短，她的嫵媚（當然也有中國城市轟隆隆的「發展」一面）我甚喜歡，因利乘便乘高鐵到紹興，一走魯迅故鄉；寫下不少文章。再到北京已是十四年後，一九九七年那次是旅行團，再去卻自許為了寫作，單身上路，在一條叫方家胡同的旅館裏包租了一個月（幾年後再去，已被另一連鎖旅館取代），這小小自成一角地帶，有咖啡館、俱樂部、餐館，有時一整天就待在胡同裏頭，寫着我的《寫托邦與消失咒》，有時又會出外走走，但長城故宮等已無意再去。這樣，又牽涉旅行與寫作的另一可能，不是以上談及的旅行書寫，而是在旅程中「閉關」書寫，半是寫者半是行者，時而結合時而分割。

以上提及重臨城市，台北這城市去了不少回，書中記述的是二○一二年的一趟文化考察之旅，由香港藝術發展局率團，我以藝發局文學顧問身分參加，有當地人士接待，走訪台北文創園區及一些人文地點，我將隨行所見和觀察，發表成一篇篇文章。這觸發我對後工業時代空間再使用的關注，同年又去過上海的紅坊作書展講座、參觀過廣州的紅專廠，在書中一併收於「文創園區」一章，且當作一個專題書寫。這幾個章節，較

多知性的文化觀察，也有自己的喜好在其中。

　　旅者的不同形態——旅遊、遊學、旅居、在旅程中寫作、文化交流、城市考察等等，都收在書中；最後一章名為「渡劫之行」，屬旅程的另一狀態，在旅程中走過生命的難關，心有所繫若有所失，去到哪裏，其實都是情感流放之地。若說旅行關乎自由的嚮往（有時也不無幻象），在路上，我也曾帶着鐐銬去旅行，人出走了但仍在逃與困之間，但人在異地，一天就是一天，鎮日頹廢格外感到暴殄，於是蹣跚前行，也慢慢走出一片風景來。不敢輕言治療，只能說逐漸撥開迷霧，鐐銬變成游絲，旅行沒魔法但旅行在當中有其角色。在人生的逆旅上，二〇一九年於我又是另一特別時刻，這年城中風風雨雨，心繫我城，但生命遇着創傷，創傷也成出走契機，有意無意間去到從沒踏足的越南、緬甸以至地球另一邊的威尼斯，事後因緣際會或出於自己的執念，織成一篇篇長文。由此連繫上我喜愛的作家杜哈絲，由此打開了我欲以探索的「中南半島」，遠近再不以里程時差計。這幾篇遊記，回寫時隔了一或二載，算是私密書寫，也與較大的文化歷史扣連。一個人在旅程中遇上了他人，也遇上了自己，曾經與人同行，也踏着自己的影子走路。旅行在外地，又總是一種內在穿行。生命如行旅，沒有一趟旅程是可以重複的，而一切其實也是「暫借」的，回歸有時只是不知何時，回歸有地，只是老早就知道將歸塵埃；我這樣理解生命，一日氣息尚存，一日尚在路上。

潘國靈

二〇二一年十一月十二日

「尋索一個理想地叫天路歷程。因窮困而四處飄流叫三毛流浪記。現代吉卜賽有一個藝術的名字叫波希米亞。流放從此無可折返叫放逐。受壓迫出走的叫流亡。……旅人選擇把生活暫時寄託於他方，何處是他方，其實都是可以的。哪裏有距離哪裏就有異鄉人。」

Chapter 01

游離省思

旅行的意義

《如果在冬夜，一個旅人》。是旅人（traveller）不是遊客（tourist），前者有着更大可能。

或者應該說，現代遊客只是旅人的一種。遊客注重的是觀光、消閒、享樂，在一年勞動之外的假期中，「打工一族」選擇出外走走，以異地作為自己的「偷閒加油站」。既是消閒活動，犯不着絞盡腦汁來計劃行程，旅行社提供的旅遊套餐自然受到歡迎。遊客以消費的手段，暫時脫離資本主義勞動的綑綁，實則仍是在龐大的資本主義體系中——給自己充充電，為了更好地重投工作。因為假期總是不足，一般遊客可作的只是短程旅行（trip）——豪華、購物、增值什麼都好，一切就是要在掌握之內，最好要有規劃妥當的行程（itinerary）。旅遊成了資本主義生活套餐的其中一項。

與此相反的旅人原型，以年輕背包族為代表，他們追求一種流浪的感覺，有更強的冒險精神。旅行的目的，是與自己的地方產生一種疏離的感覺，借用卡夫卡名句：「離開這裏，就是我的意思。」流動是停滯的相反，對流浪者的禮讚，見於文學（如《流浪者之歌》），見於宗教，如《婆羅門書》說：「流浪者的雙足宛如鮮花，他的靈魂成長，終得正果，浪迹天涯的疲憊洗去他的罪惡，那麼，流浪去吧！」

流浪者（wanderer）的同宗近親有遊牧者（nomad）、飄泊者（vagabond）、波希米亞人（bohemian）、漫遊者（flâneur）等。正面是浪漫不羈無拘無束，反面可能是遊手好閒、精神的無所依歸；美國「垮掉的一代」代表作《在路上》（*On the Road*）便包含了這兩面意思。

　　如果流浪是輕省的、漫無目的的，那朝聖者（pilgrim）此一旅人原型，從一開始便懷有終極目標，肩負重任，有着巨大的宗教情操，如唐三藏取西經、東方三博士朝拜聖嬰等。但從出發點至終點之間有着太多變數，且多是漫漫長征，朝聖又往往包含着流浪的不可知元素。如果遊客是跟隨「行程」、流浪者是「在路上」，那朝聖者走的，是更為艱巨的「路程」（trek）以至「歷程」（journey），從中獲取精神的修煉。波蘭英裔社會學家鮑曼（Zygmunt Bauman）說，現代社會是一個由朝聖者（pilgrim）走至玩家（player）的過程，隨着社會的世俗化，真正的朝聖者已大大消失，艱巨、沉重不是這時代的基調。又或者，朝聖者不是沒有，但朝拜的可能是國際名城的名牌旗艦店，而即或是屬靈的朝聖之旅，不少也成了收費一點也不便宜的現代旅行套餐，其中被消費的，包括在預期之內、可被接受的刻苦，是以到第三世界的探訪團也成了一個市場。

　　如果旅程是人生的一則隱喻，我們大部分人，其實都是以上種種旅人的混合體。有時消費，有時享樂，有時尋找，有時迷失。總是需要安全，但又貪求冒險。唯一肯定的是，無論哪

游離省思——旅行的意義

▲ 年輕時到英國曾入住青年旅館

種形式的旅行，都有一個可回歸的家園在等着自己，旅行的本質就是人為地與家園保持距離，從而獲取經驗與樂趣。如果沒有家園可以折返，那便成了流亡或放逐（exile），說的又是不太一樣的東西了。

二〇〇九年七月三日

流浪的意義，及其不可能

　　去哪裏我都沒所謂，只要是一座城市就可以了。我知道這個世界有草原、有沙漠、有高原、有戈壁，但這些地方於我有敬畏，城市於我比較親近。

　　我喜歡城市的密度（如果不是過分擠迫），我喜歡城市的燈光（如果不是過分刺眼），我喜歡下樓不遠處有咖啡店等着我，其實它不等着任何人，我只是需要一點生命的興奮劑，良性而不過分摧殘身體。晚上肚子餓的時候，可以跑到一間便利店，吃熱氣蒸騰的小食也是一種幸福，雖然便利店並無記憶，但無記憶也是一種輕省，有時我需要。晚上心血來潮可以突然看一個演出，那夜應該就會感到一點飽暖（如果演出不是太糟的話）。

　　有街道蹓躂的地方我就可以留下，我並不需要一個恆久的據點叫家鄉。

　　「離開這裏，就是我的意思。」卡夫卡說。我已忘記卡夫卡在哪裏說過這話，可能在他的日記，而我在日記中也記下這話。他最終有沒有出走，我不知道。城堡是虛擬的，來了的人遺失了身分，它成了一座監獄。

　　最年老的一個出走作家，可能是托爾斯泰。他已經厭倦其妻太久了吧。但出走十天，就感染肺炎，一命嗚呼，真的是大

出走了。

　　而我，已過了背包族浪迹天涯的年紀。青年旅舍應該是住不下去了。但那又有什麼關係呢？我不浪迹，或者我在逃遁。我不逃遁，或者我在尋索。都很相似。

　　尋索一個理想地叫天路歷程。因窮困而四處飄流叫三毛流浪記。現代吉卜賽有一個藝術的名字叫波希米亞。流放從此無可折返叫放逐。受壓迫出走的叫流亡。也有自我歸隱一心想做隱士的。桃花源也是一片流刑地。不要問我從哪裏來，有時我情願忘記。旅人選擇把生活暫時寄託於他方，何處是他方，其實都是可以的。哪裏有距離哪裏就有異鄉人。

　　連名字我都記不起來，一切被掏空，反而可以轉換身分。可惜在過海關時我必然以真實名字示人。其餘很多地方，虛構一個就可以。A城的彼得是B城的遊忽是C城的莫梭，但他們每一個又是不一樣的。可惜我仍然攜着我的性別行走，如果可以放下哪怕是一會兒，自由也許會走近我多一點。其實除了性別，我始終還攜同階級、膚色、口音、習慣上路，許多東西揮不去的。應該把沙特金句「存在先於本質」倒轉過來，是「本質先於存在」才對，一個在流動中的旅者份外自覺。

　　「流浪者的雙足宛如鮮花，他的靈魂成長，終得正果，浪迹天涯的疲憊洗去他的罪惡，那麼，流浪去吧！」《婆羅門書》說。但我喜歡的作家卡繆也說過：「面對虛無，求助於享樂與不斷旅行，那是將歷史的心靈變成地理了。」我想，它／他們都是

對的。王爾德這精闢警語並非詭辯：「A truth in art is that whose contradiction is also true.」（「藝術中一個真理是，其矛盾相反也是對的。」──讀自蘇珊·桑塔格的 *At the Same Time* 一書）

我在感受並設法領悟，流浪的意義，以及流浪之不可能。三毛那種浪漫主義式的撒哈拉故事，也許太異國風情了。遊牧者（nomad）也許更接近當下社會的時代精神，法國思想家德勒茲說：「遊牧者並不離開，也不想離開，他執著於那片森林退縮後的平滑空間，那裏有草原或沙漠在進佔，他發明了遊牧主義，作為這個挑戰的回應。」不斷盤桓，其實什麼地方都去不了，那不就是王家衛《阿飛正傳》的「無腳鳥」嗎？應該也記取比《阿飛正傳》早一個年頭，譚家明的《烈火青春》，電影的英文名字，就叫「*Nomad*」。是的，記得譚家明曾說，拍這電影時就在看哲學家尼采的書；在尼采筆下，查拉圖史特拉是一個眾人皆醉我獨醒的倨傲先知，流浪於大地、不為人所了解、走在時代之前，他本身便是一個漫遊者，攜同着自己的影子走路。而電影中，四個年輕人雖也是精神的無家可歸者，但他們不以先知自居，也沒這份自覺，他們不過是藍色的鬱金香，開出大片大片的憂鬱，以及無法擺脫的虛無、頹廢、疏離，散發自生命的本能，一種叫做青春的力量，卻又近乎蒼白。

返回原地，其實我不曾離開又無可折返的地方，叫原初。

某年某月某日，我在某城的某家咖啡館，寫下了這一闋，不可能的，「流浪者之歌」。

二〇一一年十月

重遊，或「重讀」一座城市

　　如今「閱讀城市」這說法蔚然成風，城市恍若文本，其中的空間、符號、人群、秩序結構、精神氣質等，都可以好像一個文學文本般閱讀。城市數目雖不如書本氾濫，但也不斷與日俱增，一個旅者面對浩瀚如書海的城市，他知道，有些城市，他這生也許不會踏足；有些城市，他去了一趟大抵不會再去。會舊地重遊，一去再去的，也算是一種緣分。

　　有些城市，你隔不久就會想到再去的。也不在乎新鮮感，你甚至只想回到同一個地方，聽同一個故事，在「生活的他方」，好像見回一位老朋友。台北、澳門，以至紐約，對我來說都屬這類城市。的確，每次重訪，就有重讀一本書的感覺。重讀是在「舊的領域」，進行「新的探索」。希臘諺語說：你不能踏進同一條河流兩次，其實城市亦然。每次重訪，如重看一本書，都是新的體驗——城市的變化也許不大，變的卻是自己的人生。尤其是一些有着深厚文化歷史的城市，年輕時踏足你只看到其表面，如太年輕時你捧讀一本經典文學，大概只能似懂非懂，要有了一定的人生歷練、知識底蘊，你再去方能對她有所領悟。在我個人的旅遊歷史中，倫敦、愛丁堡、巴黎等，都屬這類城市。至於沉重的東歐，去時人已有了滄桑，也算多了歷史底蘊，算是去得逢時，其中一些城市，如柏林、布拉格、波蘭華沙等，想再踏足但又不感輕言。

在閱讀的世界，重讀（rereading）是一門學問，把它放在城市旅行，有一定的適切性。重讀是陌生與熟悉的一次碰撞。一本書即使你讀得如何入心，總是會有所遺忘的。弔詭在只有在你重讀的時候，你才知道自己「遺忘」了什麼。啊！是的，這段落原來我曾經停駐過，感動過，思索過，懷疑過。但如果「遺忘」的記憶能夠被召喚，那它又不完全是被忘記的。早前重遊紐約，就常有這種熟悉與遺忘相互交織的感覺。地方的臨場感是一道召喚沉睡記憶的鑰匙，我回到一度曾流連的書店、餐室、電影院、公園、住過的公寓，一些地方固然印象深刻，但一些地方，卻是你不回到舊地與它打個照面，你壓根兒就記不起來，幾近不曾相識似的。

　　重訪除了召喚、印證記憶，有時也讓你對一個地方改觀。如你重讀一本書時，你對它有了不同的評估。小至氣候季節，你個人身體的狀況，都可能予你完全不同的觀感。

　　作為一個城市觀察者，重訪一些城市，有時也是一種抱目的性的重讀行為（purposeful act of rereading）——第一次的閱讀只能獲一個印象、輪廓，只有透過重讀，才能有望對之作更深入的認識和鑽研。如果一個城市能引起你這份興趣，這個時候，你進行的，大概就是一種比較專業性的城市閱讀。

　　當然，重遊一個城市，不一定就有「重讀」的感覺。一來是城市的急促變貌，尤其是中國內地城市，都說「三年一小變，五年一大變」，隔幾年再去，感覺往往完全陌生。只有相

◀ 重回舊地，又見舊書攤，有很多好書。

對穩定恆久的城市，「重讀城市」這說法才能成立；因為如果一切快速變貌，就只落得個物非人是，無所謂重訪了。二來是城市的大小，小城或容易「走畢」，大城市每走一趟卻只能窺其局部，好比一本厚厚的書，第一次揭開，你只讀了部分，因為時間關係，沒完成就得把它放下。城市亦然，尤其是大城市，去一趟只能看一個局部，再去的時候，繼續未完的旅程。說是舊地重訪，其實也是一趟全新的旅程。每個局部都是一片尚待打開的閱讀版圖。早前小住北京，大概就是這般經驗，我預先給自己約好，這趟集中看看她「新城」的一面。像故宮、長城、頤和園等名勝古蹟，以往去了一趟，暫時就夠了。

二〇一一年十二月七日

機場故事雜憶

　　斯諾登事件、香港國際機場屢獲殊榮、《衝上雲宵II》，機場這陣子也成城中「主角」，這一片懸擱身分的過渡空間，想來也有不少故事。回憶的：想起中學日子不時送別親人、同學，那時候由家中出發到啟德機場真是十分轉折，「送機」因而真成了一項有所付出的儀式，那時只覺一點離別之愁，包含一點「少年不知愁滋味」那種的，及後長大才真了解到，那是香港一段風雨飄搖許多人選擇移民他鄉的日子，留下的，或出於選擇或是無所選擇，送與被送的，原來也隔着兩個階級的距離。過渡期日子在過渡性的機場，個體命運與集體歷史交織於此。

　　現在很少專程到香港國際機場送機了（即使「送行」，其實也不大像一道儀式）。乘機鐵從機場直入城市心臟地帶，中間過程毋須認辨，這也是荷蘭著名建築師Rem Koolhaas所說的「通屬城市」（generic city）——不僅是城市機場愈來愈相像了，還是機場自身作為一個龐然巨物，直接駁通市中心那種城市模型之相似。機場總是有一個獨特名字的，希斯路國際機場、甘迺迪機場、奧利機場、北京首都國際機場、浦東機場等等，但機場本身又是高度符號化的空間——邊界與邊界的交匯空間，短暫的逗留，送往迎來，風塵僕僕，注定的過客身分，人生在世我們其實都是「物流」，因此機場這場景總是帶點宿命的味道。在沒入海關前你還沒真正入境（我們都有過轉換中

途機的經驗吧），身分懸擱，因此才有所謂斯諾登滯留莫斯科機場，機場成了臨時的政治庇護所。

機場建築愈來愈光亮、整潔、單一，但說機場的故事單一，又不盡然。那可是不同種族、各式人等的臨時交匯處。是故旅遊書寫，怎也會寫到機場這一筆。最高調的一個「機場寫作計劃」要算是二○○九年英倫才子艾倫‧狄波頓（Alain de Botton）受英國機場管理局之邀，進駐希斯路機場第五航站一周，作機場的「首位駐站作家」，事後作者依此寫成《機場裏的小旅行》一書。意念是新奇的，難得機場這個充滿禁區、限制的空間向一個作家開放，但有點意外的是，此書讀來卻頗為平淡乏味，一直至他走進了出境大廳，應安排在這裏為他準備了一張寫作的書桌，如此「公開寫作」便添了點行為藝術的感

▲ 約翰‧甘迺迪國際機場（JFK Airport）

覺，才見其筆下出現一點起色，包括旅客、機場清潔工、機場擦鞋匠等各式人物故事。不知是否出於英式自嘲，作者對自己的行文似乎亦有所自知，他說：「不過，我還是不免擔憂，

▲ 錫達拉皮茲機場
（Cedar Rapids Airport）

一旦和喧囂雜亂、生氣蓬勃的航站相較，我的書將會顯得多麼平淡乏味」，而那個在機場為人擦鞋已有三十年之久的男人所說的話（由作者轉述）：「每天，他都會以毫無惡意也毫無挑釁意味的語氣對我說，他如果哪天決定把自己的經驗寫下來，絕對會是有史以來書寫機場的著作中最引入入勝的一本」，我卻是相信的。

或者身分轉換成太明確的作家便失去了旅者的曖昧。關於旅遊書寫中的機場，只佔全書的一篇半篇，我讀過而留有印象的，有胡晴舫的《旅人》、黃碧雲的《我們如此很好》。尤其後者，開首那篇〈我與機場的忘年戀〉，十多年前一讀已有所觸動，生命進進出出於機場，由年輕至微老，希望與絕望混同，多年後我也走過不少機場集散之景，有了一點蒼涼感，且引此文一小段作結：「經過這許多飛機場，才曉得何謂『陌上賞花』，竟是最無情無憂，不言寂寞，如仙如死，如入涅槃之境。」

二〇一三年八月十五日

的士司機雜談

　　的士司機是城市中很有趣的生物。乘飛機到不同城市，拿了行李，很多時第一時間便找的士，的士司機成了歡迎（或不歡迎）你到達某個城市的第一個陌生人。因為機場通常位置偏遠而下榻的旅館多位於市中心，這段路又通常成為你逗留某城市中最長的一段的士車程。你隔着玻璃車窗無可無不可地打量沿路風景，第一趟將一個城市的印象收入眼簾（儘管你已來過這裏，感覺依舊新鮮，即使我每次從自家的赤鱲角機場經青馬大橋時，都感覺如是）。

　　近日驛馬星動，又不斷「在路上」，先後到了幾個城市。紐約，人稱當地的士為「yellow cab」（其實另有一種是預約的黑色豪華轎車），關於紐約的士，文化想像實在太豐富了，一齣馬田・史高西斯的《的士司機》（*Taxi Driver*）已夠壓場，羅拔・迪尼路將那名的士司機邊緣人演得絲絲入扣，疏離、孤寂、自我幻想、自我幻滅。沒看過沒話說，只能叫你切勿錯過。回到現實，應該沒那麼灰暗吧（或者灰暗在心，更看不到），的士司機的妙語連珠倒是不缺。猶記二〇〇八年美國總統選舉那年，當人人都在談論選奧巴馬還是希拉里好時，一名的士司機一副看透世情的模樣說：「Eat, drink, gamble, sleep. Nothing will change, it still needs the business model.」（吃、喝、賭、睡。不會有改變，那商業模式仍是需要。）市井智

慧，一語道破，座上客即我，當下筆錄了。大抵每個城市的的士司機，都不乏「時事評論員」，的士司機對城市的看法，一定要聽聽。

近去杭州，又發覺的士司機另有「面貌」。「文明城市」標語在城中處處可見，但文明不文明，很簡

▲ 北京的的士

單的，的士拒載有多嚴重，是一個指標。就我所見，西湖一帶的士拒載十分嚴重，這還不止，待得較長日子就發現了——不少的士司機，都是「掛羊頭賣狗肉」，另有「兼職」。有些不拒載，讓你先上車，然後告訴你你那目的地去不到，不如我停在某某處吧，而某某處又十之八九是一些購物的地方，屢試不爽就知道箇中情況，料是某些的士司機與商店私下「聯盟」，互惠互利吧。的士司機變相成了城市「導遊」了。這還不止，一部的士常常停在我旅館前，某夜經過我向他問路，不久他就當起說客，不斷遊說兜我到「紅燈區」轉轉，美色可餐，不然就當是見識一下城市的五光十色也好。的士司機又另有角色，我遇到的那個，竟擔當「拉客」了。原來我在那旅館住得較久了，他一早已把我認了出來；哪裏有誘惑哪裏有陷阱，一個男子，在內地城市可要當心。

中國一、二線城市陸路交通很多都面臨嚴重擠塞問題，雖是「後發城市」，卻沒向西方減省汽車的大潮效法，反趨之若鶩。北京交通擠塞是出名的了，可幸非繁忙時間還算無礙；拒

游離省思——的士司機雜談

載也有，但仍可以。繁忙時間堵車就成災難，吃了一次教訓，不敢再試。大抵北京太大，你說出一條胡同名字，除非著名，十之八九司機不會知道在哪裏。堵車時我留意的士司機的反應，他們少有動氣，卻不時唉聲歎氣，看來是無奈多於憤慨，大抵等待已成為他們工作以至生命的一部分。等着的時候，未必與乘客交談，但大多都聽收音機，收音機有不少清談以至講古節目，我也跟他們聽着，自己當是普通話聽力練習。

說到這裏，還沒說自家城市。今時今日，香港的士拒載是少很多了（「冚旗」的不算），文明指標稱得上高。地方不大，司機認路能力一流。司機不一定跟你搭訕，卻常常與自己行家通話，尤其是「八折的」（八五折的士），一部車裏就有幾部手提電話裝置。這個城市，在電影中也炮製過自家由平凡人變瘋狂者的的士司機（可看過黃秋生主演的《的士判官》？）現實中，不少的士司機都是「時事評論員」、「社會觀察家」，老實說，比不少所謂專業的，因為市井，還要好聽。

二〇一一年十月二十日

◀ 紐約的 yellow cab

圖書館旅人

　　喜歡文化藝術的人，旅行時總會逛逛書店、博物館、文化中心等，那圖書館呢？說起來又好像有隔。除非屬世界級的，如美國首都華盛頓的國會圖書館（Library of Congress）、位於曼克頓四十二街的紐約公共圖書館，否則你未必在行程中記起它。（當然，我說的是城市的公共圖書館；一些圖書館隨時代轉變功能變身成休閒勝地以至度假旅館等，則另作別論。）

　　依我看，理由或者有三。一，愛書的人不一定愛泡圖書館，書店肯定有心頭好，但圖書館的井然、肅穆、浩瀚，氛圍又不一樣，不是人人都可以在裏頭待很久的（當自修室溫功課或看免費報刊的另作別論）。二，圖書館的開放性是「介乎」的，它作為公共空間一方面向當地居民全面開放，但對外來者，各城有異，一城之內的公共圖書館亦可能有別。圖書館以照顧當地人為先（包括藏書選擇），說來是理所當然的，好像紐約公共圖書館般向全人類開放，並非必然，這跟其發展歷史——從私人藏書館轉變為大眾共享的平等理念相關。三，我想是功能性方面，除非你在一個城市小住下來，若只是匆匆過客，實在是犯不着辦理一張借書證吧。

　　當然，專程參觀一座圖書館，很多時不是為書。我第一次到紐約公共圖書館主館參觀，是因其建築美學（在紐約大學曾

修過一門紐約中城建築課，這幢圖書館給教授列作Beaux-Arts建築的研讀案例），後來則在這裏看展覽，《在路上》那已成經典的長卷打字稿真迹就是在這裏看見的。到華盛頓當然不可錯過國會圖書館，裏頭介紹美國獨立歷史的展覽實在精彩，如此圖書館，已超出一州一城，而是一個國族身分的象徵地了。

於此我無法不想到曾任圖書館館長的阿根廷作家波赫士，他的名篇〈巴別塔圖書館〉，很多人都讀過，我最近重看，好奇作家幾番用到「旅人」一詞，來指稱巴別塔圖書館的來者，譬如這一段：「人無完人，圖書館員可能是偶然的產物，也可能是別有用心的造物主的作品；配備着整齊的書架，神秘的書籍，供旅人使用的、沒完沒了的螺旋樓梯，和供圖書館員使用的廁所的宇宙，只能是一位神的作品。」或者，所有愛書人都是永不知倦的旅人，他們在書本中穿行；走過、重訪，但不擁有，因為圖書館本來就沒有東西是屬於任何人的。

二〇一一年十一月

酒店可以是這樣的

　　酒店可以是青春的。但入住的當不是五星級，也不可以是motel（連車牌都未有何來汽車旅館）。樸素的，tavern，或者hostel。未去過酒店前，中學已懂得唱的：Once upon a time there was a tavern / Where we used to raise a glass or two / Remember how we laughed away the hours / And think of all the great things we would do（從前有間小客棧 / 我們曾在那舉觴小酌 / 猶記我們如何嬉笑度日 / 夢想所有我們能幹下的大事），如此情景可曾發生在你身上？當年撥着結他合唱，今天獨對屏幕低唱，終於唱成過去式，名副其實，回不去了的，往日時光。

　　酒店可以是迷宮的。Those were the days，也可能，不過在去年。有哪齣電影比《去年在馬倫巴》（*Last Year at Marienbad*）更夢幻迷離？一間巴洛克酒店之內，男子向女子反覆述說：我們去年曾在此相遇。女子由最初不相信，終至動搖。攝影機不斷移動，不相干人物穿穿插插，整座酒店有很多人又彷彿只有二人，影像和說話如迴旋曲般去而復返，與其說是敘事，不如說更像一首迷離的詩。記憶不可靠，沒有人知道風流韻事是否真實發生過，唯一肯定的是，電影中那反覆出現的尼姆遊戲（Nim），男子永遠贏不了對手。誰是對手？恍若女子的情人或丈夫，遊戲的始者，或者其實是命運？你如何把一個困在鏡像中的人呼喚出來？去年在馬倫巴，那去年一直延宕到現在。

　　酒店可以是血腥的。以為酒店不過是過場，最後卻可能是人生終站。在東方酒店2046房間中給鼓手男友殺死的Lulu（還是Mimi？），在嚥下最後一口氣前，仍以為「無腳鳥」旭仔始終都是愛她的嗎？2046是兇案現場，血水清洗過後便無人復記，透過貓眼在對面2047房間窺視的周慕雲又能看見什麼？可以做的也不過是把她拐進自己筆下的科幻小說，變成一個逐漸失靈慢了半拍的遲鈍機械人。

　　酒店發生命案，電影世界或者比真實更常發生。經典當然不可漏掉希治閣的《觸目驚心》（*Psycho*）。虧空公款的女子駛車來到一間motel（是的，這回是汽車旅館了），不幸被旅館男主人謀殺，那場配上尖刺高音的浴室謀殺片段如今已成經典。上部分劇情導演導引我們向謀財害命的方向想，殊不知跟錢無關甚至跟起色心也無關；男主人在櫃枱被盤問時手指不自覺地跳動，明顯是佛洛伊德所說的parapraxis吧；結尾警探在警局中詳解男主角精神分裂狀態，多少就像我們粵語長片的解畫，不失為心理分析教學的範本。只是奉勸各位單身上路女子，旅行前勿看此片。

　　酒店可以是陰森的。血腥不夠，還要魑魅魍魎。寇比力克的《閃靈》（*The Shining*），未看過的可真要見識下。故事發生在一間偏遠的凶屋酒店內，當作家的父親帶着妻兒投宿這裏當管工也想埋首寫作，豈料這酒店陰魂滿佈，又逢暴風雪侵襲一家人被困酒店，作家逐漸精神失常，鬼魂與心魔互相映對。雙胞胎女孩鬼魂赫然閃現走廊盡頭，靈感枯竭作家對牢着打字

機狂打「All work and no play makes Jack a dull boy」，你看，何者更為恐怖？飾演作家的積尼高遜是否就是從拍這電影開始入魔的？事隔多年，史提芬·京為當年原著小說撰寫續集，於是有了電影續集 *Doctor Sleep*。死裏逃生，擁有通靈異能成長路上飽受創傷的兒子Danny，長大後終於也步上父親酗酒之路，如果有所謂救贖必得返回創傷的原點——事隔三十多年Danny最後回到那所被封鎖多年已成鬼域的山間酒店，終於一把大火將酒店燒毀，正式為這間Overlook Hotel畫上句號。

　　說到酒店離奇事件，因曖昧而給人以無限想像的，又怎少得了The Eagles的經典名曲 *Hotel California*。「歡迎來到加州旅館／多麼可愛的一個地方／多麼可愛的一張臉孔／加州旅館有很多房間／一年四季任何時間／你都可以在這裏找到。」昔日的烈酒沒有了，來個粉紅香檳加冰吧，享樂、狂歡、託辭，有些舞為了回想，有些舞為了遺忘。你想任何時間結帳都可以，但你也將永遠不能離開。這兒可能是天堂，這兒可能是地獄。歌詞如是說。關於這首歌的傳說甚多，樂隊成員創作此曲時的着魔狀態，以至此曲本身的魔性——一說加州旅館其實是寫加州一座撒旦教堂，曾被加州撒旦教主佔據，成為加州撒旦教徒的聚集地，教主在這裏寫了一本撒旦聖經。姑勿論如何，此曲捕捉了美國社會從激蕩反叛滑入頹廢享樂的時代縮影，以酒店入題的搖滾之歌，至今沒有哪首能超越它。

　　是的，酒店可以是宗教的，無論是上帝或惡靈，巫或魔。拉開酒店牀頭櫃櫃桶內有黑皮聖經，這個很多人都試過（一個

人留宿夠膽看嗎？），但如果在酒店浴室刷牙時發覺杯底寫了 The End 字樣，洗澡時發覺皂液瓶燒的是聖經傳道書經文「虛空的虛空」呢？黃碧雲在澳門入住一間舊屋改建為酒店的親身經歷，由此引發她寫她的《末日酒店》。也曾有舞有歌有酒，但腐朽彷彿是命定的必然，如一個時代一個城市，徐徐步入終結。是的，酒店的終結不一定壯烈如葬身大火之下，而可以如末日酒店般，不動聲息一點一點地陳舊下去，由微物開始，瓷磚釉畫碎裂，庭院的小噴水池開始乾涸，窗台外的玫瑰全部枯乾；多年來也不是全無維修，但新鋪的碎石路，小石頭與更小的石頭之間長出鐵鏽，如此殘敗便必是詛咒，大於人力可挽。酒店以前是修女辦的學校，後來學校搬了，變成痲瘋病院。住着許多鬼魂，可能是以前的痲瘋病人、中學生、難民、軍人，鬼魂互不認識。更大的詛咒可能來自於改朝換代，最後階段的酒店，門前供了土地神，開幕有中國南獅醒獅，歐陸風情不再，不再是葡人的地方。是的，*Doomsday Hotel*，據說我城刻下也進入了 End Times。

由是想到酒店的房間號碼。《末日酒店》內的一○七號房間總是凶兆，房客的屍體從吊扇跌下，無法停止的漏水，至荒廢丟棄無人敢進。《2046》裏那 2046 房間也曾發生命案，如此房間數字，於我城，當然不可能沒有象徵性。電影中比王家衛更早玩味房間號碼的，我想到杜魯福的《柔膚》（*Soft Skin*）。杜魯福貌似溫和，其實他的電影死亡氣息極重，而其中，愛情可以極具殺傷力。在愛情中，我們有時以為自己可

以作主，但其實背後有不為當事人所知的機遇，一個閃失，可以送你上天堂，可以送你去地獄。《柔膚》將這命題表現得絲絲入扣。電影開首，作家皮亞（Pierre）趕乘飛機往里斯本演說巴爾札克，飛機梯移開了又移回去，結果千鈞一髮還是趕上了，在飛機中就遇上了也可說是致命尤物的空姐妮歌（Nicole）。二人在彼邦中又巧合地入住同一間酒店，演說完畢晚上皮亞回到酒店看見妮歌進入電梯內，留意到其房間號碼，杜魯福不忘來個房間號碼特寫鏡頭，我記得房間號碼是八一三。偷情的故事（皮亞已有妻子）就由這酒店開始。後事如何，自己看吧。

如果《柔膚》裏兩個陌生人住進同一間酒店是巧合，那麼張愛玲的〈傾城之戀〉中，范柳原與白流蘇住進淺水灣酒店兼互為隔壁，則完全是范的主意或詭計了。仍記得白流蘇入住的那個房間的號碼嗎？一百三十號。隔了一個房間，看到的月亮景色便不一樣。忘了許鞍華有沒有忠實地也拍出房間號碼來了。寫到這裏，也說說自己，其實自己也寫過一篇小說以酒店為場景，且暗地裏把一個認識多年的女子的生日日期化作小說中的房間號碼。小說寫一個男子從滿州里套娃廣場買了一個俄羅斯套娃，入住當地的友誼賓館，在房間中把套娃七個分身逐個掰開，度過了一個晚上。此旅館我真的入住過，小說情節則完全是虛構的。如果你知道是哪一篇，你可以找到那個房間號碼，且當作一個暗語，別告訴我。

二〇二〇年一月十五日完成

游離省思——酒店可以是這樣的

旅遊文化中的城市主客

每個城市，都有所謂她的主人（host）和客人（guest）。不難理解，主人者，一城之居民；客者，外來的暫居者、過路人、旅客。自從旅遊成為城市經濟的一大火車頭，不少城市都把自己打扮成「友誼之城」，旅客未到先以口號或歌曲給旅客熱情招呼，如「北京歡迎你」、「上海歡迎你」等，而我城，更有林子祥的「Your every smile / Your every hello / Every hand that you lend / You make a difference / Every step that you take / You make a difference」——國際城市嘛，當然要用英文唱。

旅遊學中，「host」與「guest」是經常出現的關鍵詞，人類學研究旅遊文化其中一本名作，就叫 *Hosts and Guests*。有說這比喻用於城市居民與旅客身上，其實不無反諷意味，因為旅客到訪一個城市，不像東主邀請自己的賓客到訪家中，尤其在香港，我們連來客的數目和質素都是沒「say」的，只能被動接收。傳統的主客關係，除了主人一方懷着「有朋自遠方來，不亦樂乎」或至少「過門都是客」的態度，盡量以禮待客，客的一方也會尊重主人家，譬如我們說的「入鄉隨俗」。但在旅遊商品化的消費年代，這旅遊協會、旅遊冊子所用的傳統主客比喻，與現實相去甚遠。更常見的情況是另一種消費形態的「主客」關係——客仍是客但首先是「顧客」，而在一切以顧客為先的前提下，原來的「主人家」則成了「侍者」——主客

逆轉了的「Client-server relationship」。（近年電視新聞每逢節日記者喜在廣東道訪問自由行旅客，劈頭一句或只此一句，就是「你打算在香港花費多少？」唉，怪不得人家，城市淪為「大賣場」，少不了自貶的份兒）。

旅客來到一個城市，不全都有意與當地居民混在一起來感受文化的。尤其是一車車旅行團的觀光客，他們主要去的地方是旅遊景點（tourist spots），譬如來到香港去山頂、海洋公園、迪士尼樂園等，以至香港人本身不常去也不熱中的金紫荊廣場等等。反之於一般市民而言，旅遊景點也起了一點屏障作用，讓旅客與居民稍稍可以分隔。尤有甚者，一些旅遊勝地甚至講究自成天地自絕於外，如優閒酒店、優閒度假村等等，特別適合假期出遊為求優閒、逃避平日生活的旅客——一如港人也愛到珠海海泉灣、番禺祈福新村等等。這種旅遊狀態，「host」與「guest」雖在某一時段共處一城，基本上是各行其是，互不相干。

不甘心只囿於指定觀光景點的遊客，或會將腳挪移到鬧市，但也每多到城市的旺區蹓躂，如到上海會走走外灘或南京路，到香港則走走尖沙嘴或者銅鑼灣，在街頭自拍，立此存照。旅遊城市皆設置自己的景點、盛事節目；景點和節目一方面發揮吸引旅客的作用，另方面也劃出「界線」——如一屋之客廳，專用以招待客人，其中特別也展現了光鮮明亮的一面。在旅遊文化上，主與客的文化互動、交流常常是點到即止的；當然其中也受到不同因素影響，譬如旅客到訪的時間長短、旅

總有些時光在路上

◀ 優閒度假村：
珠海海泉灣。

◀ 北京什剎海四合院

▲ 上海田子坊

客人數與居民人數的比例（一些城市如澳門，在任何時候，其
客人數目都超出主人，如此狀況又屬另一城市生活形態）、旅
客的來源地和到訪城市的文化和經濟落差等等。

當然，不少旅者，尤其是年輕背包族，不愛只做跟着套
餐安排的「觀光客」，單單只到景點一遊，或在城市客廳給款

待。他們不希望只看到城市架設起的舞台，還希望看到城市如實的生活場景。他們混在當地人中間，不求當地人見到自己，會特意獻上笑容說哈囉。他們希望透過旅行接觸到在地人的生活，即所謂「真實性」（authenticity）。由景點隔絕（segregation）到城市前廳探訪，這類遊客更在乎相互的文化吸收，然而真要做到，又不是想當然的容易。尤其在旅遊文化進入後現代更標榜所謂「體驗消費」的年代，很多城市也把生活的場景「主題化」，把城市的「後台」紛紛打造成「前台」——譬如很多城市都在營建的歷史名街（如杭州的南宋御街）、老宅院商區（如北京的南鑼鼓巷、上海的田子坊等等），以至開放舊式民居作「示範單位」供遊人參觀。後者，如我曾到訪的紹興的台門、北京什剎海的四合院等等，舊宅院內仍住着尋常百姓家，他們在旅者目光（tourist's gaze）的凝視下如常生活又像做了活動佈景板，反過來走入人家家中參觀不無「偷窺」成分的旅者又成了地道人眼中的另一道風景。景觀社會，真實性都成了「演出的真實性」（staged authenticity），主客混同，互相凝視，真假莫辨，界線消融，這弔詭地又成了現實生活本身。

二〇一三年二月二十一日

游離省思——旅遊文化中的城市主客

景點之作用

　　一個城市的旅遊景點，猶如一個城市的門面，門面上以著名景物作城市模特（如巴黎鐵塔、羅浮宮、自由女神像、帝國大廈），丰姿綽約被複製於旅遊冊子、電影影像、明信片等之上；在親臨實地前，不少在「第二輪」影像中早已廣泛流通，但親見如近距離接觸一個明星，到底還是有點不一樣的。觀光者按圖索驥，到此一遊，這種景點式、地標式旅遊經驗，雖然有着高度統一性，但也不能說是沒有意思。一些自稱「旅者」的人如我，初到一個陌生之地，也常不免俗到著名旅遊景點一走，畢竟，如到三藩市沒到過金門橋、到倫敦沒見過大笨鐘，就好像有點奇怪了。

　　因此，有人又以一個城市的「前廳」來形容旅遊景點。在旅遊文化中，有稱一地之居民為「主」（host），外來者特別是數量龐大的遊客為「客」（guest）；在消費年代，「客」在「客人」之上又添上（以至被取代為）「顧客」（customer）之意。在此情況下，「旅遊城市」愈發與「友善之都」看齊，旅遊宣傳無不標榜「熱情」、「好客之道」，見於複製的「歡迎」說辭（「上海歡迎您」、「香港歡迎您」）和「笑臉」標誌。「過門也是客」，「待客之道」基本上是一種禮儀，有客來訪自然是在客廳接待，於一個城市而言，作為「門面」的旅遊景點，便是城市最「外向型」的客廳了。

但「前廳」之為「前廳」，即意味着它也劃出「界線」，設置一定的區隔（segregation）。旅遊景點向大眾遊客開放之時，亦發揮分流的作用。譬如說，內地旅客來香港，很多都往山頂、海洋公園、迪士尼樂園等地聚集，生活在香港的市民，如想儘量避開人潮，都知假日最好不要往這些景點擠。這種「分流」當然不是以明文規定，而是一種「主」、「客」長期互動之下的結果。所謂「區隔」當然也不可能完全，即使是旅遊景點，也常有旅客與居民混雜，但基本上旅遊景點分流的作用還是有的。而一些景點的「分流」作用，又微妙地摻雜着身分認同因素，譬如在香港，灣仔金紫荊廣場明明是向所有人開放的空間，但香港人對它一直存有冷感，對着金紫荊像拍照的幾乎都是內地遊客。

　　當然，任何城市，把所有遊客都導向旅遊景點，不但是不可能也未必是可取的。其中一些遊客必然會走入一般居民的生活空間中，居民與遊客相互交集，可能帶來文化交流，也可能帶來文化衝突或碰撞。另一方面，旅遊景點的分流或區隔作用，亦隨着後現代旅遊模式轉變而變得更加複雜，以至失效。為提供旅遊經驗的「真實性」（authenticity），愈來愈多旅遊項目，將城市「後台」打造成「前台」，如開放社區、街巷、宅院、農場，讓旅者參觀兼體驗。譬如到北京什剎海旅遊，遊客除了參觀「國家5A級旅遊景區」恭和府外，還可隨導遊走訪私人四合院民居。又如到紹興旅遊，除了參觀也屬「5A級」的魯迅故里外，還可隨導遊走訪民居生活的台門（當地舊

式宅院之稱）。私人宅院的居民，在遊客目光包圍下成了一種「景觀」，但又貌似如常生活，不受干擾。換言之，不是因為空間擠迫，以致旅遊空間無可避免與居民生活空間重疊，而是索性將本屬「閒人免進」的私人地方旅遊化。這種後現代旅遊景點，又進一步將主客混同、公私界線消融，與其說是發揮分流或區隔作用，不如說是將生活空間舞台化，將日常空間景觀化，以滿足一些後現代旅客的新口胃。

二〇一五年十月二十一日

我思游離
——作為生存態度、現代情狀與價值轉向

　　「游離」，不是專門的學術用語，日常生活中我們也用到（雖然未必很多），如我們會說到「游離分子」，最近聽得最多必然就是「游離票」這個詞彙。正因其日常性，我們或多或少憑常識對「游離」有所理解，即相對於確然、穩定，一種游移不定的徘徊擺盪狀態。查字典，游離除了在化學上特指產生離子的過程，一個更具普遍意義的解說是：**離開依附的事物而存在**。是的，游離之對照，一大關鍵詞便是依附（attachment）。理解事物，有時從其反命題（antithesis）來切入會有所助益。若說依附連帶着固定、安全、扎根等一組互有關聯的概念，與之對照的，游離便連帶着流動、不穩與漂浮，而在各端之上，我會加上地方（place）與空間（space）此一對照。

一、游離：（半）脫離於地方的依附

　　是的，我加入「地方」作為對照或思考起點並非偶然。首先，若說游離的本質在「離開依附」（多大程度上、以何種狀態離開，下文再談），其一便是對地方的依附。在此必須談到人文地理學，這學科自上世紀七十年代一大轉向便是對地方的注視及偏好。人文地理學家所着重的地方之愛

（topophilia）、地方作為「關照場域」（field of care）、場所精神（*Genius loci*）或地方感（sense of place），都講求人與地方之間的情感依附和關連，特別見於鄰里、村莊、城鎮、社區等。相對來說，「空間因而有別於地方，被視為缺乏意義的領域……當人將意義投注於局部空間，然後以某種方式（命名是一種方式），依附其上，空間就成了地方。」美籍華人人文地理學家段義孚，曾將空間與移動、地方與暫停（pause）相互連結：

> 「我們可以由地方的安全和穩定得知空間的開放、自由和威脅，反之亦然。此外，如果我們將空間視為允許移動，那麼地方就是暫停；移動中的每個暫停，使得區位有可能轉變成地方。」[1]

當然，如段義孚所言：「『空間』與『地方』的觀念在定義時需要彼此」，游離與定着亦然，沒有人可以完完全全在各方面都處於無依附的狀態，這只是程度深淺而言。但如果游離與脫離情感依附的空間（與此相關的有「non-site無基地」、「non-place無地點」以至「atopos反地點」）更親緣，這對不少人文關懷者是頗大的挑戰。如不少人文學者所推崇充滿人情味、地方歸屬感的「社區」（community），就與游離者的精神有所扞格。[2] 在此，我們討論的並非簡單對錯問題，而是，固

---

1 此兩段引言摘自Tim Cresswell, *Place: a Short Introduction* 一書，中譯本由徐苔玲、王志弘翻譯。

2 在此一提，左翼馬克思人文地理學家David Harvey對「社群主義」（communitarianism）亦不完全擁抱，有所批評。

定與游離——兩種處世或回應世界的方式，並存才可能涵蓋人類不同的處境和生命情狀。

　　就以家園（home）來說。人文地理學對地方的關切，其一哲學根源有海德格對寓居（dwelling）的思考。晚年的他將思考從時間轉向空間，他以黑森林農舍（a farmhouse in the Black Forest）作例，指出真實存在（authentic existence）乃扎根於地方的存在，那不僅是「詩意地棲居」（語言作為家園），而是實實在在地「居住於事物的近處」（residing in the nearness of things），以築建（building）作為寓居，牽涉與世界有關的保護關懷倫理。海德格對寓居的思考，今時看來亦有其時間限制，在高度都市化、超級移動性（hypermobility）的社會中，在林中親手築建居所已顯得過於田園（而在香港談寓居，那又是怎樣的一種「真實存在」？）無論如何，亦有不少人文學者指出，家園並不盡是美好的，亦可能充滿操控、暴力等元素，是某些人欲逃離以至抵抗之地；起碼對於游離者來說，與其說家園，不如說「在路上」（On the Road）才是其皈依。現在仍有不少人（或更多人）視置業為夢想，無論怎樣的居所，擁有了便是「恆產」，但於游離者來說，所有「恆久的據點」於他都是一種束縛。再重申這不是對錯的問題，而是固定與游離，提供給我們不同的生存態度和觀照世界的視野。當然有時亦非個人選擇，而是生存境遇使然。尤其於後現代社會，都說移動路徑（routes）取代根源認同（roots），我想，「真實存在」再難僅與寓居掛鈎吧，誰說那些脫離了地方依附、以環球作連

結的世界主義者（cosmopolitans）[3]，自願或非自願的遊民或無家可歸者，沒有他們的真實存在呢？

二、游離：現代性條件下的一種狀態

　　游離，有個人屬性及意向選擇所在，也有是社會情狀的轉變使然。由傳統社會過渡到現代社會，城市的興起在當初便催生「游離」的狀態及相關的人。如今我們視城市為一個可依附、投注情感認同的地方，最初城市雖然成為新興中產階級（bourgeoisie）的搖籃，卻也是一個充滿疏離異化之地，其中一個因素是城市斬斷了傳統社會鄉親氏族的人倫關係，取而代之的是人處身其中，必須適應與大量陌生人交集的日常生活經驗。當代美國社會學家塞納特（Richard Sennett）便曾給城市下了一個扼要定義：「城市就是一個陌生人（stranger）可能在此相遇的居民聚居地。」這可追溯至對大都會精神生活率先描繪的德國社會學家西梅爾（Georg Simmel），他另有一著名文章〈陌生人〉（The Stranger），文中闡釋了現代城市出現的「陌生人」社會類型，其中包括從異文化而來的漫遊者（wanderer），如來到一地作買賣的經商者（trader），是「今天來了，明天還在的漫遊者」，寄身但不屬於當地團體，停駐但永遠保留移動潛能。陌生人作為一種社會類型不止一種，但整體上，西梅爾認為，「陌生人」是漫遊

3　對此，我想到研究網絡社會、資訊社會的加泰隆尼亞社會學家Manuel Castells一話：「菁英是寰宇主義的，而人民是地域性的」（Elites are cosmopolitan, people are local），兩者活於同一城市但可以無所交集，前者接合點於網絡，而非整個城市。

（wandering）和固定（fixation）兩個對立面的統一。

　　說到「陌生人」，另一個不可不提的當屬現代主義先驅波特萊爾（Charles Baudelaire），他被班雅明（Walter Benjamin）稱許為「晚期資本主義的浪漫詩人」，有別於現代主義之前的浪漫派詩人，後者在大自然中提升並感受雄渾（sublime），現代詩人如波特萊爾，則流連城市街道如拾荒者般撿拾碎片以作詩。他的散文詩集《城市的憂鬱》（*Le Spleen de Paris*）[4]，就以〈陌生人〉（L'étranger）開篇，詩人彷彿自問自答般，全詩不長，且引述如下（自譯）：

　　「告訴我，你這如謎的人，誰是你最愛者，你的父親，你的母親，你的姐妹或你的兄弟？」

　　「我沒有父親，母親，姐妹，或兄弟。」

　　「你的朋友呢？」

　　「你用的那字眼，到現在我還不知其意義。」

　　「你的家鄉呢？」

　　「我不知它坐落在什麼緯度。」

　　「美呢？」

　　「我很願意愛她，女神和不朽的。」

　　「金子？」

　　「我恨它正如你恨上帝。」

　　「這樣！你到底愛什麼，你這不尋常的陌生人？」

---

4 全書共五十篇散文詩，由波特萊爾死前親自排序。可見排序有着一定重要性。

游離省思————我思游離

「我愛雲……飄蕩的雲……在那邊……在那邊……不可思議的雲！」

說無所依附莫過於此，一般人賴以建立關係及認同的人及地，對詩人統統不知（或裝作不知）或漠然，他只愛美，只愛雲——名副其實的「遊雲」！還有更好的詩說出如此奇特陌生人的「游離狀態」嗎？

由此出現了城市浪遊人或都市閒逛者（flâneur），班雅明奉波特萊爾為此中模範，奉巴黎為浪遊人的應許地（promised land），班雅明晚年（其實他只活了短短的四十八年）自身也投身及沉迷其中。由此或出現另一種游離者的類型。如果說西梅爾的「漫遊者」是來自外的，城市浪遊人則是在自身城市中作漫無目的的浪遊。[5] 城市浪遊人骨子裏對資本主義有所抗拒（不依其規範秩序地浪遊就是一種或是消極的抗衡）但又並非對城市五光十色的目眩生活沒有神迷（否則波氏便不會推崇善於捕捉現代生活時尚的畫家Constantin Guys）。他是孤獨的人但不與世隔絕，相反卻是「群眾中的人」（The Man of the Crowd）[6]，如波特萊爾在《巴黎的憂鬱》中另一首散文詩〈人群〉（Les Foules）所言：「人群與孤獨，對於一個活躍而多產的詩人來說，這是兩個同義語，它們可以互相代替。誰不會

---

5 雖然有人亦會到他城，尤其是巴黎作城市閒逛者，如美國作家Edmund White便曾身體力行，將箇中經驗寫成 *The Flâneur: A Stroll through the Paradoxes of Paris* 一書。其實想想當年神迷於巴黎拱廊街的班雅明，又何嘗不是如此。

6 出自愛‧倫坡（Edgar Allan Poe）的一篇故事的名稱，被班雅明在 *The Arcades Project* 中談到flâneur時論及。

使孤獨充滿人群，誰就不會在繁忙的人群中獨立存在。」都市閒逛者置身人群中，但與周遭隔着一道不可踰越的距離，他徹頭徹尾是一個悖論者。在班雅明的詮釋下，跟他同夥或同類的有拾荒者、流浪漢、政治密謀家、偵探、妓女等匿名者。以此為一脈，城市的游離者也是邊緣者。

　　波特萊爾作為「晚期資本主義的浪漫詩人」或「現代主義的先鋒」，他從現代城市生活中捕捉了一種新感性，一種事物稍縱即逝曇花一現的美學。其中表表者，莫過於他在《惡之花》（*Les Fleurs du Mal*）中的名詩〈給一位過路的女子〉（*À Une Passante*）。剎那的傾心不過來自擦身而過的一個一身喪服莊重憂愁的陌生女子，人說「一見鍾情」，波特萊爾寫的卻是「一瞥別情」（love at last sight），才靈光一閃，便復歸黑暗。別忘了波特萊爾給現代性下的警世定義：短暫的（transitory）、逃逸的（fugitive）、偶然的（contigent）。固定、守恆的東西和價值瓦解，如果說游離與之背向，這也是現代性將一切加速（acceleration）的生活情狀下所催化的。

　　游離者必然處身於流動狀態中（「游」之為游），因為長久地固守下來，有着牢牢依附（於建制、於城市、於地方、於關係等）的，便不是游離者了。游離者必然持續在徘徊不定之中，所以單單的懸擱（suspense）不是游離，因為懸擱亦可以是固定不動的，如西西筆下維持多年「既不上升，也不下沉」，即使有風掠過也只是微微晃擺的浮城，雖處於雲海之間，習慣了成了現狀也就成了一種安然定着的狀態。直至海天

游離省思——我思游離

之間的引力有所改變，浮城忽然可能上升也可能下沉，不安感油然而生，浮城才變成一個游離城，集體夢境裏浮在半空固定不動的浮人亦變成處於動態的游離者（有些成了「離城者」）。游離的狀態，由城及人，由人及城，相互形塑。

由此帶出一問：若說游離必然處於流動之中，那游離者徘徊的範圍在哪？他可以跨越城界（或國界），但離城者不一定就是游離，如果他決心提起行囊，永不回顧，在他方落土（離而不游）。旅客雖然跨越疆界，但一切只是暫時，且有明確的歸期和歸地，甚至整個「行開下」也可能完全包裹於資本主義的工作倫理和消費邏輯中（所謂「充充電」，回來再搏殺），即是身體雖然離開，但價值上仍是依附於龐大系統之中（游而不離）。所以，游離者牽涉物理空間、移動，但關鍵還在於心態（既游且離）。游離者也可以完全不走出城市，如城市浪遊人以城市作游離及私下抗衡之姿之所在。在此，或者可以稍稍連繫到德勒茲（Gilles Deleuze）所說的「游牧主義」（nomadism），他曾寫道：「游牧者並不離開，也不想離開，他執著於那片森林退縮後的平滑空間，那裏有草原或沙漠在進佔，他發明了游牧主義，作為這個挑戰的回應。」如此說來，游牧者徘徊所及也不溢出城市，他不斷作的思想游牧，不斷尋找的逃逸路線，與其說是通向一個他方，不如說是試圖擺脫人類的僵化組織如國家機器。但有可能嗎？那又是另一個問題。

三、「液態現代性」下的游離

　　現代性進入晚期，穩固恆久之物及價值愈趨稀缺，不穩定性、不可靠性、不確然性佔據我們的生活，在這方面，我一直欣賞的波蘭裔英國社會學家鮑曼（Zygmunt Bauman）思之甚深。一如「游離」此字有其化學含義，由此引伸成人類某一狀態的比喻，鮑曼在其名著《液態現代性》（*Liquid Modernity*）中，也先從固體（solid）和液體（liquid）的化學特質作解說，簡言之，固體的穩定性得力於其原子的緊密聚合形態（type of bonding），「流體」（fluids）則不然[7]，既不固定空間也不約束時間（neither fix space nor bind time），「流動性」（fluidity）乃液體和氣體的特性，鮑曼借此（fluidity或liquidity）來比喻及掌握現代性走到當下的新特性。現代性由重轉輕，鮑曼認為，就連傅柯（Michel Foucault）引自邊沁寓意現代權力的「全景監獄」（panopticon）——那種沉甸甸累贅需要「被固定在某個地方」（fixedness to the place）、代價高昂需要空間征服和控制的方式亦已結束，讓路予另一形態更趨流動和網絡化的液態監視（liquid surveillance）。在工作層面，以往長久可靠重視忠誠或承諾的工作已不存在，職場上充滿剩餘者，馬克思所說的「proletariat」（無產階級）由另一不成階級、游散的

---

7 書中有時會用到「液體」（liquid），有時會用到流體（fluids），液體為流體之一種。

游離省思——我思游離

「precariat」取代[8]，臨時勞工、外判合約充斥於市，現代社會龐大堅固的科層主義（bureaucracy）由即結即散的臨時委員會制度（adhocracy）取代；不穩定成生活常態，因此在生活中，「推遲滿足已經失去了它的魅力」，「立即滿足」（instant gratification）成了一個誘人的合理選擇，於人際關係，於消費中等。引書中一話所言：「如果『固態的』現代性把永恆持續設想為主要的目的和行動的原則，那麼『液態的』現代性就沒有讓這一永恆持續發揮多少作用。『短期』已經取代了『長期』，並把瞬時理解為它的終極的理想。」回到文首最初定義，如果游離是「離開依附的事物而存在」，現在的情況卻可能是：根本並無持久、可讓你牢牢依附的對象可憑依，管那對象是工作、朋友，以至情人。游離狀態於此成了晚期現代困境生命政治（life politics）的寫照。

　　鮑曼在完成《液態現代性》重要一書的三年之後，的確將「液態社會」的思考延續至愛情，完成了另一本著作《液態之愛》（*Liquid Love*）。以上說到「bonding」一字再成為關鍵詞，書中開宗明義說，這書的主角，其實是「沒有紐帶的人」（man without bonds），既無紐帶亦無所謂依附，有別於以往人們奉「穩固」為美好價值，當下社會，「至死方離」的浪漫定義已告退潮，如今「愛」之經驗的試煉變輕易了，

8　此詞由precarious（不穩定的）轉化而來，特指那些打散工、派遣工或臨時勞工，對此一工作群族，外國已有專書如Guy Standing的*The Precariat*探討之。順帶一提，關於此，David Harvey在其*Rebel Cities*一書曾說：「假想每個人都是臨時勞工，這對社會凝聚力意味了什麼——對都市生活或市民安全會有什麼影響？全面轉變將為資本主義社會秩序的穩定帶來危險，使其陷入嚴重困境。」

但同時「愛」的標準也變低了。《液態現代性》亦說到，在新的輕靈（lightness）和流動（fluidity）下，人類紐帶（human bonds）和關係網絡漸趨瓦解；脆弱易碎、倏忽無常等特性亦滲進愛情的領域中。並非全然無愛，而是現代人處於長期的矛盾中，在愛情裏，既渴求關係帶來的安全感，也害怕深陷關係時帶來的重擔和枷鎖，如書中一言：「在軟綿愛撫和無情鐵鉗的界限，只是細細一線。」人們切盼關連（relate）同時又防止於關連穩固，希冀親密又籠罩於因而失去自由的惘惘威脅中。由此在「液態時代」應運而生的，有愛情諮詢專家提出的「頂袋關係」（top-pocket relationship）或「半黏伴侶」（semi-detached couple），或外國社會出現的一種矛盾綜合體「分居一起」（Living Apart Together，簡稱LAT），有人看以為是愛情的式微和崩頹，有人看以為是關係的革新和解放。[9] 在液態社會將所有固體消融（melting the solids）的過程中，可憑靠依附的根基亦遭消融，但再說，沒有人真的可徹底離開或「去依附」（如沒有人真的可成為一座孤島），而毋寧說是處於 semi-detached（半脫離；某程度上也即 semi-attached 半依附）的中間狀態，游離者在其中徘徊不定，在不穩定之中同時獲得了一種流動的自由。

二〇二〇年十二月二十三日完成

9　注意英文「bonds」一字其實有着歧義，既解作結合、聯繫，亦解作束縛、羈絆，所以「human bonds」的瓦解，有着疏離也有着解放的一面。

游離省思——我思游離

「例外狀態或曰疫下『新常態』，終年無休通宵在水上飛馳的港
澳噴射船也停駛一時。但我知，澳門這地方我還是會去的，重走
一些地方，探索一些新路，約定或無所謂約定，不一定在中秋，
或者可以在一個平安夜。」

Chapter 02

澳門雜憶

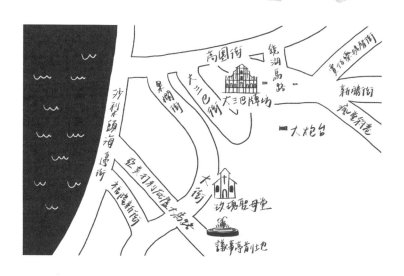

澳門作為香港的「對照記」

國內媒體不時做的各類「城市排行榜」中，在北京、上海、台北、廣州、香港、深圳等常見名字中，我們很少看到澳門。澳門當然在一九九九年已回歸了，但在中國城市競爭不斷加劇之時，澳門卻好像永遠自成一體、發展得來有一點與世無爭，甘心樂意做一個小城。

李歐梵的《都市漫遊者》一書以澳門作開章，〈澳門，歷史幽魂的棲身地〉一文中有這段話：「如果張愛玲小說中，香港是上海的『她者』，那麼今日的澳門也可以說是香港的『她者』，但意義不盡相同。」

說到「她者」（other），總令人想到「唯我中心」的排他性（如薩伊德說的東方主義），但李歐梵這段話沒有這種文化權力意涵，他說的是澳門保存的歷史建築（如林則徐遺址、孫中山博物館、葡萄牙殖民地建築），跟香港快起快拆的城市特色正堪對照，由是令他覺得：「澳門可稱得上是香港的歷史廢墟，目前香港看不見的、想不到的仍然存在於澳門。」

因此，所謂「她者」，其實更是「對照」──澳門作為香港的「對照記」，一面反照的鏡子。

澳門作為香港的「對照記」，不僅止於對殖民歷史建築

的保存。還有其他多方面的，如摩天大樓。在香港天際線不斷衝上雲霄的時候，澳門仍心安理得於自己的低矮樓房。當香港已無街可逛、行人被規範進大型商場或行人專用區之際，澳門仍是一處最適合散步的地方（議事亭附近的小巷永遠怡人）。當香港的廣告已經滲進城市每個角落的電子屏幕，澳門大街上仍可看到大型可樂樽的老式招牌。當香港舊式茶樓紛紛變成豪華海鮮酒家時，澳門仍保有讓茶客撚雀的地痞茶樓。香港人喜歡到澳門，我想，不僅是因為交通方便，還因為在這裏，香港人可以離開自己所有的（摩天大樓、商場、令人暈眩的符號、快速的步調），來到一個「對照地」，找回自己一點失落的東西，如街坊鄰里、歷史幽靈、閒適步調、慢活心情等。有些東西，香港曾經有過，有些東西，香港不曾有過，如南歐風情。

◀ 地痞茶樓的階梯

▲ 茶客在地痞茶樓邊飲茶邊撚雀

◀ 地痞茶樓的一角

澳門雜憶────澳門作為香港的「對照記」

當香港、上海、台北等城市都擎天半島、君臨天下之時，你鮮有聽見澳門要與香港IFC、上海金茂、台北101等世界高樓看齊（當然，澳門有全球第十高的觀光塔）。澳門躋身於一群不斷催谷自己「快高長大」的雄性族群之中（摩天大樓本就是資本主義陽具的象徵），卻從沒想過要爭出頭，做亞洲以至世界的「姚明」。

當各城市爭相為自己冠上「創意」之名，急欲邁向「創意城市」之時（如北京打造六個「創意產業中心」、上海以「國際創意產業中心」為目標、深圳將自己定位為「創意設計之都」、香港也不斷在找尋自己作為「亞洲創意中心」的角色），在中國媒體不時發布的「創意城市榜」中（北京、上海、廣州、香港、深圳以至長沙、昆明都是常客），你鮮有看到澳門榜上有名。但澳門沒有「人有我有」的趨潮流心態，也沒有「人有我冇」的酸葡萄醋意，在沸沸揚揚的雜聲之中，她似乎一早立定主意，心無旁騖地做她的「亞洲蒙地卡羅」[1]、旅遊城市、「世界文化遺產」之都（不像香港在回歸後不斷為自己定位再定位）。

---

1 在理查・佛羅里達（Richard Florida）著名的《創意新貴》（*The Rise of the Creative Class*）一書中，拉斯維加斯並不屬創意城市之列，主要在於這類賭城的工作人口，是以服務業而不是以創意工業為主，在城市的工作人口中，並沒有形成一個「創意階級」（creative class）。所謂「創意階級」，佛羅里達給它下的定義頗為寬闊，其核心包括科學家、工程師、大學教授、藝術家、設計師、思想導航者如作家、文化人、評論家等，核心以外還包括在知識密集產業（如高科技、金融服務、法律、醫療、企管等）工作的創意專業人士。基本上，佛氏把創意職業跟傳統的製造業及服務業分別開來，因此，不僅娛樂賭城，旅遊城市在他的創意理論中，也沒被納入創意城市之列。

澳門不是沒有野心，只是不會覬覦一頂自己戴不上的大帽子，她甘心做「小弟」，永遠有一種自知、安心。我想，正是這一份安心，令澳門保留了其他大城市在盲衝衝前進逢祖殺祖遇佛殺佛的過程中所喪失的東西。正是城市這一深層結構意義，澳門是香港一面可貴的對照鏡子。

二○○六年六月

▲ 地痞茶樓與雀

澳門雜憶──澳門作為香港的「對照記」

從大三巴看廢墟的意義

　　大三巴牌坊是「澳門八景」之一，這座知名的歷史廢墟，已成澳門的標誌物之一。「廢墟」的英文是「ruin」，「廢墟」純字面可被解為荒廢之地，「ruin」卻包含了毀壞的意思。不錯，毀滅、破壞，的確是所有歷史廢墟的精髓所在。也就是，人類的建築物經受天災人禍而留下的痕迹──無論是天災或人禍，都不可以是刻意斧鑿而成，因此，所有歷史廢墟，本身就是人類與大自然的結晶品，摻雜着文明與神秘主義的色彩。各種歷史廢墟中，又以宗教廢墟最富神秘主義色彩，大三巴就是一個著名例子，一八三五年一場大火把一座大教堂燒剩一道前壁，卻意外地為它戴上了神蹟的光環。事實上，所有教堂遺蹟如馬六甲聖保羅教堂廢墟、愛丁堡教堂廢墟，都是基督教重要的象徵物。

　　我一直覺得，廢墟是很奇特的東西，一座座廢墟，本身就是毀壞的建造力（creative power of destruction）的見證物，它生於建設，成就於毀壞，然而毀壞的盡頭並非空無，人們藉着毀壞的燼餘記取，一若德國猶太裔思想家班雅明（Walter Benjamin）所言：靈韻（aura）總是在消滅和破壞的瞬間消失之中散發。

廢墟立於當下，與此時遙相呼應，同時，把瞬間消失的剎那凝固成永恆。但廢墟作為歷史遺物，可以令人發思古之幽情，卻不一定喚起什麼歷史意識。以「大三巴牌坊」為例，這個俗稱肯定就比原來聖保羅教堂之名更廣為人知。某程度上，名字的轉換，就是現在與前身的割裂，聖保羅教堂是大三巴的前世，大三巴是聖保羅教堂的今生。「牌坊」這個名字，其實就是取其形狀與中國傳統牌坊相似，明顯是中國化了的名字，並以其剩下的前壁軀體為名字的確認。旅遊書喜歡大特寫牌坊的細微部分，如牌坊頂端高聳的十字架、銅鴿下面的聖嬰雕像和被天使、鮮花環繞的聖母雕像等，但以我多次遊訪的觀察所見，其實鮮有遊客對牌坊作凝神注視，大部分都是踏踏那連着的六十八級石階，到此一遊，拍照留念。

與其說這是遊人的掉以輕心、缺乏歷史意識，不如說當中反映了世界價值的轉變。大三巴本是宗教建築物，但我很懷疑，多少人還會從它身上感染到濃郁的宗教氣氛？英國社會學家鮑曼有一篇文章，敘述人類從朝聖者（pilgrim）轉為旅客（tourist）身分的歷史演變，也可以說，旅客就是今天的朝聖者。美國作家David Lodge說得好，他在小說 *Paradise News* 中說：「觀光是宗教儀式的替代。觀光團有如世俗朝聖。參觀高文化的神龕以累積恩典。紀念品作為聖物。導遊書如追求虔誠的器物……」。

在後現代社會，所有宗教廢墟幾乎都成了旅遊勝地，旅遊價值凌駕於宗教價值之上，展覽價值（exhibition value）亦重於認知價值（epistemological value）。於此，你可以明白為什麼大三巴背面近年設置的展板（介紹大三巴歷史）是那麼的簡陋與乏人問津，與大三巴前面遊人如鯽的畫面相映成趣。這令我想到早前以色列考古隊在以色列北部加利利地區的美屬多監獄地下，發掘出一座可追溯至三、四世紀的古老基督教教堂。神聖如以色列，也馬上明白把宗教意義轉化為旅遊價值的重要性，旋即考慮把現時的監獄遷走，把那裏開發為旅遊景點，以色列旅遊部長並表示如這個景點成功開發，將肯定吸引大批遊客湧到以色列。

如果說人類歷史的世俗化（secularization）從啟蒙時代開始，而以尼采宣布「上帝已死」為高點，這持續的世俗化進程一直延展至今天的全球化年代。任何城市想在全球化紀元有立足之地，都必須有把自己打造成旅遊城市（tourist city）的本錢。澳門這個小城更是如此，任何時候遊客人口都高於本土人口，經濟命脈泰半繫於旅遊業。澳門在這方面做得很好，她很明白自己的本錢在哪，她不會與香港爭建摩天大樓，在香港總是不斷拆拆建建的時候，澳門選擇保留，將歷史價值變成文化資本，終於在二〇〇五年，包括大三巴在內的十二處歷史建築組成的「澳門歷史建築群」，被列入世界文化遺產項目。

▲ 大三巴牌坊，創造性的毀滅，多少人共我見過。

　　今年是「澳門世界文化遺產年」，定必吸引更多人前來參觀大三巴牌坊。立在這座牌坊之前，我們好像在瞻仰聖保羅教堂的遺容，實則我們是看着一堵非常後現代的斷壁，我們看的是廢墟，實則它從來沒有廢過，而是在被大火付之一炬的當兒，開展了它截然不同的生命——像火鳳凰般，一個毀容者之新生。

二○○六年三月

澳門雜憶——從大三巴看廢墟的意義

杜琪峯的澳門情意結

　　杜琪峯導演的《放‧逐》，把一班兄弟放逐到澳門去了。在銀河影像時期，杜琪峯拍的電影中，以澳門為背景的，至今先後有《暗花》（1998）、《再見阿郎》（1999）、《放‧逐》（2006）。三齣電影中，澳門作為電影的地理背景，有不一樣的意義。

　　不少人把《暗花》看成一則回歸寓言來看。時間上，這電影拍於一九九八年，介乎香港九七回歸與澳門九九回歸之間。正在這一點上，香港和澳門有着可堪對照的意義。《暗花》把電影的時空壓縮於澳門的一夜之間，電影貫徹着強烈的宿命觀和死亡觀。杜琪峯把電影時空設置於澳門，一方面與澳門在回歸前出現的治安亂局而成為熱門話題有關，一如電影出現的沙利文餐廳、黑沙灣等地點，都有一定的現實對應；但在這重現實的指涉性之上，澳門在電影中更被構建成一個密封的

▲ 杜琪峯《暗花》

困獸鬥，被抽象化成一個寓言空間—— 政治回歸的寓言空間。香港和澳門回歸的殊途同歸，在最後的港澳碼頭逃亡戲中，尤其得到印證，這個空間，正是香港與澳門的交匯之地。在《暗花》中，澳門可視作香港的一個位移（displacement）、鏡像（mirror image）；因此，電影雖以澳門為背景，評論人莫不把它看成一則後九七香港寓言，那股濃濃的悲觀情緒，以及被一種至高無上的權力主宰意識，香港人不可能辨認不到。

來到翌年的《再見阿郎》，故事發生的場景，大部分設置於一間招牌剝落的「國際飯店」。這齣電影比較像是單純地說一個故事，一個黑社會大哥度過了十年的鐵窗生涯後，重投社會的故事。在電影中，澳門作為地理背景，沒有《暗花》那麼必然，故事基本上可以發生在任何地方，比較有

▲ 杜琪峯《再見阿郎》

趣的現實性，也許是澳門仍然有像國際飯店這種家庭式旅館，為電影設下一種淳樸基調（不錯，劉青雲雖是黑社會大哥，外表粗野，但其實內心善良得像個孩子，電影的英文戲名便叫 *Where a Good Man Goes*），儘管電影也不無暴力壓迫。放在杜琪峯的電影脈絡來看，它也是《暗花》這種死亡派的反撥，黑社會大哥的洗心革面，未嘗不是在極盡沉鬱之後，杜琪峯透過電影寄予社會的一點陽光期許。《暗花》所有場景都發生在黑夜，《再見阿郎》則有大量的白天畫面。

　　來到《放·逐》，澳門作為電影的地理背景，意義又不一樣。電影有點像承接《鎗火》，人物黃秋生、林雪、吳鎮宇、張耀揚都有所承襲，於《鎗火》中「着草」的呂頌賢，則是換了《放·逐》中的張家輝。但《放·逐》又不完全是《鎗火》的續集，最明顯是人物名字的變改（《鎗火》中的來、信、鬼、Mic分別換成泰、和、火、貓，只有肥的名字沒變）；《鎗火》五人因一次當保鑣的召集行動中聚頭，《放·逐》則安排五人相識於微時，一起在雞寮中長大，有着非常深厚的情誼。所以，《放·逐》一方面有着《鎗火》的影子，一方面又完全自成一個獨立故事。

　　在這故事中，杜琪峯說的是一個更概念化的主題，這主題在電影名字中已清楚道出，就是放逐（exile）。它的寓言性比《暗花》更純煉。如果《暗花》的寓言有着明確的政治針對性，那《放·逐》則有着更哲理化的層次，說的是因信念價值而決定的自我放逐，黑色幽默映襯着英雄式的悲情。也可以說，當你不再相信，就是你離開的時候。「我不會對那些我再不相信的東西效忠，管它自稱為家園、祖國或教會，我將盡可能自由地全面地以某種生活模式表現自己，以自己唯一容許的武器自衛：沉默、放逐、狡黠。」——《放·逐》引喬哀斯（James Joyce）的《一個青年藝術家的畫像》（*A Portrait of the Artist as a Young Man*）這句話作為宣傳語，可謂傳神至極、盡得神髓。

　　在這個題旨上，澳門成了一個流放之地。不錯，電影雖還有具體的澳門場景，如典型葡國黃色的住屋、黑市診所、酒

店等，但愈向後發展，尤其在四人（此時張家輝飾演的江貴和已死）決心叛離大飛哥（任達華）展開出走之途上，在鏡頭之下，那時的澳門已儼如荒漠的沙漠黃土——那是不是澳門已不重要，究其實，澳門在這電影中，只是一個時空懸擱、被邊緣化、抽象化的空間，這個空間帶點異國情調，容許我們拋開現實如法紀執行的考慮，被提煉成這幾個黑道人物的「出埃及記」之地。有說《放·逐》原先設定的背景為古巴，但礙於製作費高昂才搬到澳門。作為一個流放之地，是古巴、澳門其實已不重要，它其實就是我們每人心中因着價值而逃亡之所在。

二〇〇六年十月

澳門雜憶——杜琪峯的澳門情意結

《激戰》及香港電影中的澳門

　　澳門沒有自己的電影工業，她偶爾出現在香港電影中，成為被表述的對象。那對象與其說是再現澳門本身，不如說是澳門常被香港電影人拿來當一個「對應地」，作為自身的向外投射。以澳門為主要故事時空的香港電影，舊作有《暗花》、《再見阿郎》、《放‧逐》、《欲望之城》等，新近又多一齣：林超賢導演的《激戰》。

　　不同電影對於澳門這個城市有不同寄寓或借用，但也有着共通的想像。譬如說：澳門作為一個流放地。幾年前杜琪峯的《放‧逐》（Exile）在這方面就有一次亮麗示範：五個相識於微時的黑幫兄弟，背叛大佬（任達華）而出走澳門，既是流放，也是在這裏展開一場追逐。電影愈往後發展，澳門景觀愈發風格化、寓言化，變成一片黃沙荒漠。記性好的，當會記得電影引了一段非常文學的話作宣傳語，出自喬哀斯的《一個青年藝術家的畫像》：「我不會對那些我再不相信的東西效忠，管它自稱為家園、祖國或教會，我將盡可能自由地全面地以某種生活模式表現自己，以自己唯一容許的武器自衛：沉默、放逐、狡黠。」不再相信，就是出走的時候，如今聽來竟更具弦外之音。

　　《激戰》也把澳門拍成一個流放地，當然沒《放‧逐》

那麼寓言化；電影可觀，但道理淺白，基本上是一齣集陽剛、動作與溫情於一身的勵志片。這裏所謂「流放」，不為什麼信仰背叛，而全然只因為生活所迫。退役拳王程輝（張家輝）從香港潛逃澳門，只為了逃避債主追殺，即所謂「着草」。林思齊（彭宇晏）父親生意失敗，流落澳門，晚晚於酒吧買醉。還有那對相依為命的母女，看來也是澳門的新移民。同是天涯淪落人，眾落難者都來到澳門這個地方。現實上，澳門與香港不過一海之隔，「着草」想來應不太可行，但作為文化想像又無不可。澳門是一片能接收落魄者、邊緣者、小人物的小城，加上她的江湖氣息、地下世界，頗能成為香港與中國大陸之外的「第三地帶」想像。

《激戰》的剛柔並濟、失落與理想共存，其實也是借用了澳門的兩面性。一面是舊街小巷、舊屋、舊屋天台，我們仍相信城市人遺失的人情味，在這些角落仍得到安放。正是在這裏，一對母女才可能接收一個陌生男人，一個陌生男人才可能與一個破碎家庭發展出一段感情。無論人物多麼坎坷，人情倫理仍在，這也是一種美好想像。如果這人情故事發生在玻璃之城的香港，可能就沒那麼具說服性。某程度上，澳門或多或少是舊香港的轉移，電影人以空間交換時空，也許是心理上的另一種出行。

但如果只有溫情，《激戰》就只能拍成一半。澳門這個地方的有趣之處，是小城舊區之外，它也是一個賭城娛樂城；人情樸素與欲望橫流好像互不沖淡，同時並存。於是，我們看

澳門雜憶──《激戰》及香港電影中的澳門

到《激戰》中人情與格鬥這雙旋律，也與澳門這兩面景觀相配合。《激戰》把澳門拍得很美，但美在於影像上，它所捕捉的澳門，其實都是我們所熟悉的，以至有點明信片式。有趣的是操練過程離開了室內拳館，進入了尋常巷弄，大三巴、議事亭前地，以至黑沙灣等，都成了苦練的場所，擦身而過的都是故事。但正式的MMA格鬥比賽擂台，則要落入澳門的地下秩序社會，拳賽與賭業自成一個世界，與民間割切，方成為可能。電影也多番捕捉澳門的賭場娛樂城的霓虹景觀，但多是拍建築物外觀，點到即止，並沒有像《欲望之城》般把澳門拍成一個人心敗落的所多瑪和蛾摩拉。這也是電影「勵志」的一面。

二〇一三年八月二十九日

澳門雜憶，從此到彼

說到澳門，從此到彼，即時想起的是起程點上環信德中心；雖然尖沙嘴及屯門現時也有客輪往返港澳，但個人感覺，信德中心的港澳碼頭才是「正宗」。乘高速噴射船去澳門，所需時間其實跟乘渡輪去一趟離島差不多，但感覺就是不同，就連船下的暗湧滔滔都是有別的，而印象中又是黑夜居多。從兒時至今，因着不同理由，去澳門大概也不下十次了，但多是短留輕踏，始終沒有深入認識這個近鄰，但累積下來，亦有不少足跡和雜憶。

第一次踏足信德中心港澳碼頭還在兒時，當然是「被」安排的。小時候，父親假日喜帶一家大小出外，到市區離島走走是平常事，但去澳門除了他自家瞞着母親去「過大海」之外，卻是一件「大陣仗」的事——所謂「大陣仗」，去的不僅是我一家七口，還連同姑母伯父或契爺家，連我患有潔癖多年不肯出外的姑姐也曾隨行，最幼的手抱嬰最大的老祖母，一海之隔的澳門，成了幾個血脈相連的家庭出外團聚之地，最方便也可能是唯一之地。現在回想，記憶已十分模糊，在父母家的相簿想必亦早已發黃。閉目召喚殘餘印象，即時閃起的是澳門當時滿街的三輪車，我們同時僱用幾輛，車伕是司機也是一人導遊，載我們在市中心遊覽，遊了什麼地方無法記起了，只記得他們好像都是上了年紀一身黑實踩着腳踏的腿尤其有勁。在三輪車上的我愉快嗎不記得了，如今回想只慶幸也曾搭過這種

澳門「土特產」旅遊交通工具，這終歸被時代淘汰的人與物。葡京酒店之外還下榻過一些舊式酒店，名字依稀猶記，如勝利賓館、京都、京華酒店，它們尚在嗎？澳門的初始記憶也包含食物，不是豬扒包不是葡國菜，而是某冰室（是禮記嗎）的香蕉船，第一次在澳門嘗到這甜品，與其說是味蕾或舌尖上的記憶，不如說是香蕉船這「船」本身把我逗樂了。香蕉船為孩童而設，大人愛去的酒家叫大三元。香港沙灘小時也不時去，第一趟見識黑色的沙灘卻在澳門，名副其實的「黑沙灣」。回程時父親仍把握最後時機在回力球場賭博一番，留孩子們在回力球場內戲耍或遊蕩，印象中這裏有很多波子機，印象中童年玩波子機最多的時光就在這裏。

然後忽爾時光跳格，再去澳門，由大夥兒的親戚團，到成雙成對的情侶遊，也意味着我私人世界的轉變，再不需要「跟」大隊走，以為可選地方可選與誰共行就算得上是一點自由。澳門是一個適合情侶的地方嗎？也許老澳門風情仍是浪漫的。新馬路上曾經掛着的可口可樂招牌一見難忘。同是大三巴牌坊，跟家人去與跟情人去就不同了。不僅在這牌坊前來個家庭大合照，我開始懂得細思廢墟之美及意義。說是「牌坊」這明是中國化了的名字，還原正身本是一座大教堂，一八三五年一場大火把整座教堂燒毀，獨剩一道前壁，一刻的毀滅同時也是鬼斧神工的創作。是因為有所理解或是因為身旁的人，大三巴在你眼前才散發出一股靈韻嗎？也不限於前壁或立面，你們在大三巴前的石階坐下，喁喁細語，抬頭看月，或任月亮窺

人。月亮窺見了，廢墟牌坊也窺見了，它們跟你的時間單位不同，它們守恆而你無論多麼投入於一段戀情終究情人如旋轉木馬，各人都是獨特的但情人的身影也有重疊時。一人在議事亭前地跟你飯後散步，碎石子路在燈光下照出光滑，身邊人說：這碎石子路經多少人踏過才會給鞋子磨滑了呢。燈光在碎石子路上照出一對長長的身影。斯人早已不見獨絮語遺落。又記一人不止一次跟你走到玫瑰聖母堂，此教堂「一見如故」一

▲ 議事亭前碎石子路，也曾踏過。

▲ 新馬路上的可口可樂招牌，一見難忘，不存了。

◀ 大三巴牌坊

定跟其顏色有關——葡式建築的黃，跟你小時就讀的聖安多尼小學的黃色一致。其中一次，你在玫瑰聖母堂入口的聖母像前為着身體健康合掌禱告，聖母又為「痊癒之母」（Lady of Remedies），當時你初嘗一點疾病之苦，年紀尚輕或者未明痊癒之難。你踏上教堂的木樓梯，第二層有很多聖物，你被其中憂苦之母藏岩石聖像吸引住，其頭、腳和兩手斷裂因而更接近憂苦之本相嗎？「你渴望自由與完整的心情，是否始終如一。」（《媚行者》）也許問題一早誤問了，並無如一也無完整而自由比你想像中更遙遠。如果吃也是一種自由，你到澳門不再吃中餐，你與情人到沙利文餐廳吃正宗葡菜。此時你長大了，如果說入戲院看第一齣三級片（不是馬田・史高西斯的《基督的最後誘惑》便是大島渚的《感官世界》）是成人禮之一環，第一次入賭場——不在公海而在澳門，亦算其一。買過大細玩過廿一點但多種款式的老虎機對你仍是太複雜了。而你也看到物事的裏層，入夜的葡京不僅是賭場，你還看到地面商場迴廊變身「沙圈」有大群流鶯徘徊，酒店有整層房間預留給欲望之勾當，此時你還未看過曹聚仁的《酒店》原來時空轉移他筆下的酒店果真是有的。你不愛獵奇只是作為城市觀察者你開始更敏感於城市的暗黑，有時比光明更大片。

都說香港和澳門是「後殖」之「水尾」，名義上脫離殖民，雙雙前後腳「回歸」母國。香港有了金紫荊像及其廣場，澳門也有了金蓮花像及其廣場。當時有人說「一九九七」是香港的大限，兩年後澳門回歸紀念劇則以聞一多《七子之歌》組

詩裏的澳門作主題曲。小小的澳門其實有你很多尚未發掘之處。也不一定都與情人結伴，在我尚年輕還會與大夥文化人出遊的日子，一次到澳門度過無眠一夜，翌日醒來聯群到龍華茶樓吃點心，很多茶客在撚雀，一個個雀籠掛在綠色窗框處，那麼老廣州式的生活，原來在澳門仍有，起碼一個方寸。是的，澳門回歸後開放賭權，一段時期大興土木，曾經獨領風騷的葡京成為博彩業的其中一員，國際資本加入，也不叫賭場而叫娛樂城，更名副其實的「東方蒙地卡羅」，更名副其實的fantasy city。另一方面，回歸後的澳門歷史城區又積極加入「世界文化遺產」名錄，當然以國家之名向聯合國教科文組織申請，於二○○五年終成其事，澳門作為旅遊城市又多了一張歷史名片。此時我認識的少數澳門文化人向我提到，「娛樂城」的形象膨脹得過大了，即使「世界文化遺產」之城的美號，對澳

▶ 盧家大屋，到此一遊過。

▲ 大聲公涼茶，老店尚在嗎？

▲ 澳門文化中心，於澳門新區，也曾特去
看藝術演出。

◀ 某年某月，澳門音樂節戶外演出。

門不少事物，屬於民間或澳門地道文化的，亦有所遮蔽。記得
此話，到後來我每次去澳門都多認識一點──盧家大屋、婆仔
屋、邊度有書、《2046》取景的小旅館等等，不免零散，因着
位置之局限，仍難完全脫離旅者之凝視。

　　以上跟不同人在不同歲月中去澳門，大約在二○○○年
後，也多了一個理由，簡言之：文化藝術的理由。先是每年一
度的澳門國際音樂節，受香港負責其推廣的公關邀請，得以
獲得一種赴澳門的新體驗：搭船過海專程去看藝術演出。以二
○○二年一屆為例，猶記一連看了三晚演出，首晚為著名歌劇
《藝術家的生涯》（又名《波希米亞人》），第二晚為一個叫
《結他三百年》的結他演奏會，第三晚為歐美多位歌唱家聯手
合作的《聖母悼歌》音樂會。跟香港同類的演出相比，水準不
賴，票價相對便宜，這除了開拓了一種新的觀賞可能外，澳門
當局更藉着文化藝術帶起一個澳門新區：節目多在當時新落成

的澳門文化中心上演，文化中心位處澳門半島大堂區新口岸新填海區，內裏還有劇院大樓和藝術博物館，建築設計相當不俗。而個別音樂節節目亦會因應演出移師不同地方，例如上述《聖母悼歌》便移師主教座堂作戶外免費演出，演出結合場地，一定程度上也帶起文化旅遊。尤其一個城市的文化水平，當代一大指標是能否辦好一個有水平的藝術節（音樂節、電影節或書節等），澳門在回歸後也顯然在這方面花過功夫，其中握有資源的澳門文化局扮演主導角色。這方面，可能亦為娛樂博彩業和「世界文化遺產」兩大過於耀目的城市名片所掩蓋。

由觀者至講者，數年後我亦曾應澳門文化局邀請，到澳門文化中心主講一連兩天的「電影與城市」講座，講座中我闡述多齣香港電影的空間呈現，來聽者興致勃勃，也許不乏看香港電影長大的。都說澳門沒有自己的電影業以至傳媒業，但在民間熱心推動獨立電影的人其實不乏，在是次講座中，便認識了澳門電影人朱佑人。

至於說到文學，澳門文學節我尚未有機會參與，但二〇一二年曾應邀參加一連兩天的「兩岸四地──世界華文文學前瞻」講座，首天主場在香港城市大學中國文化中心，翌日移師澳門科學館進行（講座其中一個合辦者為澳門基金會），活動中除了得見余光中、嚴歌苓、陳若曦、李昂、陳思和等文壇前輩，也認識了澳門作家如韓麗麗、姚風等人。如果說香港文學常常不被看見，我想澳門文學更甚，只是說話容易，真實的交流困難。說到這裏還有一個小插曲，澳門講座外主辦者也帶我

們到澳門旅遊塔匆匆一遊,其中一幕,見身材瘦小、一頭智慧銀絲的余光中,在乘電梯登上觀景台一層後,童心未泯地看着地上透明玻璃就地一跳,沒想到這是余光中先生在我腦海留下的最後定格。

時間不住向前推移,但物事彷彿又輪迴不息。脫離家庭多年,最近兩趟澳門行卻又是一家人的出行。當日孩童變成哀樂中年,父母尚在,可又已經是老人家。在家人之中,我又回復成聽任安排的小弟,未必真的聽話,只是更加懂得吧。安排的節目不再是大三巴或者香蕉船,而是到澳門新濠天地看了一場也甚壯觀的「水舞間」。對上一趟去澳門,屈指一算,原來已是二○一五年九月的事。住的不再是舊式旅館,而是鷺環海天度假酒店。時值中秋,一家人在酒店陽台上觀賞圓月,事隔多年一家人齊齊整整,夫復何求。只是當時伴我身邊望月的人,到底是走失了(「看,當時的月亮,一夜之間化作今天的陽光」)。

例外狀態或曰疫下「新常態」,終年無休通宵在水上飛馳的港澳噴射船也停駛一時。但我知,澳門這地方我還是會去的,重走一些地方,探索一些新路,約定或無所謂約定,不一定在中秋,或者可以在一個平安夜。

二○二○年十一月八日

玫瑰堂裏的禱語

Our Lady of Remedies。

又一次我站在你面前。低頭。手中沒有念珠，但十指緊扣，放在心坎位置。十多年前我站在你面前，那時我還年輕，身之病，從此成為長期病患者，但後來我「痊癒」了，在我身上作「白老鼠」研製的新藥應效了。我不知道這叫彩數，甘於／敢於冒險的回報，純機率（醫生說大概十巴仙的人有效）的數字還是什麼，但我曾來到你面前，有時我也會叫自己相信，是你聆聽了。童貞之母對我沒有意義，我更喜歡西班牙教徒給你的另一化身——痊癒之母，還是「補救之母」？我多麼願意相信，裂痕可以縫補，斷肢可以駁回，只因為那時我還年輕。以為希望是有的。

十多年後，我又一次站在你面前，心之病，靈魂之痛，更無形無特效藥可醫，因此更難治癒，更無所謂治癒。我其實很清楚，禱告不過是，另一種形式的自言自語。但有你在我目前，我便有了傾訴的對象。我不欲對任何可回話互動的人傾訴，各人傷害無人得知，正因為你是一尊石膏像又被人投射以超脫的想像，我才可以靠近你。

聒噪是最沒尊嚴的，分享是一個陷阱。
（時代之音：「跟我多分享吧。」）

因此我拒絕了時代。也必然為時代所棄。）

沉默可傷，既然已傷得那麼重，就不妨多一刀。

用心良苦，終於苦到你彈開。

最後，自由之大，竟是自己在縮到最小之下——無愛無盼望無牽纏無所依，只剩下了寫，之方寸下獲得。僅餘的自由，那麼小，那麼大。

進入玫瑰堂，踏上木樓梯，二樓有憂苦之母。

憂苦之母藏岩石聖像的頭、腳和兩手。十八至十九世紀澳門作品。象牙製銀造光環和劍。

憂苦之母，你最初一定不是殘破的。是經過怎樣的斷離你才成了，我面前，那斷肢殘頭的模樣？最初的完整無人得知，如果曾有過的話。但憂苦之母，破碎不就更加適合你，不就是你的本質嗎？如站在你面前的我，也曾渴求完整，而最後必須學習與破碎共存。

要麼全，要麼無，一半於我沒有意義。說的時候還年輕，還倨傲吧。到最後，少於一半的，破破碎碎的，也只能逆來順受。全然放棄原來是那麼的難，那麼的激烈。人人最後生命都會給他分一堆雞肋。螻蟻偷生。雞肋的人生好，還是全然無生命好？你有得選擇嗎？你可以選擇嗎？

以寫和讀來填補那不可修補的洞，作為自救的唯一之途，終究也是一場自毀。

Accogli, Signore, la mia preghiera:

fa che, per la mani di

San Raffaele Arcangelo.

Sia portata a Te

E diventi medicina di salvezza.

Amen

（意大利奇維塔韋基亞市的聖母瑪利亞雕像，在一九九五年初曾連續流出「血淚」多天。忽記。）

如果美與斷崖於同一處，你去不去？

何謂美呢？善良是美嗎？還是邪惡才美？強悍才美嗎？柔弱也可以美嗎？倨傲是美嗎？維護自尊至自毀，是美還是可笑？超越是美嗎，如果我們無法超越呢？還是下墜才是美？沉下來，沉下來，再沉得低一點，深一點。沉靜是美嗎，如果沉靜變成了暗啞呢？傷害是美嗎，鮮血是美嗎，如果我們沒有將之浪漫化。曇花一現美，還是矢志不渝為美？

善良可以很沉悶。聒噪肯定是討厭的。矢志不渝不由人，不由你，最終也是沒有的。

由美變醜又如何？曾經美若天仙的，後來變醜，變瘋。如受詛咒的美杜莎。（藍潔瑛是現代的美杜莎嗎？青春之時，美麗不可方物。她後來受到什麼詛咒？是美得遭天妒嗎？還是敗於自己，或曰命運。可憐弱質女子落入凡間，並無復仇如美杜莎之力量）。

澳門雜憶——玫瑰堂裏的禱語

雙手攤開，飛墜下來，在盛開之時，將瞬間凝住為美嗎？如很多自毀的藝術家、作家。（如成為傳奇的張國榮？我們有沒有將苦痛浪漫化？）

哀傷是美嗎？還是不問不怨不哀傷為美？何謂溫柔？溫柔到底就是不怨半句、不出惡言，凡事感恩嗎？把傷害通通承受過來，以沉靜，以破碎。如果從此無法再完整，只能學習與破碎共存，化破碎為力量。殘缺也是一種美嗎？

問問題是美嗎？你問得太多問題了。懷疑是美嗎？動搖是美嗎？還是堅信、堅守為美？（還有東西可堅信嗎？當你經受，被深愛的人背棄。）

只有幻象才美，真相是殘忍的。如果是這樣，你願意留守於幻象，還是活於真實之中？謊言也可以美麗，如果它是白色的。但活在幻象的人，又是多麼的可憐。可憐不美，自憐更傷。

流淚是美嗎？如果眼淚有天枯乾呢？

癡迷是美嗎？如果癡迷如同吸毒。罌粟花。迷迭香。馬鞭草。大麻。海洛英。你已經變成癮君子無異。一直迷戀的是一個人，慢慢迷戀的對象不那麼清楚，可能是如高潮般的痛感。這樣你就成了一個虐痛的人。

記憶為美嗎？若美麗記憶回襲時都成了痛楚，你應該設法牢記還是遺忘。當記憶成了形影不離的鬼魂，你如何與之共

處，每時每刻同呼吸，也會有窒息之時嗎？

思考是美嗎？思念是美嗎？當思念成瘋又如何？當思念的對象長期缺席，成了影子，一天復一天，鋪成餘生，你可以承受嗎？

瘋狂是美嗎？如墮湖失救的奧菲莉亞。如《情淚種情花》的Adele H.。（你只是還未瘋狂至此？還是庶幾近矣？）

枯萎已經開始，只爭長短。

在未及我放棄前世界已放棄了我。

謝謝曾賜我一顆熱情果。

如今明白，熱情（passion），就是受難的意思。

二〇二〇年一月

▲ Our Lady of Remedies

◀憂苦之母，
於玫瑰聖母
堂內。

澳門雜憶——玫瑰堂裏的禱語

「對於一個浸染於小說、電影、繪畫的旅行者而言，旅行已經成了一種文化想像與實地觀感的摻雜。」

Chapter 03

盛夏巴黎

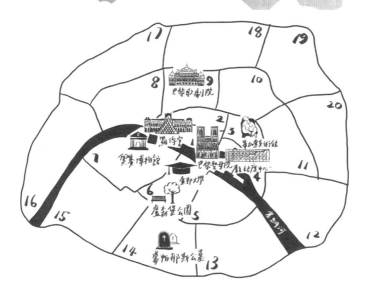

巴黎日記

七月二十九日，晴

挫敗的一天

參觀地方：索邦大學、盧森堡公園

乘搭了二十小時飛機，可真是長途飛行，本來只是六小時時差，一定兜了許多彎路。

在飛機上迷迷糊糊，有時淺睡，有時把法文擠入腦中，有時想着你，想着無邊無際。我把千斤重的問題攜上身。

首先是語言。離開了熟悉的語境，竟是這樣的吃力。突然變了一個無能的人，登記、找屋，全都由朋友Maki代勞，自己變成啞子。點菜單、問路，只能用英文，夾雜點法語，幸好肯說英語的人也不如傳說中少，但已夠碰上一個一個釘子。

二時考試。很多問題不懂作答，聽默那部分不知所謂，會話那部分簡直丟臉。突然間像回到中六時那個自我放棄的學生，交白卷，墊屍底。贏慣了，久沒這挫敗的感覺。第一日竟然已想跑回家，真不知如何過一個月的日子。

城市是美麗的，建築是偉大的，無疑。只是第一天，仍提不起心探看。況且文字都是法文的，沒有所謂的國際語言，彷彿擺出一副面孔，不欲溝通，拒人於千里之外。想想，自己何

嘗不是如此。

方向感也是挫敗的因由，總是認不得路，地鐵路線又複雜，走得人也倦了。覺得自己做錯了一個決定，沒有追求學問之心，只有避情之意，這樣的出門，本來就不應該捲上學業的負擔。

今天沒有什麼好，或者，除了天氣之外。但我的心是陰天的。

＊　　＊　　＊　　＊　　＊

七月三十日，陰晴不定
羅浮宮遊
參觀地方：羅浮宮、歌劇院區

巴黎的咖啡館習慣將桌椅移至室外，人們都喜歡挑外面的座椅，沒有人會告餐館阻街，一片自由的空氣，就徐徐的流露出來。

我也挑了一張這樣的椅子，看着街景，份外輕鬆。香港的大排檔卻愈來愈少了。

下午獨個兒往羅浮宮，聞名已久了，首次踏足，貝聿銘的玻璃金字塔，中國人的驕傲？貝聿銘或許沒這樣想過。人們自由地坐在水池邊，與鴿子同舒暢。地下空間原來可以這樣用，大開眼界。三個館子太大，時間太少，很多雕塑和畫作在眼前晃過，即使不是鴨仔團，也難免走馬看花。我懷疑到底有多少不是走馬看花的。參觀完了，除了到此一遊外，到底又留下多少印象。很多人往蒙娜麗莎朝聖，幾百年前達文西留下的，蒙娜麗莎的畫作

到底神秘在哪裏？在眼睛嗎？在笑容嗎？在背景嗎？走着走着，才知三個館子原來互通的。你如果在這裏，你一定會很雀躍，比我更感高興吧，你那麼喜歡繪畫藝術。可惜你不在。

從前看王家衛的《東邪西毒》，從來不會喜歡洪七這個角色，卻原來是張學友的緣故。帶着心愛的人闖蕩江湖，有什麼不可？最開心的時候喜歡的人都不在身邊，孤獨如斯，難道這才叫浪人？我不知道，或者我不如自己想像中瀟灑。

你的來電，叫我憂心，何苦要這樣辛苦自己？是我的不好，一個人風流快活，卻要你在香港忙碌，真是不該。

到底什麼是生活。你可以告訴我嗎？

＊　　　＊　　　＊　　　＊　　　＊

咖啡館日

今天懶洋洋，早上看了一章《紅樓夢》，又睡着了。睡中多夢，夢見你，為你的多勞而勞氣。

今天只打算在附近走走，在一間叫Le Soufflot的咖啡館裏午膳，一坐就是三句鐘，看巴爾札克的《高老頭》，一個悲劇故事。巴黎人真是自由，香港平日就連陽光也覺歹毒，在巴黎，陽光卻和煦非常，坐在對街的座椅上，看書，無人會催促你結帳，那感覺多好。

傍晚回家，收到你從香港寄來的書。真感謝。我實在說不過去，臨行前也不預備這些，可見走之倉促，和心情不放在旅遊上。你寄來的書太好，刺激起我當一個旅客的心情，決定每日一遊，明天就到奧賽美術館走走，聽說這裏有很多印象派畫作，你要是來到肯定樂透了。

晚上又到附近一間Café Delmas坐，邊飲朱古力邊看旅遊書和《高老頭》，巴黎晚上九時還半亮的，八月份，日長夜短，又加上調校了夏令時間之故。香港如果可以做個不趕時間的人，有開揚的空間，任逍遙那就好了。周圍不時看到有人穿滾軸溜冰鞋、踏單車穿梭，城市的空間感真是影響人的性格的。這裏，自由的空氣幾乎是可以嗅到的。

＊　　＊　　＊　　＊　　＊

八月一日，晴

印象主義

參觀地方：奧賽博物館

早上，上了第一堂課，教的都學過了，還好，不難應付，只是法文上課，總有難度。

課畢，到了奧賽美術館站，這裏原是巴黎舊時幹線火車站，改建成美術館，以印象主義作品馳名。有不少莫內、馬內、塞尚、梵高、畢沙羅等畫家的畫作，巴黎的美術館，一待就是幾小時。

回來，又在盧森堡公園坐了一會，人家的公園真是舒服。公園外掛了一幀幀照片，是一個關於第三世界的攝影展。如果香港的公園也可作沙龍展覽，那該多好。

回程終於給我發現了一間更近的郵局，回來給你寫了東西，用在美術館買的梵高卡，希望你喜歡。

看着《紅樓夢》，不覺又睡着了。

* * * * *

八月二日
散步巴黎
參觀地方：凱旋門、香樹麗舍大道、協和廣場

今日可說是步行日。乘地鐵到Charles de Gaulle-Étoile站，直抵凱旋門，如此宏偉的羅馬建築，見證着一個偉人無限的野心。登二百八十八級樓梯，到達凱旋門頂，從高處鳥瞰巴黎，如此美麗的風景，十二條大道盡入眼簾。

凱旋門是香樹麗舍大道的一端，我徐徐步行，見識這聞名遐邇的大道。大道種植了一排高樹，街道非常寬闊，人多也不覺擠迫，隔不遠處又有咖啡廳的座椅排出道外，卻絲毫不覺凌亂。

一直行一直行，途經幾個車站，又路過香樹圓環廣場。巴黎真是一處適合散步的地方，你親到此地，才會明白為何波特萊爾會寫出他的《惡之花》。最後抵達協和廣場，遠遠便看到那棟埃及尖碑，夾在兩個埃及噴水池之間。這地方在法國大革命時期曾是斷頭台之地，今日改名「協和」，洗去了血腥，公園也真是祥和舒服，我也禁不住在廣場坐下，看起書來，不覺又消磨了一段時光。

＊　　＊　　＊　　＊　　＊

八月三日，晴
畢加索
參觀地方：畢加索美術館

今日算是晚起的一天，連早餐也沒吃。乘地車到Saint

Paul站，不太難便找到畢加索美術館，雖然比起香港，總覺得巴黎路標不足。

畢加索美術館依時序，將畢加索不同時期的作品展出，我對美術不大懂得，但也是很滿足的一趟旅程。畢加索畫人總是不合比例，眼睛、臉部各器官扭曲，不知他如何想出這些造形。有的抽象畫不懂看。但總的來說，可以看到藝術家不同的嘗試、改變，創作力非凡。

晚上回來溫習了少許法語，人也定了一些。法文雖不是自己這趟旅程的重點，但總不成空手而回。也不是非此即彼的，可以滿足原來目的也可以學到一些外語，何樂而不為。這些機會往後不再有也未可知。所以，總要懂得珍惜。應好好珍惜這次學習機會，和三十多天的出走、退修、避情、流浪、旅遊。

＊　　＊　　＊　　＊　　＊

八月四日，晴
無所事事

第二天上課。

下午聽了一場講座，由一個編輯主講。一點也聽不明白，法文可憎。

＊　　＊　　＊　　＊　　＊

八月五日，晴

艾菲爾鐵塔

鐵塔凌雲，許冠文的歌詞，許冠傑的歌，就是寫這個鐵塔。

世界上最高的建築物——曾經。排了一個多小時隊，烈日當空，排到我時，有工作人員竟說BREAKDOWN，最少要修理十五分鐘，真掃興。卻因此因禍得福，去了另一個角，盲打盲撞的給我入了隊，免費乘電梯至最高層。

建築物可以一個比一個高，但歷史是不能一下子建立的。遊着鐵塔，想起去年澳門號稱全世界第十高的觀光塔，相比起來，澳門觀光塔歷史便蒼白多了，只能作為資本主義消費龐然巨物的一個象徵。艾菲爾鐵塔，本來是臨時搭建之物，應博覽會起來，一坐落便是百多年，曾經傾斜，也曾維修。那麼多傳播實驗在鐵塔進行過，那麼多慶典在鐵塔舉辦過，那麼多名人探訪過，當然還有各式挑戰在鐵塔上演過，有人更因此送了命。這些歷史，成了鐵塔的軟體，以鐵塔的鋼筋滑輪承托着。

鐵塔凌雲，望不見歡欣人面？未必。

＊　　　＊　　　＊　　　＊　　　＊

八月六日，晴
龐比度中心

現當代藝術

* * * * *

八月七日，晴

什麼地方也沒去，課畢回來洗衫。

* * * * *

八月八日，晴
巴爾札克

遊了巴爾札克故居，到歌劇院區兌換歐元。到唐人餐館吃了星洲炒米加杏仁豆腐，看了錄像《巴黎故事》。

* * * * *

八月九日，晴

到了以文化氣息聞名的Les Deux Magots咖啡館，碰巧遇着火警，等了一小時還未回復經營。於是找另一以文人馳名的Café de Flore，原來就在旁邊。

後到了雨果紀念館。他的作品我沒怎樣看過，只看過一齣以他小說改編的音樂劇《孤星淚》，七、八年前在新加坡的Kallang Theatre。說明文字又是法文，言語不解，不易看得投入。他的紀念館比巴爾札克的大，雨果生前的家世是否比巴氏顯赫呢？有待考查。館內很多個雨果頭顱的雕像，很多都出自羅丹之手。想羅丹一定很欣賞雨果。

雨果紀念館位於孚日廣場的西南角落，十九世紀雨果曾帶着妻子及四個小孩在此居住十六年（1832-1848年），這棟宅邸是孚日廣場最大的建築，一九〇二年才改為雨果紀念館。

* * * * *

八月十一日，晴
巴黎聖母院

後到Bercy站撲了個空，只找到一條叫Jean Renoir的街。

* * * * *

八月十五日，晴
蒙帕那斯墓園Cimetière du Montparnasse

葬着波特萊爾、沙特、西蒙波娃、杜哈絲、社會學家Emile Durkheim、法國電影人Henri Langlois等。

* * * * *

八月十六日，晴、涼
蒙馬特區

過了站到了機場，耽誤了時間。

路標指示不足，花了不少時間找達利蒙馬特空間。

途經聖心堂、蒙馬特博物館

Alice's Adventure in Wonderland

蒙馬特墓園

左拉、杜魯福、Edgar Degas

紅磨坊

* * * * *

八月二十二日

與同學午膳

* * * * *

八月二十三日

墓園

邁克

蒙帕那斯墓園

波特萊爾、Samuel Beckett

* * * * *

八月二十五日

阿拉伯文化中心

Café寫信

* * * * *

八月二十六日

羅丹博物館

* * * * *

八月二十七日

Presentation

* * * * *

八月二十九日

今天是課程的最後一天，派對、歡送、告別，原以為是例牌東西，當真來時，一些人，共對了一個月，竟還是有點不捨。French kiss，咁大個仔，今天獻出和獲得最多。人與人的關係到底很微妙。「來意大利找我」，「來南韓找我」……，人們都這樣說，我也照着說，「來香港找我」，說時也不知自己是否真心。有多少人真會繼續聯絡呢？我想。但可以這麼隨意，不一定要講熟絡，也是好的。那個笑聲很響亮的日本少女給我的擁抱竟是如此熱烈。那個南韓女子最後一天才與我說最多話兒。我給她的吻竟真印在臉上。意大利女子臨別給我法式的吻，還說，write。日本男孩礙於語言，到底不多話。自己真糟糕，人家都說得上、聽得明流暢法語，自己還是這樣不濟。

就這樣，一點儀式，一點真情，一點聚，一點散，一點喧囂，一點落寞。匆匆的聚，匆匆的散，總算一點塵緣。

二〇〇三年七、八月

盛夏巴黎——巴黎日記

巴黎影像私語

　　電影史例牌的第一堂課：法國是電影的發源地。一八九五年十二月二十八日，盧米埃爾兄弟在巴黎大咖啡館首次公開放映電影。稍後還有拍電影如玩魔術的梅里耶。來到巴黎，我看到更多的是繪畫、建築、雕塑、作家故居，卻找不到電影博物館，依旅遊書找到了Bercy站，卻撲了個空，迷途之中，只偶然看到了一個以Jean Renoir為名的街牌，就覺得是意外驚喜。後來又在拉丁區附近，碰到一條Descartes街，就覺得巴黎到底是巴黎，對思想家、藝術家始終有種特殊的尊敬。

　　尚‧雷諾亞令我想起紅磨坊，說的是他的《法國肯肯》（*French Cancan*, 1955）。但說實話我更記得妮歌‧潔曼的後現代版《情陷紅磨坊》（*Moulin Rouge*, 2001），儘管是荷里活搭建的廠景，但也不減觀賞的愉悅。來到以印象主義藝術品馳名的奧賽博物館，看到羅特列克（Henri de Toulouse-Lautrec）的巨幅招貼畫La Danse au Moulin Rouge（1895），紅磨坊豔影在他筆下色彩斑斕而不掩哀傷。這位瘸子畫家自身的故事何嘗不是一首悲歌。美國導演約翰‧侯斯頓將其生平故事拍成了《青樓情孽》（*Moulin Rouge*, 1952），將紅磨坊譯成青樓，中國味太重兼過於赤裸了。當下便決定翌日必要到紅磨坊一走。來到聞名已久的蒙馬特，轉了多圈終於佇立於紅磨坊的大風車葉前，看看票價卻貴得驚人，盤川幾近用盡，它的

吸引力還未至於叫我透支信用卡，便就此打住。反正蒙馬特的吸引並不止於此。

▲ 巴黎聖心堂

蒙馬特坐落於海拔一百三十米高的石灰岩山丘上，它的傾斜地形叫人走起路來總有歪斜的感覺。十九世紀時它曾經是波希米亞流浪藝術家的聖地，當然也是燈紅酒綠的風化區，現在的旅遊味道則嫌太重。杜魯福看到不知會作何想。提起杜魯福絕非偶然，我個人差不多將蒙馬特與杜魯福連在一起，尤其當來到巴黎第二高點的聖心堂前，腦內便即時勾起《偷吻》（*Baisers Volés*, 1968）的影像。電影三番四次出現聖心堂的特寫，事實上，男主角安坦的寓所就面向聖心堂，一打開巴黎特有的大白木窗（我喜愛巴黎的其中一樣小東西），聖心堂便映入眼簾。其中一幕，安坦寫信給鞋店的老闆娘：「你太寬容了，我不值得你對我寬容」，鏡頭忽然接到聖心堂，彷彿一時之間老闆娘已經成為他心目中高不可攀的女神。容或是過度詮釋，但聖心堂不可錯認。巴黎的教堂都是尖尖的哥德式的，最著名當然非巴黎聖母院莫屬，唯獨聖心堂，白燦燦的卵型圓頂，羅馬式和拜占庭式相結合的別致風格，巍然聳立於蒙馬特山巔，與周圍環境似乎有點不協調，初看有點刺眼。

盛夏巴黎──巴黎影像私語

　　說到杜魯福又豈可漏掉蒙馬特墓園？電影《愛女人的男人》（*L'Hommes Qui Aimant les Femmes*, 1977）以男主角 Bertrand 的葬禮作開首與結尾，男主角迷戀女性的腿部，為腿生為腿亡，追着一個女性的腿而被汽車撞倒，最後埋葬於蒙馬特墓園，前來憑弔者清一色是女性，各人向棺木撒一把黃土，也好，死者棺木的低角度正好成全他對女性腿部作最後一次的大檢閱。料不到的是電影拍罷七年後，杜魯福也入土於蒙馬特墓園，這樣，他與蒙馬特的關係就成了永久性。這裏一直是藝術界知名人士的安息地，有作曲家白遼士、俄國舞者尼金斯基等相伴，杜魯福也不愁寂寞吧。時值杜魯福逝世二十周年，又是紀念的好時機，我於密密麻麻的墓堆中搜尋，卻尋找不果，當找到作家左拉（Émile Zola）的墓時，管理人員吹響哨子，原來墓園也如辦公室般準時五時關門。

　　來到巴黎，羅浮宮當然是不得不去的。關於羅浮宮之大，高達在電影《不法之徒》（*Bande à part*, 1964）中早跟大家開了一個玩笑。電影中，兩男一女在等待打劫前，百無聊賴，最後想到以最快時間走畢羅浮宮來打發時間，三人握着手在羅浮宮內跑呀跑，最後他們用了九分四十三秒[1]（熒幕上卻是三十秒不足），打破了一個美國人創下的九分四十五秒紀錄，這個紀錄不知是真是假。有說假如你在羅浮宮每件作品上只花上數秒時間觀看，約三萬件作品就夠你花上四十小時——足足一周的工作時

1　這個紀錄最新被貝托魯奇的《戲夢巴黎》（*The Dreamers*, 2003）打破了，電影裏三主角模仿《不法之徒》這段情節。當然，說到巴黎景觀，電影開首由高至低掃過巴黎鐵塔的景象，更叫人印象難忘。

▲ 巴黎羅浮宮

間。我對過大的空間有恐懼感，又沒耐性，只非常選擇性地挑了法國、北歐、意大利和西班牙的繪畫來看。

　　莫非真是怕古埃及展館有千年的幽靈隱伏？說笑罷了。如此故事只能是電影橋段，千禧年一齣電影《浮宮魅影》（*Belphegor: Phantom of the Louvre*, 2001）便以古埃及木乃伊邪靈為故事，邪靈通過電流上了女子麗莎（蘇菲‧瑪素）的身體，電影拍得平平無奇，法國國寶蘇菲‧瑪素也難力挽狂瀾，但始終是第一齣大量在羅浮宮實景拍攝的劇情片，說到羅浮宮與電影影像，這齣電影還是值得一提。當然，電影既然以

古埃及邪靈為故事，又怎會放過捕捉協和廣場埃及尖碑的影像
——說這裏魅影幢幢或許更令人置信，因為大家都知道協和廣
場的歷史一點也不協和，法國大革命時期它就是斷頭台之地，
劈下了法皇路易十六、皇后瑪麗‧安東妮等千多個頭顱。

如此這般，你本以為對一處地方一無所知，原來在腦海中
早已下載了一大堆文字與影像。有些影像記憶井然有序，如傳
統中藥店的百子櫃，實地景觀開出一條藥方，腦子自動往百子
櫃的抽屜搜尋藥材，譬如說香榭麗舍大道，抽屜裏少不免有高
達的《斷了氣》（*À bout de souffle*, 1960）。但更多的是雜亂
無章、過後即忘，電影眼與肉眼的先後次序也經常分不清楚，
攪作一團——譬如說，龐比度中心、盧森堡公園、畢加索博物
館，令我想起伊力盧馬的《巴黎的約會》（*Les Rendez-vous
de Paris*, 1995；電影分三段故事，三段故事分別出現以上景
觀），但反過來說，說《巴黎的約會》令我想起龐比度中心、
盧森堡公園、畢加索博物館，也未嘗不可。回港後，有時甚至
好像患上了一種déjà vu（似曾相識症），在電影中看到熟口熟
面的巴黎景象，就思疑自己有否走過這條大道或那個街角。或
者必須放棄直線記憶的邏輯，記憶永遠可以從後修補。而如果
真有一個影像記憶百子櫃，它也是私人的（因人而異），經過
人為編碼的，就如這篇文章所呈現的一樣。

對於一個浸染於小說、電影、繪畫的旅行者而言，旅行已經
成了一種文化想像與實地觀感的摻雜。譬如說，我在巴黎小居的
拉丁區，是巴爾札克的《高老頭》（我在拉丁區一間叫Le Soufflot

的咖啡館看畢這小說）[2]、普契尼《藝術家的生涯》[3]等文字影像與實地體驗的總和。譬如說，對於巴黎地鐵霉暗陳舊的觀感（但我喜歡Metro這個名字，相對於其他城市的地鐵名字，更富一種大都會感），除了經過親身接觸外，或多或少也來自《不法之徒》裏Anna Karina一句話：「People in the Metro always look so sad and lonely」，以及隨之而來的高達招牌式跳接（jump cut）——鏡頭跳到幾張地鐵乘客的疲乏面孔，最後不無反諷地停在一個叫Liberté的車站。還有，奇斯洛夫斯基《白》（*Blanc*, 1994）裏，那個落魄理髮師瑟縮於地鐵站一角吹奏着一把梳子的影像，不禁令我見到形單影隻的賣藝人時，想像他們背後有什麼耐人尋味的故事。

又譬如，當我通過奧賽博物館的大鐘看到遠遠的千禧摩天輪時，我看到的不僅是一個巨大的白色摩天輪，還有是蔡明亮《你那邊幾點》末段尚－比埃·里奧（Jean-Pierre Léaud）[4]徐徐老去的身影；歲月悠悠，而他已經老了，或者已走近生命的尾聲，但巴黎和電影，還是會繼續下去。

▲ 龐比度中心

二〇〇四年二月

---

2 小說以十九世紀拉丁區為背景；當然經過奧斯曼大規模的城市改建計劃，巴爾札克時代的巴黎已不復見。

3 又名《波希米亞人》，劇情以十九世紀巴黎拉丁區一群流浪藝術家的生活為背景。

4 杜魯福「安坦·但奴」系列的男主角。

那年那天，在蒙帕那斯墓園

　　最寧靜的一種公園，叫墓園。或者你會問，墓園（cementery），也算是一種公園嗎？那要看公園怎樣界定。但據說在紐約中央公園還未落成時，十九世紀上半葉曼克頓人口倍增，城市人假日要暫離煩囂，其中一個暫且被權充為郊野公園的去處，便是布魯克林綠木墓園（Brooklyn's Greenwood Cementery）。在曼克頓我到訪過的墓園，只有下城的聖三一教堂和聖保羅教堂墓園，華爾街寸金尺土，還可讓死者「奢侈」地佔據一地，這自然跟此二教堂之地位、教會的權力相關。這兩座墓園附屬於教堂之下，雖然也有人在墓碑之間促膝談心，感覺上仍像私家庭園；若說墓園開放如一片公共空間，我更想到巴黎。

　　是的，巴黎的蒙帕那斯墓園，是一片旅遊勝地。二〇〇三年一個暑假，我到巴黎索邦大學習法語，周日每天都要上課，周末，羅浮宮、奧賽博物館、龐比度中心等必到之地外，偶爾我會溜到墓園去。幸好不是太多人喜歡親近死者，墓園雖說在深度旅遊書必有介紹，也不至於吸引太多訪客，仍保守着一份它應有和特有的靜穆與莊嚴。我作為人文朝聖者踏入墓園，很快就找到沙特與西蒙波娃合葬的墓碑，墓碑放着一片片小石，小石壓着一張張紫色小車票，此外還有水果和鮮花。我也拿出自己的一張地車車票，拾一片小石壓着，加入許多默默到此一遊的匿名者行列。讓生者繼續嘔吐，死者安然。存在的時候，

多大的空間共棲也嫌擠迫，死後的六呎黃土，二人平臥而睡，
卻是恰到好處。這一對哲者戀人，畢竟是幸福和登對的。

▲ 沙特與西蒙波娃合葬的墓碑

▲ 法 國 雕 塑 家 婁 宏
（Henri Laurens） 的
人像

　　我在墓碑之間踟躕。死亡在這裏只有靜默，沒有陰森。很
多文化名人葬於此地，也沒拿着地圖刻意尋訪，偶爾碰到自己
認識的名字，如詩人波特萊爾、小說家莫泊桑、杜哈絲、社會
學家涂爾幹、法國電影資料館創辦人Henri Langlois等，就默
默記下，或者在心裏行個敬禮。各人的作品我都看過一點，深
淺喜好不同，但此時此刻此地，竟然都一次過打了個照面。波
特萊爾，我最喜歡他的不是《惡之花》而是《巴黎的憂鬱》。
杜哈絲，《情人》不說，《廣島之戀》單是文字版，我卻是讀
得津津有味。墓園裏放有不少雕塑品，如長眠守護神銅像、原
始主義立體派雕塑「吻」（Le Baiser）等，都惹人遐思。我在
法國雕塑家婁宏（Henri Laurens）的人像前駐足良久——人像
低頭蹲踞，一身重壓都卸在僅可依靠的一根手杖上，肥厚肌肉

盛夏巴黎 —— 那年那天，在蒙帕那斯墓園

加倍放大生存的沉重感，似乎只有死亡才是永恆安息的歸宿。但死亡不一定面目猙獰，有的墓碑設計十分趣致，如以七彩花貓馬賽克替代灰白碑石，就使我會心微笑。Henri Langlois的墓碑也有趣，銘刻於其墓碑上的，是多齣電影如《四百擊》、《亂世佳人》等劇照的collage，委實是生也電影死也電影。一塊塊高低不一的墓碑矗立着，有小女孩低頭沉思，沉思着什麼呢莫非就是我從小至今也百思不得其解的死亡意義？

這刻我想起來了，一次跟當時一名意大利同學相約出來，大家不知怎的就走到蒙帕那斯墓園。這一定是我的餿主意。事後回想，也不知她作何想。但我們的確在墓園裏消磨了一個下

午，既在墓園便不一定要談話，靜默被充分允許（墓園弔詭地沒有所謂「dead air」）。墓園坐落城區，被四周大廈包圍，雖說歐洲樓宇普遍不高，但在墓園裏巴黎最高的蒙帕那斯辦公大樓（Tour Montparnasse）也常常收入眼簾，因遠近造成的視覺幻象，乍看有時也像一座墓碑。沒料到一年多後，美國的蘇珊・桑塔格（Susan Sontag）也來到這片「文人浩園」，加入名副其實「哲人其萎」的陣地。

誰說生者才可以移民？思想家、藝術家以巴黎墓園為最後的棲息地多的是，如美國演員珍・茜寶、俄國現代舞者尼金斯基（葬在另處的蒙馬特墓園）──也不是你說來便可來，沒傑出人文成就的休想，如果當中包含虛榮，這應該也是踏進冥界前對人世最後的欲望，可被理解和包容的，也因此為人生留下了一個漂亮的句號。許許多多的漂亮句號，使巴黎蒙帕那斯和蒙馬特墓園成為一個人文愛好者的「朝聖地」，退盡喧囂，沒有嘉年華，沒有慶典，不需要掌聲，就輕輕放下一片石頭吧，也許你可以聽到自己的心音。

二〇〇九年十月

盛夏巴黎──那年那天，在蒙帕那斯墓園

「瘋狂於文學家來說有不一樣的意義，我想到Man of La Mancha
的歌曲*To Dream the Impossible Dream*。因為有人『夢那不可能的
夢』，一粒麥子落在地上，結出許多籽粒來。我剛巧拾了一粒，
或成了一顆，於此時此刻。」

Chapter 04

愛 荷 華 記

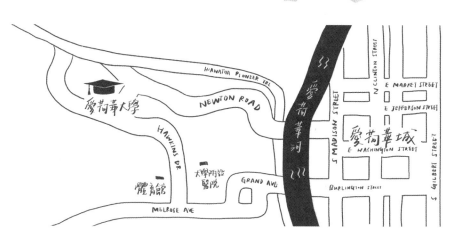

愛荷華的夢

　　二〇〇七年八月二十五日，我從紐約飛到愛荷華州，降落於Cedar Rapids機場。一個陌生的名字，但其實，所有機場於我都是陌生的，你很難跟一個機場發生感情，Cedar Rapids Airport跟JFK Airport，都是人生過境的場景，同樣來去匆匆，然而念及人生種種過渡狀態，機場又變得熟悉起來。我把腕表撥慢了一小時，紐約與愛荷華有一小時的時差。在地球的時差上，紐約與香港剛好「一個對」（晨昏顛倒），愛荷華與香港是相差十一小時，理應是稍稍近了一點，但感覺上卻是更遙遠了。因為時間以外還有空間，如果紐約還有摩天大樓、地鐵、滿溢的都市符號可資與香港對號入座的話；愛荷華全然是一片綠洲。好的，我就是希望走得更遠。

　　從機場到愛荷華大學，沿途盡是大片大片的綠地，非常平坦的，金黃色的玉蜀黍田隨處可見。不久我便知道，這裏，除了玉米外，豬特別多，愛荷華是美國出產豬隻的重鎮，據說豬的數目是這裏人口數目的三倍，但我從沒在室外看過豬隻的蹤影，想必是給關在農場餵養，繼而被運走、屠宰。說到愛荷華，不能不提的還有位於其中東部的愛荷華大學，公立的常春藤，偌大的校園自成天地，因為一所大學，整個州都戴上了光環——「愛荷花的光華」（聶華苓語），儘管這裏根本沒有荷花。

這所大學在愛荷華於一八四七年立州的五十九天後創立，可說與愛荷華共生共存。風光明媚，揚眉之事多得一摞摞，譬如說，這裏的醫學院及醫院是全美一流的、法律系的圖書館也位列全美之冠、它是最早給女性頒授法律學位的美國大學等等。而與寫作相關的，不能不提愛荷華大學聞名遐邇的「作家工作坊」（Writers' Workshop）：

▲ 圖書館門前有一圓柱體藝術裝置，刻上不同國家的語言，有容乃大，發光發熱。

一九三六年創立，出過不少小說家與桂冠詩人，摘下為數相當的普立茲獎及國家圖書獎。愛荷華大學是首間頒授M.F.A. in Creative Writing的大學，開風氣之先，已成此中典範。因為愛荷華大學，愛荷華成了一個大學城；因為「作家工作坊」，愛荷華大學成了一所寫作大學。

說到寫作大學，不得不提的，當然還有是這裏的「國際寫作計劃」（International Writing Program，簡稱IWP）；自一九六七年成立以來，這個計劃已把超過一千位來自世界各地的作家聚合起來，今年正好是四十周年；江山代有才人出，站在巨人肩上，這裏新添的神話有土耳其作家奧罕·帕慕克（Orhan Pamuk）──二〇〇六年諾貝爾文學獎得主，一九八八年的「IWP Alumnus」。每年八月至十一月，在天色怡人的秋夏之交，分佈於世界不同角落的小說家、詩人，都紛

紛來到這裏，像朝聖一樣，進行為期三個月的文學交流。計劃由生於斯長於斯的美國詩人Paul Engle及其文學家妻子聶華苓創立，最初被視為一個瘋狂構想，看聶華苓的《三生三世》，方知這瘋狂構想源於一瞬間的念頭，在兩夫妻一次撐船的途中，聶華苓靈機一觸，向保羅提出這個空前構想。都說水是生命，愛荷華河原是播種的搖籃，小小的河匯入滾滾的密西西比河，深不可測。Paul Engle在退任「作家工作坊」主任後，全力投入其中，二人耕耘不息，種子日益茁壯，長成參天大樹。多年以來，這計劃與中國有深厚淵源，曾參與其中的中國作家超過一百位之多。政治力量、國土邊界把作家打成離散的遊魂，獨獨在愛荷華，文學成了一塊強大磁鐵，奇蹟般地把離散的凝聚起來。如果人類過於理智，如果人類過早扼殺瘋狂，後來的事就斷不會發生。瘋狂的構思，後來在美國追隨者眾，「國際寫作計劃」成了不少文學交流計劃的模範。一九七六年，Paul Engle及聶華苓，因在「國際寫作計劃」上的貢獻被提名角逐諾貝爾和平獎。文學與和平，被放上了一個和諧的天秤上。瘋狂於文學家來說有不一樣的意義，我想到Man of La Mancha的歌曲*To Dream the Impossible Dream*。因為有人「夢那不可能的夢」，一粒麥子落在地上，結出許多籽粒來。我剛巧拾了一粒，或成了一顆，於此時此刻。近十年，從內地到此的作家大致沒有間斷，台灣、香港的卻斷了多時（香港更久），今年因緣際會來到此地的駱以軍和我，沒料到接上了一個長長的缺口。

在我十多年的寫作人生中，二○○七年是最特別的一年。在香港的文化環境中，文學作家常常都是無主孤魂，也不一定特立獨行，只是乏人問津。我習慣於位處邊陲，因而也時時感到自由，連隨一點虛空。像這陣子三十多位作家密集地相處、感覺有點像「作家公社」的生活，對我來說，是史無前例的經驗。要把作家所屬的（如果真有所屬的話）國家標示出來，你必須攤開一張世界地圖，把地圖當成手卷，以經為軸，從澳洲翻到亞洲，從亞洲翻到歐洲，再至非洲、南美洲、北美洲，而最後你發覺麥哲倫果真不錯：地球是圓的。有些國家比較親近，曾經踏足，有些你只在文學中交錯相會，有些則聞所未聞。也別笑我孤陋寡聞，在美國，有人把南斯拉夫西部的Montenegro錯認在非洲（因其「negro」之名），連蒙古都有人以為在非洲（那就情非可原）。所有作家加起來，就是一堂世界地理課。國家組合想又與當前國際政治有點關係。地理之外，語言更是複雜得無以復加，阿拉伯語、土耳其話、西班牙語、蒙古語、馬爾他語、希臘文、意大利文、中文等等；來自肯亞的作家說單單非洲就有二千種語言；來自海地的女作家會說法文、英文，但撩撥心弦的必是海地語，一次她談着海地語時哭了（我又如何告訴他們廣東話之歷史與邊緣，以及我們長年累月口與手之交纏？）關在房門，各自磨蹭於各自的大國或少數語言，我想到聖經裏的巴別塔，人們說着不同的話，彼此相隔。幸或不幸，我們有了英語，世界的共通語言，你明知權力運行其中，但你有溝通的欲望，那就只能征服英語，或被英語征服。你看到一些作家吃力地吐出英語，你忽然感激自小接

受的殖民地教育——老牌的聖公會中學，在二十年後，讓你在他城少吃了一些苦頭。是的，你明白，語言與殖民歷史密不可分，帝國與國際血脈相連。我看着菲律賓作家、印度作家以英語書寫，你知道自身殖民歷史的特殊，母語的舌頭不曾斷裂，並且比中原官方語更悠長久遠，你成了你母親的祖先。很多國家都有不同的殖民歷史，國家的觀念從來不是自有永有。你設法明白，但終究難以理解；你以英語敍說着自身城市的故事，從小漁村到國際都會，你邊說邊自我質疑，溝通的時候是否也在製造誤解。語言像個大牢房，各種隱喻、定型運行其中。

▲ Shambaugh House 內設 Paul Engle Reading Room，Paul Engle 為 IWP 創辦人，於一九九一年辭世。

▲ 作家聚首，少不了把酒談歡。這文學季度，紅酒和啤酒，可能比清水還要喝得多。由左至右：駱以軍（台灣）、潘國靈（香港）、羅喜德（韓國）、Hamdy（埃及）、Khet Mar（緬甸）。

或者，唯一共通的語言是文學，你如此理解理想國。三個月來，文學活動是頗頻繁的，一般來說，每個作家基本上都要給三場演講，一場在愛荷華的公共圖書館，文學講題不一，有談寫作與閱讀、寫作與流徙等等。另一場是「今日國際文學」（International Literature Today）課，給大學的文學生上的，每個作家說說自己的文化環境與個人寫作，然後是問答環節，學生上課前需閱讀相關作家的作品，預先設下問題。問題不一定都有答案，但問問題本身即是一種學習。另外則是朗讀作品，地點在「國際寫作計劃」的辦公室Shambaugh House或一間叫Prairie Lights的書店中。跟文學課相反，這裏不設問題，把文學還原為純粹的朗讀，詩歌也好，小說也好。各人英語語音有別，加上自己英語聽力有限，有時跟不上來，如墮雲霧之中，但有人不過希冀聽聽別家語言的聲音，不明白不打緊，純粹的音節有時也有魔力。愛荷華城有不少電台，有些是學生自辦的，圖書館講座和書店的作品朗讀，都會在當地作電台廣播；我想到我城，何時才有一個像樣的文化電台。其餘還有大小不一、未能詳列的文學活動，如翻譯工作坊、電影放映、戲劇表演等。不同作家或會再受到不同單位邀請，以上的「基本三部曲」外，我還給這裏的高中生、愛荷華大學的中文部談文學，並到芝加哥進行文學交流。駐校計劃以外，也有出城交流的時候，我跟俄國、保加利亞、埃及、澳洲、印尼共六位作家，共赴伊雲斯頓西北大學參加該校首屆「國際寫作日」，及到芝加哥與當地作家對話，並在有名的蕭邦劇院朗讀作品。

愛荷華記——愛荷華的夢

　　如此這般，我想到應該也思考一下「Writers as Speakers」這個題目，如果作家的己任本是默默寫作，也許，在「表演型社會」的要求下，作家都要自我裝備，從桌子走到台上，不一定雄辯滔滔、能言善辯，卻起碼有臨危不亂、面對聽眾不會面紅的本領。在一場演講中，我以羅蘭巴特的話自嘲：「Who speaks is not who writes, and who writes is not who is.」大家都笑了，起碼明白我說什麼。其實也不僅是說笑，深究下去也與作家的身分角色有關。我剛剛讀完的一本小說——南非作家J. M. Coetzee的*Elizabeth Costello*，就是以一位澳洲女小說家（與小說同名）周遊列國的一場場演講為故事結構的。

　　在大學城中，只要你說到IWP三個英文字，人們都知道你是來交流的作家。當然，作家的身分其實也只是一種識辨，有時我在大學裏閒逛着，也想像或希望人們想像我是這裏的一名亞洲學生。怎可能不想像呢？美麗如斯的校園，空間設施如此充足，學生在休息室中可以在沙發上橫臥打盹，空間的窒息感不是這裏所明白的。深夜十二時有人還在跑步、踏單車，看到你會跟你打招呼；圖書館開到深宵二時，簡直是我這夜貓一族的天堂。藍天白雲，永遠響着蟬鳴，碎步踩着落葉你可以聽到脆裂。秋收時分，紅葉燒個漫天荒野，「紅葉斜落我心寂寞時」再不只是一句歌詞。只是，面孔騙得了人（買酒問我看ID，真是逗我開心），心靈卻是隨歲月積上了灰塵。你看到年輕學生在草地上擲飛碟，呀，飛碟這東西，年輕得跟你恍如

隔世。歲月不能回捲，做不成學生，當個遊客倒是沒年齡限制的。我們到體育館看西部牛仔表演，到Kolona看與文明隔絕開來，堅執地過着虔誠簡樸生活的Amish族群，到密西西比河山脈看印第安人留下的Effigy Mounds，到伊利諾州的Galena酒店「退修」。沒料到一個多月來，在愛荷華竟然看到Queen Latifah（電影《芝加哥》中飾演Mama Morton一角的黑人歌手）、Suzanne Vega、Bob Dylan的演出。是的，社會學家鮑曼告訴我們，遊客是現代的朝聖者。作家、朝聖者、遊客、浪遊者、演說者、欣賞者、遁世者、偽學生、中國人、香港人，一個人本來就是不同身分的轉換與集成。

來到愛荷華不久，經常被問及的一個問題是：你喜歡愛荷華嗎？覺得她怎樣？當然喜歡啦，倒不是學了美國人凡事都fine、wonderful的口吻，而是，豈能不喜歡呢，這樣一個標致的童話世界。人是年輕的，美麗的，純良的，開明的，未經風霜的；最能捉緊大眾神經的是美式足球。罪惡是看不到的，乞丐幾乎沒有。汽車讓路，塗鴉不見。天空如此澄藍，空氣如此清爽，讓你忽然想到，如果世間真有造物主，祂許是患了偏愛症的。這裏的屋子，幾乎全都是三角尖頂、頂上有煙囱、門前有一道樓梯、草地，有的還吊着鞦韆架；有次跟馬耳他、匈牙利作家談起，我們都說，小時候在紙上畫的屋子，就是這般形狀了。好笑在我們各自的家鄉根本沒有這種屋子，怎麼會這樣畫，天曉得，也許如果柏拉圖是對的，這便是屋子的理型吧。理型的世界不就是童話嗎？但一塵不染的童話到底太輕了，我

不確定寫作是否需要多一點的齷齪、骯髒，以及晦暗（儘管晦暗在心，不在外邊）。只是看真，如果你真是看真，寂寞的老人、襤褸的流浪漢、通緝犯的告示，通通還是有的。如此，童話世界又添上一點真實，儘管這樣說也是有問題的，因為，這一千九百畝的大學城，本來就是真真實實地存在的，於美國中西部的一隅。

二〇〇七年十一月

◀ 愛荷華大學城裏的 Prairie Lights 書店，是藝文匯萃之地。二〇〇七年八月三十日，在愛荷華 Prairie Lights Bookstore 聽了一場拜登（Joe Biden）的演講，當時民主黨還未選出總統候選人，拜登勝出機會渺茫。

◀ 一個多月後，我也曾在同一講台朗讀作品，不說明什麼，只說明文化書店的開放性和美國政治人物的親和力。

愛荷華相遇

聶華苓

「我是一棵樹。根在大陸。幹在台灣。枝葉在愛荷華。」聶華苓自道。

枝葉繁茂，予人庇蔭，種子落地，又自身長成另一參天大樹：始創於一九六七年的愛荷華「國際寫作計劃」（IWP）。

二○○七年八月二十五日，中午時分抵達愛荷華Cedar Rapids機場，由於我直接從紐約乘內陸機出發，在三十多位來自世界各地參加IWP的作家中，我第一個到達。稍為安頓，不敢怠慢，撥電話到聶華苓老師家報平安。

下午六時，聶華苓駕車來到大學旅館，隨行的還有她的外孫Christopher，三人在一間韓國人開的亞洲餐廳，共晉晚餐。聶華苓這前輩很好，八十二歲還很有魄力，中氣十足，說話爽朗，一派女中豪傑；儘管她說她感覺自己正在老了，她一點點的傷心事，在《三生三世》我早看了一些，就是丈夫詩人Paul Engle於一九九一年在旅途中猝然身亡，好一段日子，她也倒下了。

飯後到了她在鹿園的紅樓；鹿園，因為後園有鹿，紅樓，則取其外牆顏色，跟《紅樓夢》倒是無關。我在她家周圍看，紅樓兩層高，底層有一書房，放着不少書，樓梯掛了很多具民

族特色的面具。很多Paul Engle的東西：照片、畫家給他們畫的肖像、書籍等等。連Paul Engle最後打的一封未完的稿，仍原原本本地卡在打字機中。

這麼多的珍貴書畫、刻蝕着往事的紀念物，紅樓，直是一座情感博物館。記得聶華苓一次說：「這麼多的記憶都在這屋子裏，我怎麼可能搬得動。」我無法不想到波蘭女詩人辛波絲卡的〈博物館〉：

王冠的壽命比頭長。
手輸給了手套。
右腳的鞋打敗了腳。

至於我，你瞧，還活着。
和我的衣服的競賽正如火如荼進行着。
這傢伙戰鬥的意志超乎想像！
它多想在我離去之後繼續存活！

駱以軍

「駱以軍這人糊裏糊塗的，真擔心他來不了。」一夜等着駱以軍抵埗，聶華苓不無掛心。

門鈴終於響了。眼前出現一個高大粗獷男子。駱以軍常說自己是胡人，單說外表，果有幾分。

甫落機，肚子餓，聶華苓給他弄了一客清湯河粉。原來他

是一名素食者。緣由是考大學時立下誓言，如果老天爺給他考上他就戒肉，於是就與肉絕緣了。「也不是很嚴的那種素食主義者，我這個人，做什麼事都不會太『嚴』。」駱以軍說。

其實不。生活不修邊幅，可寫起小說來專注投入，默默承受寂寞如苦行僧，對自我要求極嚴，有大作家的氣魄。這種人是大智，大智若愚。

難得糊塗的駱以軍，在愛荷華的確弄出不少趣事。一次，他用微波爐翻熱從家鄉寄來的食物，弄得過熱驚動了鳴火鐘，救火車速速跑來，附近學校大樓連一眾「國際寫作計劃」作家們下榻的大學旅館也得疏散，他躲在房裏，不敢出來。到不得不出，唯有點頭哈腰逐一賠罪，其實根本沒人怪他。沒事就好，虛驚一場，大家樂得呵呵。

駱以軍，嗜煙，在台北，一天抽三包。大學旅館內不許抽煙，幸好愛荷華城裏有一間「Tobacco Bowl」咖啡店，顧名思義，煙可吸也。他常常待在裏頭，邊寫作邊吞雲吐霧，每寫一字，身體被侵蝕一分。我們在煙、酒、文學偈中，度過了美好若夢的一個秋季。

我們約好一天再回愛荷華，甚至有詩為憑，我贈他的〈等着與你抽根煙〉：

我忽然想起你
很想跟你抽根煙

在涼風颼颼的晚上，
朗月高照

我把香煙含在嘴巴
你給我點火
我捲起手掌給火苗
圈出一道籬笆

吞雲吐霧
我說：「虧這月是虧的！」
你說：「不打緊呀，抽下一根煙時，它就會變成盈月了。」
我說：「我信，我信。後會有期。」
有蟾蜍作證。

Bob Dylan

有些人可以親身接觸，有些人就只能隔距離觀望了。說的是美國詩人創作歌手Bob Dylan。早升上殿堂，但依舊活躍唱作。去年拍他的電影，有Todd Haynes導演的 *I'm Not There*；同年他更獲普立茲特別表揚獎；在他精彩絕倫的人生中，只算是錦上添花吧。

二〇〇七年十月二十四日，Bob Dylan來到愛荷華開音樂會。大伙兒「國際寫作計劃」的作家捧場，不少人不過為看看他的「真身」。場館Carver Hawkeye Arena卻沒有滿座，有人說，他幾年前也來過了。音樂會很長，有作家朋友喊悶，畢竟

Bob Dylan由首到尾就是不斷吟哦，邊唱邊彈鍵盤、吹口琴；沒開腔說過半句話，拒絕「溝通」。舊歌欠奉，只在完場「安哥」時唱了一首 *Like A Rolling Stone*。有的人等了三句鐘都等不到經典民歌 *Blowin' in the Wind* 有點失望。Blowing in the Wind？說笑吧。可記得電影 *I'm Not There* 中，其化身Cate Blanchett斷然地說：「I'm not folk singer」？就是不想活在你的期望設限中。

關於這場音樂會，有一件趣事。美國音樂人開音樂會，「主菜」之外常常搭幾件「前菜」，這次，Bob Dylan出場前，先有Amos Lee和Elvis Costello相繼出場表演。台灣小說家駱以軍不知Bob Dylan廬山真面目，誤信韓國女詩人羅喜德說：Bob Dylan已死了，今天是人們翻唱他的歌曲向他致敬。駱以軍翌日要乘早機，聽罷Elvis Costello出色的演唱便走了。韓國女詩人還向我探問：Bob Dylan是否有一個日本妻子？我聽後大笑，她原來把Bob Dylan跟John Lennon混淆了。笑破肚皮，可憐駱以軍一心前來「朝拜」，卻錯過了「本尊」。駱以軍笑說，跟韓國女詩人「這段仇」，遲早要算。

▶ Never Ending Tour

其實不打緊。Bob Dylan又瘦又矮，站在舞台上，只像一粒音符；拿着望遠鏡，都未必看得見。

我想到Bob Dylan在自傳《像一塊滾石》中說：「大多數演唱者都想着讓人記住他們自己，而不是他們的歌，但我不在乎這些。對我來說，我所做的一切都是為了讓人記住我唱的歌。」我卻因為他的一言不發而記着他了。

Suzanne Vega

沒料到在愛荷華的旅居日子，可以看到Bob Dylan、Queen Latifah（電影《芝加哥》中飾演Mama Morton一角的黑人歌手）的演出。還有，還有我心愛的Suzanne Vega。

已有六年沒推出唱片的Suzanne Vega，去年推出她的第七張專輯 *Beauty & Crime*。我第一時間到Virgin Store購買。配合新碟宣傳，這位紐約城市歌者在美國巡迴演唱，其中一站，在愛荷華。

演唱會在愛荷華城中的The Englert Theatre舉行，只演十月五日一場。跟Bob Dylan正好相反，Suzanne Vega與台下觀眾有說有笑，在歌與歌的間場中，有時說說軼事，有時說說歌曲的創作意念，如新曲 *New York is a Woman*，創作靈感來自時代廣場W酒店，一個住在二十七樓的住客，從高處眺望紐約的印象：迷人但有點破落，像一個遲暮女星。我暗忖，這歌是否也是歌者的自畫像？不會，不會，Suzanne Vega儘管已經

四十八歲，當年出道時的baby fat早已跑掉了，但她在台上演唱時，依舊散發一份清麗脫俗。

　　歌者隨心，欲把時間留住的，倒是聽眾。演唱會尾聲「安哥」，Suzanne Vega問大家想聽新歌還是舊歌？眾口齊聲：「Old！」我不知道歌者當下的心情，她倒也順應人心，重唱 *Luka* 及 *Tom's Diner* 這些經典歌曲。也沒法子，一九八七年這兩首曲子，實在太深入民心，富深意的歌詞、跳脫的節拍、清純的嗓音，當年我也為之傾倒。懷舊，也許大家都希望記取，生命中最美好的。當然，Suzanne Vega後來的音樂創作，其實風格多變，民歌之外，又注入迷幻、電子、跳舞、工業音樂等。這點，時間應給她一個肯定。

▲ Suzanne Vega

唐穎

　　在愛荷華又認識了上海作家唐穎。她二〇〇四年參加過愛荷華大學「國際寫作計劃」，〇七年再回來，為的卻是兒子，母親伴着兒子到愛荷華高校上學。對於國內教育，她投了不信任票。

　　唐穎是小說作家，也是電影編劇，曾任職於上海電影製片廠，又曾在新加坡電視台做過一年編劇；丈夫張獻搞戲劇，但也曾「觸電」，電影《茉莉花開》編劇就是他。

都是文字人，最好的溝通莫過於在文字中交會。她送了我兩部小說集《紅顏》和《隨波逐流》，我都看了。《紅顏》收入的四篇小說都以上海為背景，其中同名中篇以上海理髮店為場景，十分特別；碰巧我寫過一篇關於頭髮和髮廊的文章，便傳了她一看。無心插柳柳成蔭，她把文章傳了給新加坡《聯合早報》編輯余云，結果文章在「名采」版刊登；寫作多年，這可是我在新加坡的第一篇文章呢。

《紅顏》曾經被改編成電影《做頭》，關錦鵬監製、江澄導演、關之琳主演；電影我沒看過，唐穎笑說：不看也罷。她另一中篇《隨波逐流》以上海弄堂為背景，寫一對上下毗鄰的男女的微妙關係，歲月和情感跨度頗大，空間感則有點像《花樣年華》，只是左右相連變作上下鄰居。後來聽她說，原來這個小說，當年賣了給一家由劇作家夏衍後代策劃的公司，但故事無法通過電檢，最終沒有拍成。後來這主事者看到《花樣年華》大表嘆息，當年她買下這個小說，想拍的就是這種味道！

是的，王家衛，是我們的共通話題之一。我同意她說：「阿飛是王家衛廚房最濃烈的一鍋高湯，之後都好像是從這鍋湯裏化出去」。聽說她長篇小說《初夜》裏，有一大段關於《阿飛正傳》的感想，嗯，有時間，要找來看。

瘂弦、鄭愁予、李銳、西川

有什麼可把這四個文學大家聚在一塊？愛荷華是也。

去年參加愛荷華「國際寫作計劃」（IWP），適逢其會，IWP剛好四十周年，十月份其中一周特別隆重慶祝，跟IWP有淵源的四位華文作家：瘂弦、鄭愁予、李銳、西川，也回來了，逗留一星期。我跟駱以軍像小孩見偶像一樣，未見其人先緊張起來；有趣在駱以軍這段日子常關在房間裏看賈樟柯電影，一次他在《站台》裏看到有份客串的西川，預先壯了膽：「不用怕，不用怕，他在電影中滑稽極了！」到西川從影像中跑到現實眼前，人果真隨和，詩人的英文還非常了得。瘂弦，「一日詩人，一世詩人」，〈如歌的行板〉多年不知擄獲過多少心靈包括我。鄭愁予「達達的馬蹄是美麗的錯誤」，歸人駕的是一輛GM汽車，細說緣由，原來是念茲在茲美國詩人摯友Paul Engle生前堅持用美國車之故，俠道精神，可見一斑。人人都說李銳樣子有幾分像魯迅，其實相似的何止是外表，還有風骨。

二〇〇七年十月十一日，四人在一場「Scattered Seeds: Writers from China and the Chinese Diaspora」的講座中，輪流發表講話和朗讀作品。瘂弦說到自己少小離家，十七歲與母親一訣永別，並念了一首打動人心的〈鹽〉：「鹽呀，鹽呀，給我一把鹽呀！」，聲音雄渾低迴百轉，不負是念戲劇出身的。鄭愁予重舊情，特別選讀了紀念Paul Engle的輓詩〈愛荷

華葬禮〉。李銳選讀了小說《無風之樹》某段詩意章節,反覆低吟,如泣似訴。西川摘下眼鏡,讀着自己富幽默感的英譯詩作。這是值得紀念的一天。

這個星期,酒杯碰了多次,聲音鏗鏘,歲月如歌。我見識到文人的氣度。於是念及:文學之必要 / 舊情之必要 / 一點點酒和「愛荷花」之必要……

二○○八年七月至八月

▲ IWP 四十周年,左起:聶華苓、瘂弦、鄭愁予、李銳、西川。

文學之城

　　美麗的名字給糟蹋，維珍尼亞變作弗吉尼亞是一例，另一於我更不可接受的，有愛荷華之於艾奧瓦。怎樣也不能接受把Iowa譯成艾奧瓦。作家聶華苓有言：「愛荷花的光華」（中文裏，「花」與「華」通），儘管愛荷華城並無荷花，但我隱約仍記得那裏的光華，粼粼於黃泥色的河上盪漾。

　　光華因文學而散發。愛荷華州很大，我待過的只是位於其東部的愛荷華城，也就是愛荷華大學之所在。這所公立長春藤於一八四七年愛荷華立州五十九天後創立，自成一個小城；如果說愛荷華州以畜牧業（尤其是養豬業）見稱，愛荷華城則是以文學聞名。愛荷華大學有「寫作大學」（Writing University）之稱，二〇〇八年，聯合國教科文組織轄下「全球創意城市網絡」（Creative Cities Network），將「文學之城」（City of Literature）之名授予愛荷華城，繼英國愛丁堡、澳洲墨爾本後，美國首度獲此殊榮。

　　文學是愛荷華大學的命脈，它於一九三六年創辦的「作家工作坊」（Writers' Workshop）享負盛名，在美國開風氣之先，早成同類作家工作坊的典範。曾在此修讀或任教的著名作家多不勝數，隨便舉例，有Flannery O'Connor、Michael Cunningham、Philip Roth、Marilynne Robinson等。數年前

我在美國小住一年，其中在愛荷華大學度過秋夏交替的一個季度；以閱讀進入氛圍，未抵達前我已讀着Flannery O'Connor的 *A Good Man is Hard to Find*、Marilynne Robinson的長篇小說 *Gilead*，後者後來獲奧巴馬總統列入最愛書籍之一而更廣為人知。在此修畢藝術碩士學位的也有華語作家，包括小說家白先勇、王文興、詩人鄭愁予，兩年的修煉學習必烙印於各自作家的生命，終生攜同。

愛荷華大學的「國際寫作計劃」（International Writing Program），則為另一較晚生的項目。聶華苓在其傳記《三生三世》記述，這破天荒構思孕育於她與美國詩人丈夫，也是「作家工作坊」主任保羅·安格爾（Paul Engle）一次在愛荷華河撐船時萌生的念頭，「作家工作坊」既有，聶華苓忽發奇想向保羅說：「何不創辦一個國際性的寫作計劃？」保羅初聽也笑斥之為瘋狂，但瘋狂的構想後來成了事實，已記入當代世界文學史之中。「國際寫作計劃」於一九六七年創辦，每年邀請世界不同作家於愛荷華大學駐校交流（由最初的一年，逐漸縮減至八個月至後來的三個月），每年愛荷華秋天紅葉漫天紛飛也跌落一地的最美時光，愛荷華大學成了一個「文學聯合國」，不同種族、語言、文化源頭的作家在此共聚，與其說是愛荷華走出世界，不如說是世界走向愛荷華。一九七六年，保羅·安格爾及聶華苓，因在「國際寫作計劃」上的貢獻被提名角逐諾貝爾和平獎。翌年美國國會有此紀錄：「安格爾不僅對文學與教育作出許多重要貢獻，並且發揮了國際大使的作用，

促進國際了解與友善。」將時間回撥，以文學打破地域疆界、政治意識形態樊籬的世界觀尤其難得可貴，想想在美蘇冷戰尚未結束之時，「國際寫作計劃」已邀請身處東歐共產國家作家到訪，想想在文革結束後不久，聶華苓及安格爾已來到中國境內尋找如丁玲、艾青等曾被迫害的作家，想想在中國大陸和台灣互相敵對、閉鎖的時期，兩岸作家如王安憶母女、陳映真卻在愛荷華相識等等，這說來只是摞摞可堪記入文學史的一二事迹，有興趣的讀者，不可錯過聶華苓二〇〇七年最新出版的大部頭傳記《三生影像》。

　　本文向讀者介紹一個「文學之城」，實則只是拋磚引玉。香港導演陳安琪花了三年時間，拍成傳記片《三生三世聶華

▲ 愛荷華河

苓》，今月於香港先後有三場放映。對於自己漂泊流動的一生，聶華苓曾這樣形容：「我是一棵樹。根在大陸。幹在台灣。樹葉在愛荷華」，以上所述，其實只是她傳奇一生的「樹葉」部分的縷述。《三》是一齣作家傳記片但又不僅於此，因為聶華苓的文學人生與中國當代歷史盤根錯節，從電影中你既可看到一個不凡作家的文學追求，也可以看到歷史的顛沛、政治的困厄，相互交疊烙印於作家生命和文學作品表現的逃與困，而終以文學、人文和愛情超越，令人對文學的可貴、寫作的本質思之念之。電影好些片段把我拐回小住愛荷華城的美好回憶，如愛荷華河、秋天紅葉、裝滿感情重量不可移動的「鹿園」；首次在電影中聽到詩人保羅‧安格爾雄渾有力的念詩聲音，而聶華苓的朗朗笑聲亦極具感染力，四十多年前聶華苓一句「Let's try it」影響了很多人，成就是一個文學國度的奇蹟。

二〇一三年一月十六日

◀愛荷華秋天紅葉

十年，時間將東西變成隱喻

　　記憶隨時間揮發，也有一些沉澱下來，處於休眠狀態，等待時機被召喚，或無意中偶被觸媒掀動。像早前讀到瑞蒙‧卡佛（Raymond Carver）在《巴黎評論》一篇舊訪談，訪談中他提到一九七三年在愛荷華大學寫作班教書日子，住在一個叫「愛荷華之家」（Iowa House Hotel）的旅館，除了上課就是終日喝酒。細節在此不贅，想說的是，讀時一個紙上出現的地方名字，霍然將我短暫地拐回過去：這間旅館我也曾待過（跟瑞蒙一樣也是住在二樓），實實在在的，儘管只有兩個多月的日子。

　　回述往事有很多切入口，既有以上軼事，不如就從「愛荷華之家」說起。抵埗這旅館在十年前的八月二十五日，下午一時左右。當時旅館「靜嚶嚶」，在裏頭工作的Mary Nazareth（我們這班作家的「mom」）告訴我，參加「國際寫作計劃」的作家中，我是第一個抵達的。這年因為取得一個藝術基金支持我在美國生活一年，來愛荷華前我已在紐約住了兩個多月，所以跟其他IWP作家大多從各自家鄉飛來不同，我乘美國內陸機抵達，相對短途，「第一」由此而來。我被分配進二三三號房間（直覺我喜歡這數字），打開窗戶對着一面牆，有些作家希望窗戶看到風景，我沒所謂，牆有牆的好。

　　在「愛荷華之家」稍安頓下來，即撥電話給聶華苓老師家

報平安。下午六時，華苓老師駕車來旅館，隨行還有她的外孫Christopher，去了一間日本餐館吃飯，經營的是韓國人，我們點了兩客豆腐，每人一客三文魚飯。飯後跟華苓老師來到她山邊鹿園的紅樓。來愛荷華前我在曼克頓到世界書局找華苓老師的書，買了《三生三世》，也讀到「紅樓即景」一章。親臨其地當細細感受，一邊一起等待從台灣來的駱以軍；華苓老師十分緊張，她說他糊裏糊塗的，不知他來不來得了。後來終於聯絡上，由一位呂先生從愛荷華Cedar Rapids機場接來，也不知駱以軍中途經過多少千山萬水。總之，平安抵達便開懷，華苓老師怕他肚子餓，當即煮了一碗河粉給他醫肚。離開華苓老師家時，已是晚上十一時多。回到愛荷華之家，駱以軍住在我對面房間，是日，一個最早，一個最晚，就此開展我們的相識。

回想起來，鹿園紅樓、愛荷華之家，構成了我在愛荷華日子其中兩道生活軌迹。在我來的時候，前者聚集也由此輻射開去的，主要是華人離散群，其中有不少臥虎藏龍。譬如以上提到把駱以軍接來的呂先生，是八十年代一早將昆德拉小說翻譯成中文的呂嘉行，其妻譚嘉曾擔任《今天》雜誌社長多年。來自菲律賓的林啟祥教授，是腦神經專家也是一流書法家。科學家徐祈蓮對古典文學甚有心得。上海作家唐穎當年帶兒子來愛荷華求學，說不定在這裏也定居了。又適逢我來的一年是IWP四十周年，十月份四位跟愛荷華有淵源的華文作家：瘂弦、鄭愁予、李銳、西川，為慶祝特意回來一星期，其中一場講座，就叫「Scattered Seeds: Writers from China and the Chinese

Diaspora」。這段口子，我此文學後輩在紅樓中看着文學高人杯觥交錯，幾許風雨，盡付笑談間。酒杯鏗鏘碰撞，我置身其中，又像觀看着一部電影。

另一道軌跡則從愛荷華之家延展開去。IWP自一九六七年成立，早年作家駐校的日子比較長（當年人數不多），後來逐漸縮短（由最初的一年減至八個月再至後來近三個月），早年的作家住在離紅樓不遠的五月花公寓，華文作家佔多，到我來的時候，每年的IWP已儼如一個臨時的「文學聯合國」，三十多個作家來自世界各地，真真正正的國際化，下榻之地亦移師至大學旅館。愛荷華之家，當時對我意味着一個「國際文學場」，由此發散開去，作家軌跡遍及大學城中的酒吧、咖啡店、雜貨店、書店以至教堂等等。在「紅樓」與「愛荷華之家」兩個軌迹間穿梭，偶有拉扯，我生性怕人，但這段日子，也希冀多認識別人的文化和故事，算是我少有「外向」的時候。儘管如此，很多時候我也會躲起來，有時獨個兒去咖啡店，或在校園內蹓躂，或在旅館房間中閉關，或凌晨時分溜到大學圖書館中寫作（這圖書館開至凌晨二時，很適合我這夜貓子作息）。或者這三段軌迹也象徵着三個世界：一個高度濃縮着由苦難過渡到平和年代的中國歷史，一個象徵着文化外交與國際文學的交接場域，一個意味着每個作家的「必要的孤獨」，內在自我傾聽的世界。

現在回想，不知同年去愛荷華的駱以軍是否記得這一幕：來自阿根廷的作家Elena一次跟我們說，她丈夫（在當時的）十年前參加過IWP，當年認識了台灣來的張大春，但十年沒聯絡

了。當時說起來，談興之所至，也許亦寄託駱以軍擔當橋樑之意，大家當下都以為成事不難。誰知眨眼另一個十年隔間，已橫亙在我們與Elena之間。以為一定會彼此再見的，甚至說好之後到布宜諾斯艾利斯就住在她家。說時是有心的，但十年這個跟香港遙遙相隔之地，始終還未踏足。

於是記起更多說時不無真心，但後來一一落空的諾言。如當年來自台灣的駱以軍、香港的我、南韓的羅喜德，緬甸的Khet Mar說好翌年便要聚首，以為大家既是「亞洲四小龍」，重聚應不至太難（不久緬甸作家申請政治庇護移居美國首都華盛頓）。眾多作家之間，起初仍互通音信，後來音信逐漸稀疏。這是人之常情。也曾收到不好消息，十年間有作家離世了，有作家離婚了，有作家病重了，有作家父親（本為莎士比亞學者）離世了，等等。當然也有當年尚是單身的作家結婚或生兒育女了。這也是生命的平常。比較特別的是香港始終是一個樞紐，當年IWP作家曾有幾位到訪香港，二〇〇八年匈牙利作家István Geher到來我曾帶他到沙田萬佛寺，二〇一四年Khet Mar到來我曾帶她到蘭桂坊，又到金鐘雨傘運動現場。但我料想絲絲連繫，將是最後的餘波了。

由是記起，是在愛荷華大學中讀到Robert Smithson這動人句子：「Time turns metaphors into things」；如今我明白，原來這句話也可倒轉過來：「時間將東西變成隱喻。」愛荷華州很大，其實我去過的，只是位於東部、面積約一千九百畝的愛荷華城。愛荷華州以畜牧業見稱，愛荷華大學城以文學聞名。

聽說愛荷華春夏秋冬各有風情，而我看過的只是夏秋交替的時刻，有幸目睹她最美的秋色。沒有人可以踏足一條河兩次，愛荷華於我亦然（若有天重來，已非你，已非那個尚年青的我）。這個地方我真實待過，但回想起來總帶點夢的色彩，加以歲月距離這塊濾鏡，愈發變得朦朧。「愛荷華之家」曾經是我真實待過的地方，經歷時間，卻有點符號化，漸次成為人生一則隱喻。如果你問那隱喻包含什麼，我會說：一段生命中的突異時刻，像一個「例外狀態」的括弧；一道由文學與城市交碰、暈染身上的「愛荷花的光華」；一段人生插曲但讓我作出重大文學選擇的轉折點，以及，當下來說，一個偶然，但細感起來不無驚心動魄的數字：十年。

二〇一七年九月三十日

▼ Iowa House Hotel

愛荷華記——十年，時間將東西變成隱喻

「二〇〇七年六月十八日飛抵紐約，踏在曼克頓堅實的路上，我同時也一如既往地走進書本的另一層世界，來認識萬事萬物。」

Chapter 05

再 會 紐 約

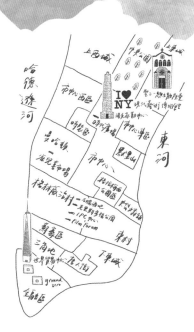

第三個紐約

「大體說來，有三個紐約。一個屬於土生土長的男男女女，他們眼中，紐約從來如此，它的規模，它的喧囂都是天生的，避也避不開。一個屬於通勤者，他們像成群湧入的蝗蟲，白天吞噬它，晚上又吐出來。一個屬於生在他鄉，到此來尋求什麼的人。在這三個動盪的城市中，最偉大者是最後一個——紐約成為終極的目的地，成為一個目標。正是這第三個城市，造就了紐約的敏感，它的詩意，它對藝術的執著，連同它無可比擬的種種輝煌。」

——E. B. White

二○○七年六月十八日飛抵紐約，踏在曼克頓堅實的路上，我同時也一如既往地走進書本的另一層世界，來認識萬事萬物。E. B. White的*Here Is New York*是其中最先看的一本書。這書中有一篇同名文章吸引了我。依這位美國作家說，紐約其實有三個，第一個是土生土長者的紐約，這些人從開始便把紐約的大小、動盪接受為自然及必然；第二個是通勤者（commuter）的紐約，這些人忙於工作，大多數每天從亞城區（suburb）的隧道口、火車卡傾吐出來，晚間又回到他們的巢穴棲息地，少有對城市作漫不經心的發現；第三個則是屬於那些來自他方、來此地追尋什麼東西的紐約。最無驚喜的是通勤者的紐約，最大魅力則來自她的第三分身。

是的，我便是那些「生在他鄉，到此來尋求什麼的人」。什麼是「什麼」？一時難以說清，本來就未必明確。但其中肯定包括，渴求見識世界，增加生活體驗，以及從因循中暫且逃遁。帶着一點尋夢想望，我咬了一口「代表城市魅力的大蘋果」。這一切，從開始便知道是有限期的，但逗留時間（一年）的長度又足以讓我擺脫純粹的旅客心情，而可當一個小住者、短居者，甚至以紐約這個移民城市特強的包容性格，在平民公寓待上一段日子的，便可算是一個暫時的紐約客了。[1]一個屬於「第三個紐約」的紐約客。

翌日我便住進了第七大道、第二十五街的一個公寓單位。紐約是一個向高發展的「垂直城市」（vertical city），但低矮的樓房還是有很多。石磚建築，總有高幾級石梯的門廊（stoep），外牆上總有一道太平梯。地牢是家居分類垃圾收集地和洗衣房（紐約的quarter cents在這機器最管用）。尋常公寓、尋常百姓，但在紐約生活，尋常與不凡總常常擦身而過，無論你居住何地，如果你願意，你總可以在空間和時間軸上與一個個作家、藝術家「交會」。

小人物、陌生人、無名者之外，很多巨人身影亦掩映於街角──噢，這道華盛頓廣場凱旋門，就是當年杜象（Marcel Duchamp）登上去，宣布成立「藝術家自由共和國」的那道門

---

1 美國歷史學家Kenneth Jackson說：「Unlike most places that demand a certain elapsed time period before one is considered a native, New York is democratic. If you can talk the talk and walk the walk, you are a New Yorker.」（不像多數地方要求你過了相當時間才被認可為本地人，紐約是民主的。只要你能說她的話、步她的履，你就是一個紐約客。）

嗎？安迪・華荷（Andy Warhol）的Studio 54，就在百老匯大道與五十四街的交界嗎？達科塔公寓（Dakota）門外，就是約翰連儂當年給狂迷轟掉的死亡現場嗎？Edna St. Vincent Millay就在這幢窄窄的房子「蠟燭兩頭燒」（「My candles burns at both ends」是其著名詩句）、Jack Kerouac就在那幢四層高紅磚屋瘋狂地寫下「垮掉的一代」代表作《在路上》、《美國大城市的死與生》作者Jane Jacobs在西村悠然地踏過單車、歌手Suzanne Vega在二十三街巧遇街童萌生了Luka一曲……這清單可以無窮無盡地延伸下去，太多太多的文人雅士在這城市留下過夢的足

▲ 達科塔公寓（Dakota）

迹，齷齪的奢華的落魄的風光的，最終都因為不凡而被記下，雖然被遺忘而被掃進歷史字紙簍的，必然也有許多。因為有故事可追，地理坐標鋪開，便成了一張富深廣度的文化藝術地圖，刺激我這文藝愛好者的好奇心（加一點點虛榮心），在她城以飄移者腳步展開了另一種「文化尋根」，追認過程有時竟比在自家城市來得更得心應手，說來又是另一弔詭。

印度作家魯西迪（Salman Rushdie）說：「錢在這座城市裏沸騰」；多得亞洲文化協會，我得以成為第三個紐約的

▲ Edna St. Vincent Millay 就在這幢窄窄的房子「蠟燭兩頭燒」

▲ Jack Kerouac 就在那幢四層高紅磚屋瘋狂地寫下「垮掉的一代」代表作《在路上》

一員，多月來還可在曼克頓住上一個單身公寓而不用為沸騰的東西傷透腦筋。我心裏清楚，浪遊是奢侈的，在紐約浪遊尤其如是。真要待下來又是另一回事，這裏的藝術工作者並沒有倖免於城市的士紳化，多年來亦是遊徙一族，從格林威治村移到SoHo再移到東村（East Village；原叫下東城區），再愈移愈遠至皇后區的長島城（Long Island City）和布魯克林的威廉斯堡（Williamsburg）等地，但能夠集中，社群就得以凝聚，慢慢又形成特色。很大程度上，紐約因藝術而美麗。

我得承認，暫借的奢侈讓我浸染於第三個紐約的靈韻之中。不要說大型博物館如大都會博物館、現代藝術博物館等，單單雀兒喜（Chelsea）區就有二百多個畫廊，大部分畫廊由舊貨倉改建而來，自成一個藝術文化區。再怎樣冷門、小眾的藝術表演都不愁沒有觀眾；天外有天人外有人，百老匯外有外百老匯再有外外百老匯；林肯中心外有無數小型劇院。分眾劇院林立，有專做跳舞表演的（如Joyce Theater）、演奏爵士樂的（如Rose Theater），或政治劇的（如Culture Project）。在荷里活強勢下，藝術電影院仍有它們的生存空間（如給了我不少美好時光的Film Forum）。只要你願意又有足夠魄力，你可以全年無休一星期七天為自己安排完全不會重複的藝文活動；要是金錢稍缺，免費開放的藝術活動還是不缺的（如夏天著名的「莎士比亞在公園」）。

但紐約作為一個Culture Club，出入於博物館、劇院、電影院之外，在城市漫遊是少不了的。用腳走之外，騎單車、踩滑

▲ Chelsea Hotel

板、滾滑輪亦沒問題，這些都是人
行路和馬路上常見的景觀。紐約街
頭就是活生生的藝術劇場，公共空
間有無數值得玩味的公共藝術品，
雕塑品如於克里斯多福公園的「同
志自由」（*Gay Liberation*）、
壁畫如以爵士樂見稱的藍調酒吧
（Blue Note）隔鄰的「格林威
治村波希米亞人」（Greenwich
Village Bohemorama），例子太
多，不能盡數。

▲ 藍調酒吧（Blue Note）

▲ Bohemorama

真實事迹以外還有多重文化想像，從文學、歌曲、電影而來，譬如說，華爾街著名的聖三一教堂（Trinity Church）令我想到電影 *Force of Evil*；時代廣場令我想到電影《的士司機》（*Taxi Driver*）和《四十二街》（*42nd Street*）——雖然今時今日的時代廣場已大大的迪士尼化；連接皇后區與曼哈頓的昆斯博羅橋（Queensboro Bridge），有誰比活地·亞倫在《曼克頓》（*Manhattan*）中拍得更要淒美？平日在腦內積存的很多影像和文字都被召喚出來，虛構性東西成為另一維度的真實，與現實相混和，原來在親臨其地前，這個城市我已經「見過」了。

▲ Chelsea's mural

獨立電影院

　　一間藝術館向一間獨立電影院致敬，這在香港好像從沒見過；但剛過的二月份，紐約著名的現代藝術博物館（MoMA）舉辦了「Karen Cooper Carte Blanche: 40 Years of Documentary Premieres at Film Forum」電影展覽，向有四十年歷史的紐約電影院Film Forum致敬。這令我想起旅居紐約期間，在電影院尋夢的美好時光，其中，Film Forum正是我的最愛。三、四月香港可稱得上是「電影月」，趁此良機，讓我跟讀者介紹一下紐約幾家獨立電影院，也算是我一則遲來的遊記。

　　一個文化都會，獨立art-house電影院是不能少的。百老匯繽紛，也是夜的天堂（或地獄），但百老匯歌劇不能天天看，因為荷包很快便會被抽乾。相對來說，看電影要便宜多了。選擇也非常多，紐約有不少獨立電影院，長年上映高質素的經典、前衛及獨立電影，一間戲院就是一個博古通今的國際視窗。如果你喜歡電影，你有多一個理由喜歡紐約。

　　位於格林威治村休斯頓街（Houston Street）的Film Forum，讓電影迷翹起大拇指。創辦於一九七〇年，是美國少數完全自主、自負盈虧、非牟利的獨立電影院。Film Forum上映的電影走兩條路線，一是美國獨立電影和外國藝術電影在

紐約的首映，一是美國及外國的經典電影、導演回顧、類型作品、電影節作品等。

一個人有時不知如何打發時光，就會乘地鐵到Film Forum，作我的電影「朝聖」。說是朝聖，自然是我在這裏專挑自己心儀的經典電影看，舉例說，我在這裏重看了差利卓別靈的《摩登時代》（*Modern Times*）、尚盧·高達的《輕蔑》（*Contempt*）、《已婚女人》（*A Married Woman*）、《男性女性》（*Masculine Feminine*）、馬田·史高西斯的《窮街陋巷》（*Mean Streets*）、《的士司機》（*Taxi Driver*）、活地·何倫的《曼克頓》（*Manhattan*）等等。是的，這些電影其實都一早看過了，但一些不在電影院看，其實又未必算真的「看」過，尤其是於紐約看回於紐約取景的電影，如《曼克頓》、《的士司機》，感覺好得不能言說。而那些電影人──活地·阿倫、馬田·史高西斯、羅拔迪尼路等等，全都是最地道的紐約客，他們曾經是這城市不起眼的人物，也許差一點如果不走上演藝之途便會誤入歧路，因為電影，就足以將這個城市變得神奇。

Film Forum有三個影院，門前仍用那些非常古雅、要逐個字母掛上的英文字體，來告示正在或即將上映的電影。電影院也重視評論，配合上映電影，玻璃壁報板會貼上相關的電影海報和評論，又把一些評論文章放大，在門前看架豎立，都是人手製作，有一點原始感覺。我這見字便看的文字人，亦從中發掘了不少樂趣。譬如在排隊等候看阿倫雷奈的《去年在馬倫

凹》時，讀到哥普拉在二○○八年一月說及此片的一話：「To this day I don't understand *Last Year at Marienbad*, but I think it's beautiful, and I'm intrigued by it.」是的，有些作品你不一定需要明晰，正正是其謎之特質叫人為之神迷。我想美國的城市也是如此。

▲ Film Anthology Archive

▲ Film Forum Cardboard

▲ Film Forum

　　格林威治村內另有一間電影院叫IFC Center，是的，IFC，不是我們那高聳入雲的摩天大樓，而只是一間在華盛頓廣場附近的獨立電影院。二十四小時開門，午夜仍是很早，深宵失眠不想在牀上輾轉反側，可以到這裏看戲。獨立電影的大本營，奉行「一刀不剪」的信條，跟Film Forum一樣，電影院門前也放一些電影評論展板，供人觀賞。自二○○二年，

每年六、七月，一年一度的「紐約亞洲電影節」（New York Asian Film Festival，簡稱NYAFF）便在這裏舉行，把中國大陸、香港、印度、印尼、日本、韓國、馬來西亞、巴基斯坦、菲律賓、台灣、泰國、越南等地的電影介紹到紐約，香港的杜琪峯、譚家明的電影都曾在這電影節亮相。我記得二〇〇七年甫抵埗紐約不久，便在這電影節看了韓國導演柳承完的*City of Violence*。更多的是在這裏重溫舊片，印象中IFC不時上映英瑪褒曼（Ingmar Bergman）的電影，也許我在紐約的日子是這瑞典殿堂級導演離世不久之時。二〇〇七年十一月二十八日，我在IFC看了英瑪褒曼的*Summer with Monika*，一九五三年的電影，關於青春、激情與陷落，如門前展板上貼着的那份《紐約時報》電影評論標題所言：「五個十年後，仍燃燒着銀幕」（「After 5 Decades, Still Igniting the Screen」）。

▲ IFC Center

往上城方向走，說到art-house
電影院，Walter Reade Theater也不
可漏掉。一九六九年創辦的林肯中心
電影會（The Film Society of Lincoln
Center），林肯中心駐場藝團之一，
大本營就在這裏。林肯中心電影會推
介美國獨立電影和世界電影，歷來重
點介紹的導演包括杜魯福、法斯賓
達、尚盧·高達、艾慕杜華、馬田·
史高西斯等，二○○八年三月我在紐
約期間，它正在舉辦金綺泳（Kim Ki-
young）電影回顧展，向紐約觀眾介紹
這位手法多變、一度被遺忘的韓國電

▲ Walter Reade Theater

影大師。林肯中心電影會每兩月出版電影期刊*Film Comment*，
每年九月則主辦一年一度的紐約電影節（New York Film
Festival）。在Walter Reade Theater，我最深印象是看了有「美
國電影之父」之稱的D.W.Griffith的默片*Way Down East*；電影
忘得七七八八，倒是記得一段小插曲。看這電影前，事前在林
肯中心附近找了一間餐廳吃點東西，點菜時黑人侍應跟我搭起
訕來，不經意地說到唐吉訶德與他的僕人桑丘，事緣我當時穿
着的那件T恤圖案，是畢加索一幅唐吉訶德畫作。他問我看什麼
節目，我說是D.W.Griffith的電影，他又興致勃勃地搭起嘴來。
我心想，很有文化的一個侍應生呢，說不準他另一分身就是一
名藝術家？紐約這個城市是令人有這想像的。

再會紐約──獨立電影院

看一齣電影平均大概十一元美金，像*Way Down East*這些伴以音樂家即場演奏的，價錢又雙倍有多；要一文不花看經典電影，門路還是有的。MoMA星期五晚免費開放，電影放映也可免費索取門票，當然是先到先得，派完即止。我就是這樣，免費看了西部經典電影*The Searchers*和蔡明亮的《洞》。作為一間現代藝術博物館，MoMA的藏片量甚豐，旗下電影部門策劃的電影節目非常豐富，文首提到MoMA於二〇一〇年二月就舉辦了「Karen Cooper Carte Blanche: 40 Years of Documentary Premieres at Film Forum」電影展覽，特意在Film Forum四十周年之際向它致敬。Karen Cooper自一九七二年出任Film Forum總監至今，為紐約的電影文化貢獻良多，是次展覽特別邀請她當策劃人，選取多部歷年來在Film Forum首映的非劇情片（nonfiction films）作展覽及放映。一間現代藝術博物館向一間獨立藝術影院致敬，那是多麼美好的事。

二〇一〇年三月四日

洛克斐勒中心

　　橫跨第五、第六大道、四十八至五十一街、佔地二十二英畝的洛克斐勒中心（Rockefeller Center），是全美史上最大型的私人企業公共空間，有「城中之城」（city within city）的美譽；來到紐約，這裏不能不去。

　　沒有所謂起點與終點，就假設我們從第五大道那邊的海峽花園（Channel Gardens）進入，長長的散步徑上，左邊是法國大樓（French Building），右邊是英國大樓（British Empire Building），海峽花園就夾在其中，是以你明白名字的由來——法國與英國兩個國家由英倫海峽隔開，名字就被搬到這片猶如城市綠洲（urban oasis）的花園來——百花盛開一年四季恆常轉換，有母親帶着孩子在噴水池邊耍玩。一直向前走，就可以看到中心的一片露天地下廣場，其功能也隨季節轉換，夏天時作露天餐廳，冬天時變身戶外溜冰場，我在這裏也旋過幾圈，感覺美妙。如果你有歷史意識，這片凹陷空間準會把你帶回上世紀三十年代，最初構思大都會歌劇團（Metropolitan Opera）的歌劇院將建於那裏，預料將成為整個中心的焦點，但好景不常，美國遇上股市崩盤經濟大蕭條，大都會歌劇團撤出計劃，第二代的小約翰‧D‧洛克斐勒（John Davison Rockefeller, Jr.）面前只有兩個選擇，一是全面放棄計劃，一是一力承擔財政投資，而後來的故事，大家都知道了，而原先以

「無線電城」（The Radio City）命名的計劃，為吸引租客，亦掛上了家族的名字，從此人們就叫這地方為「洛克斐勒中心」。歌劇院沒有了，取而代之的溜冰場於一九三六年落成，也是在這一年，洛克斐勒巨型的聖誕樹豎起，從此成了每年一度的節慶景觀。

洛克斐勒中心共十九幢樓房的建築群，從第五大道旁較低矮的國際大樓（International Building），緩緩起伏至第六大道旁最高的通用電氣大樓（GE Building，前身為RCA大樓），交錯其間的花園、廣場、大樓大廳，全面向市民開放，成為私人企業打造公共空間的一個典範，其中可見資本主義與民主理念的聯繫。不錯，這樣的公共空間自然是中產化和企業化的，譬如說，街頭政治活動在這裏就不太可能上演、部分空間也不對外開放，但無可否認，它的確開啟了城市空間規劃的新風貌，上班族、消費者、觀光客穿梭其中，從地下鐵直通至摩天大樓，商業中心重鎮同時又是一個龐大的第三空間。

由兩旁有低矮對稱樓宇的散步徑通向中心廣場，另端架起高樓（通用電氣大樓）這建築格局，其實是巴黎美術學院（Parisian Ecole des Beaux-Arts）十九世紀城市規劃的典型，美國建築多年來曾經揮不掉崇歐的情意結，洛克斐勒中心在這方面是時代的產物。現代主義的建築，內外的藝術作品也滿佈神話、宗教象徵，整座洛克斐勒中心，甚至可說是一個裝飾藝術（art deco）的流動博物館，充分反映其時裝飾藝術席捲美國的風潮。如德國猶太裔哲學家班雅明（Walter Benjamin）

所言，人們對建築物的感知方式多是分心（distraction）的，行色匆匆的路人對建築藝術景觀大抵都無心裝載，但假如你有心欣賞，洛克斐勒中心內多達二百多件、不同物料如玻璃、金屬、琺瑯等浮雕、雕像、壁畫、壁雕、磁磚拼貼等藝術品，可以花上一整天觀賞。舉一些例子，神話主題，最當眼的要算溜冰場上那塗上金箔的「普羅米修斯」（Prometheus），聖派翠克教堂（St. Patrick's Cathedral）對面那因背叛眾神而被罰以雙肩擔天的「阿特拉斯」（Atlas）也相當震撼。希臘、羅馬神話之外，西方基督主題的也有不少，如聖法蘭西斯跪地祈禱的一座浮雕，其金屬琺瑯雕刻，與無線電城音樂廳外牆上的「音樂、戲劇、舞蹈之神」（Spirit of Songs, Drama and Dance），就同屬一種裝飾藝術風格。當然，以藝術品營造氛圍以至起教化作用，洛克斐勒中心的藝術品不可能全都是懷古的。很多藝術品都以工業文明為主題，頌揚科技、知識和速度的力量，如通用電氣大樓入口上那座代表天神的浮雕，上面鐫刻着出自舊約聖經的句子：「知識與智慧使時代安定」（「Wisdom and knowledge shall be the stability of thy times」），就是古為今用的一個好例子。又如新興的傳播業，美聯社（現為Bank of America Building）門前，由日裔雕塑家野口勇創作、表現傳播業緊張繁忙狀態的不鏽鋼雕塑「新聞」（News），主題和物料富現代感得來就完全應合洛克斐勒中心的氛圍——須知當年歌劇院計劃泡湯後，小約翰·D·洛克斐勒將原提案改為多元商圈，其中最早邀請進駐的便有傳播業，知名的傳播媒體如美聯社、NBC、RCA、華納等都匯集其

中。其他如商業、貿易等主題亦不一而足，或者，大型商業中心和摩天大樓才是現代人的聖壇，於此說來，古典神話與資本主義本就難分難解，以至一脈相承了。

二〇一〇年四月二十九日

▲ Lower Plaza 的冬天

▶ 聖派翠克教堂（St. Patrick's Cathedral）對面那因背叛眾神而被罰以雙肩掮天的「阿特拉斯」（Atlas）也相當震撼。

▲ 海峽花園
（Channel Gardens）

▲ Wisdom

▲ News

Elliot Tiber
——「石牆事件」見證者

　　胡士托也許遠去了，同一年發生的同性戀平權運動濫觴
——史稱「石牆暴動」或「石牆事件」（Stonewall Riot），
卻每年最少於紐約最大型的巡遊「同志驕傲大遊行」（Gay
Pride Parade）中被重喚一次（巡行隊伍從曼克頓中城出發，
朝下城走到格林威治村的克里斯多福街——當年「石牆事件」
的事發現場）。去年看了李安的《胡士托風波》，遂找來電影
改編的原著——以利特・泰柏（Elliot Tiber）的回憶錄*Taking
Woodstock*來看，讀罷，我覺得最精彩處，其實不在他與胡士
托的關係，而是在回憶錄的前幾章——由少年「躲在衣櫃」的
暗黑歲月，至經歷「石牆事件」的醒覺與改變。要了解「石牆
事件」對同性戀平權運動之重要，歷史文獻之外，可看看這位
當事人的活見證。

　　先說說一點他的背景。Elliot Tiber，出生名字叫Elliot
Teichberg，一九三五年生於紐約布魯克林，父母親都不是容
易相處的人，母親常常嘮叨自己當年逃過沙皇士兵追捕老遠
從白俄明斯克跑到美國，父親是奧地利猶太人，隨家移民到美
國，落戶紐約這片移民之地。二十歲時，以利特隨父母移居離
紐約不遠處的白湖區（White Lake），父母親在當地開辦一
家汽車旅館。六十年代，以利特在曼克頓任職設計師，平日在

曼克頓工作，假日則回到白湖區，幫助父母經營他們一塌糊塗的摩納哥旅館（El Monaco），希望令瀕危的旅館業務起死回生。一九六九年，他得悉隔壁城鎮華爾喬（Wallkill）拒絕借出場地舉行「胡士托音樂藝術節」（Woodstock Music & Art Fair），便馬上聯絡胡士托搞手，邀請他們轉到白湖舉辦。後來的三天兩夜則成為傳奇了，以利特也許說不上是胡士托的靈魂人物，但缺少了他，胡士托便不成歷史了。

Taking Woodstock 這部回憶錄於二〇〇七年寫成，副題為「a True Story of a Riot, Concert, and a Life」；Riot，指的是「石牆事件」，Concert，指的則是胡士托，前後腳發生於一九六九年（這一年的美國，記入史冊的事特別多，包括美國太空人岩士唐登月，此是別話）。李安的「純真改編」只擷取一九六九年八月胡士托舉辦的前後日子（主角明顯被「少年化」和「純真化」），原著則是一部橫跨二、三十年的成長故事，從以利特四、五十年代的童年、少年期說起，由小學、中學至考上亨特學院（Hunter College），至畢業後晉身紐約設計界。以利特的性困惑，早在少年時期已開始，十多歲舉家仍住在布魯克林時，他就不時在暗黑的電影院流連，等待同志勾搭，並特嗜SM性趣，書本對這些同志暗黑活動，有深刻着墨。十六歲那一年，他已確認了自己的同志身分，只是一直躲在衣櫃。曼克頓對他來說，除了是工作、遠離家人魔爪的地方，還是他發泄情慾的天堂。

何以長期躲在衣櫃裏？因為當時同性戀者在社會中極受欺

▲ 克里斯多福公園（Christopher Park）內，放置着美國藝術家 George Segal 的雕塑「同志自由」（*Gay Liberation*），兩個男同性戀者站着，一個搭着另一個的膊頭，兩個女同性戀者坐着，一個握着另一個的手。光天化日，神情自若。

壓，書中第五章「石牆酒吧」有極細緻描述。夫子自道，親身經歷，以利特說：「在二十世紀中葉的美國，運氣最背的兩種人就是黑人和同志。還有人說，在一般人眼裏，同志要比黑人更令人討厭。」同性戀者飽受歧視，醫學界認為同性戀是一種精神疾病；神職人員認定同性戀者是本性邪惡；同性戀者稍有張揚，隨時成為歹徒、恐同者，以至執法者的暴力襲擊對象，甚至遭受殺害。在壓抑、絕望之下生活，縱慾成了他們過日子的方式，酒精和毒品是他們的最佳朋友。想想五十年代的麥卡錫主義，除了共產黨外，同性戀者也是其眼中釘，仇恨浪潮由

美國波及英國，也是一名同性戀者的「人工智慧之父」杜林（Alan Turing），就在科研渠道被堵殺之下，不堪壓逼，服用沾過氰化物的蘋果自殺（也有說是純屬意外所致）。蘋果電腦那咬掉一口的彩虹蘋果logo，據說就是紀念他的，只是不知什麼時候開始，彩虹淡去了，悄悄地變成單色。

在這背景下，一九六九年發生的「石牆事件」，便可說是壓力煲終於不堪負荷，一下子爆炸了。六月二十八日那星期五晚上，紐約警方如常到同志酒吧搜牌拉人，但不同的是，這次同性戀者沒有逆來順受，卻奮起反抗，雪瑞丹公園翌日就聚集了幾百個人反抗，同志力量攻陷了格林威治村。抗爭活動持續至七月，七月二十七日，一群社會行動者組織了第一次的同志遊行，由華盛頓廣場走至石牆酒吧。一「石」擊起千重浪，「石牆事件」被視為美國同性戀平權運動的濫觴。如果說有哪個歷史事件深深地改變了以利特，「石牆事件」比胡士托，有過之而無不及。且讓我引述以利特的文字見證作結：

「之後的幾個禮拜，紐約變得截然不同。同性戀開始發聲，展現力量，組織團體，成立了同性戀解放陣線、同性戀行動聯盟與人權運動組織。這些團體開始調查警察是否有虐待同性戀的事情或是刁難同志開的店家，並將這樣的偏見和暴行公諸於世。⋯⋯

從此，美國以及全世界的同性戀者紛紛站出來爭取自己的權利。同性戀解放陣線對立法機關和國會施壓，使全國同性戀

者都能得到法律保護。加拿大、英國、法國、德國、比利時、荷蘭、澳大利亞、紐西蘭也成立類似組織。一九六九年六月二十八日發生的石牆事件改變了全世界，也改變了我。我心中所有的憤怒突然轉向，有一個正當的宣洩管道。我不再跟自己過不去。我的內心有了轉變，雖然一時說不出來，但我很清楚今日之我不同了。我感覺到我的內在生出一股新的力量，而且這力量將改變我的人生。」

二○一○年四月一日

▲ 石牆酒吧（Stonewall Inn），二○○三年三月被列作國家歷史地標（National Historical Landmark）。

再會紐約——Elliot Tiber

表象就是真相之安迪·華荷

出生於匹茲堡（Pittsburgh）的安迪·華荷（Andy Warhol），一九四九年落戶紐約並在此發迹，並非偶然。都說天時地利人和，五十年代世界文化中心漸漸從巴黎向紐約位移，二戰期間及其後，很多歐洲作家、藝術家、學者都來到這個「大蘋果」（The Big Apple），紐約亦逐漸由一個工業中心變成文化首都；即使七十年代曾出現經濟不景氣，半世紀以來她一直是一塊文化藝術的大磁鐵。

然而，發迹地還發迹地，家鄉永遠是重要的。全美最大的安迪華荷博物館，就在他的出生地匹茲堡，樓高七層，典藏豐富，名叫The Andy Warhol Museum，只此一家。由是想到耶穌說：「大凡先知，除了本地本家之外，沒有不被人尊敬的。」如此說來，知名的藝術家畢竟比先知幸運，不少後來都成了家鄉故地的光環。

對於這位以絹印肖像把瑪麗蓮夢露、貓王皮禮士、蒙娜麗莎、金寶菜湯等「複製」的普普藝術家，不用我多介紹了。他自己說過：「如果你想知悉所有關於安迪·華荷的，只需看我的畫作、電影和我的表面，我就在這裏。沒有東西躲在背後。」如果藝術講求內蘊（substance），這位當代藝術大師反其道而行，告訴你：表象就是一切。安迪·華荷是否偉大的

藝術家，至今仍有爭議（蘇珊・桑塔格對他就頗感厭惡），但無可否認，他將日常生活尋常物事如香蕉、可樂瓶、熱狗、鞋子、工業包裝如Brillo湯盒等，從平庸提升至藝術層面，又或者說將藝術從高高的聖殿拉下來，其影響力絕對不下於杜象的「尿兜」（事實上，安迪・華荷就曾以撒尿的方法作畫，有「piss painting」之稱）。或者如他所言：「所有東西都是美好的」（「Everything is beautiful」）；「普普藝術就是喜歡東西」（「Pop Art is liking things」）。是的，首先出於熱愛，金寶菜湯出現於他的作品絕非偶然，據說他以金寶菜湯作午餐，長達超過二十年。

事實上，不僅生活物事，他把自己整個人都當成一件藝術品來包裝、推銷，很難找到另一個藝術家，將藝術、金錢、名聲結合得如此天衣無縫，是當代頭等一號的「celebrity artist」。他的名句「在未來，每個人都可以做十五分鐘英雄」你一定聽過，而他本人，在世時已享盡了榮華富貴，二十一歲隻身勇闖紐約，不久已在廣告藝術界闖出名堂，四十多歲美國著名的Whitney Museum of American Art已為他舉辦回顧展。他的作品屢創藝術拍賣的最高紀錄。但他是偉大的藝術家嗎？至今仍是會有人問。不僅一般人，就連他視為好友的同志作家楚門・卡波帝（Truman Capote）亦曾說：「我不是說安迪・華荷沒有才華……我只是無法說出這才華是什麼——除了可能在推銷自己方面是一個天才。」（「I'm not saying that Andy Warhol has no talent...but I couldn't say just what that talent is—except perhaps in being a genius at selling himself.」）

　　安迪・華荷有一系列作品叫「Dollar Sign」，一個個五顏六色的錢幣符號被複製在淨色畫面上；或者，藝術商品化、商品藝術化本就是當代美國文化的一面。不僅他的作品，他本人的行徑——性、愛、藥物、既害羞又經常上鏡、過着既像藝術公社又像派對動物生活等，就充滿名人傳奇色彩。他不少隨意說的話都堪成語錄，諸如：「佔取空間的另一種方法是與香水同在」（「Another way of taking up space is with

◀ 安迪・華荷於一九七二年為美國總統選舉畫的名作「Vote McGovern」。他支持的是民主黨候選人 George McGovern，但作品畫的卻是共和黨參選人尼克遜（Richard Nixon）。畫作中他沒有像很多諷刺畫般將人物形態誇張或扭曲，而是以色調，突出其臉上的青綠，將尼克遜描畫成一個魔頭。

◀ 說到竊聽，如果尼克遜是一個無可爭議的歷史奸角，那美國第一位猶太人最高法院法官 Louis Brandeis 便是正義之師。在任期間（1916-1939 年）曾對 Olmstead v. United States 一案提出異議，認為竊聽電話比偷拆信件對公民私隱權構成更大侵害（當時法律只禁止後者）。安迪・華荷一九八〇年的「Ten Portraits of Jews of the Twentieth Century: Louis Brandeis」，以他作肖像；與「Vote McGovern」放在一起，恰成對照。

◀ Dollar Sign

perfume」）；「購物比思考美國得多，而我像他們一樣從美國而來」（「Buying is much more American than thinking, and I'm as American as they come」）；「我屬於我的時代，就像太空船和電視一樣」（「I am as much a part of my times as rocket ships and television」）──不錯，他的名聲多少亦得力於美國電視媒體的力量。但如果你以為他只有浮誇那又是誤解，一次一位年輕藝術學生問他成名之道，他這樣回答：「留在家中，非常努力工作，然後你自會非常有名。」（「Just stay at home and work really hard and then you'll become really famous」）沒有虛言，這是他本人的寫照，他是出名的工作狂。狂歡派對與克己工作並行，是「普普教父」也是「媒體紅人」，當「安迪穿上了他的華荷」（語出他的自傳體作品《安迪·華荷的普普人生》），你無從說他的銀髮是假髮，表象就是真相，你所看到的他就是他。於此說來，不僅他的作品，他整個人都是「當代」的先鋒，和符號。

二〇一〇年七月二十日

再會紐約──表象就是真相之安迪·華荷

屬於紐約和歐洲的
蘇珊・桑塔格

　　蘇珊・桑塔格（Susan Sontag）額前的一絡白髮已經成了智慧的符號。沒有人會懷疑這位優雅女子是當代重要的知識分子，但說到思想家嗎？她與他所極力推崇的班雅明、羅蘭巴特等等，又似乎尚有距離，也許還得讓時間來驗證一下。無怪乎媒體、知識界給她的稱謂會是：美國最聰明的才女、美國公眾的良心、真正的知識分子等等，讚揚是肯定的了，但假若給當代思想家設一個祭壇，她甚至可能不像她極之憎惡的布希亞（Jean Baudrillard）那般確鑿無誤地佔有一席之地（自然她也不屑與他同伍；關於二人的齟齬，與其說是私人性質的，不如說是一場價值與虛無的爭戰）。

　　蘇珊・桑塔格對自我身分的定位可是非常嚴謹（一如她看待許多事物）。在陳耀成編著的《蘇珊・桑塔格文選》一個訪談中，訪問者貝嶺提到他曾經稱她為「作家」（writer）和「批評家」（critic），蘇珊・桑塔格回信特別更正，稱自己為「小說家」（fiction writer）和「文章作家」（essayist）。關於前者，她三十歲即出版了第一本備受讚譽的小說《恩人》（*The Benefactor*），四年後出版了第二本小說《死亡工具套》（*Death Kit*），但相隔了二十五年之久，她才出版了第

三本長篇小說《火山情人》（*The Volcano Lover*）。當然，小說家不能單以作品量計，但正如陳耀成所言：「終於令桑塔格聲名鵲起的是她的評論」。幾代的人都看過她的名篇如〈坎普札記〉（Notes on Camp）、〈一種文化與新感受力〉（One Culture and the New Sensibility）、名著如《論攝影》（*On Photography*）、《疾病的隱喻》（*Illness as Metaphor*）至晚年的《旁觀他人的痛苦》（*Regarding the Pains of Others*）等等。華文世界譯介了她大量作品（尤其在她死後），但都以她的非虛構性文章為主。

對此，蘇珊・桑塔格也許不無遺憾。在短篇小說〈中國旅行計劃〉中，她寫下了有生之年希望實現的三件事情：登上馬特峰、學會彈奏大鍵琴、學習漢語；依我們所知，這三個給自己的許諾，她結果都沒有實現。但我想，這應該不會構成她的「人生三恨」，真正有憾的，應該是直至生命走到盡頭，為了履行「文章作家」的道德責任，多年來她都沒法抽出更多時間成全自己作為「小說家」的創作。在她死後出版的文章及演講集《與此同時》（*At the Same Time*）序言中，她的兒子也是一名作家的大衛・瑞夫（David Rieff）談到她母親對這種「顧此失彼」的心情：「我相信，正是那種戰士式讀者，或她在別處所稱的準『世界改進者』，寫了大部分文章，而小說凋萎。在她七十歲生日時，她告訴我她最渴望的是時間——因文章寫作頻繁地並長期地令她分心於創作的時間。當她愈發病重，她以沉重的悲傷談到浪擲的時光。」大衛寫她的母親，我總覺得

冷靜得有點殘忍〔他後來再為母親寫了一本傳記《泳過死亡大海》（*Swimming in a Sea of Death*）〕，但這段話也許觸及蘇珊・桑塔格的寫作特質。

　　身為一名作家，蘇珊・桑塔格經常強調「由讀者成為作者」之路，《與此同時》中一篇文章就這樣寫道：「作家首先便是讀者。我是從閱讀中取得一些量度自己的作品的標準，並從中可悲地發現自己的缺乏。我是從閱讀，甚至在寫作之前，便已成為社群（community）的一份子──文學社群──其中已故的作家多於在世的。」因為首先是一名狂熱的讀者，結果她就成為一名懷有信徒熱忱的「鬥士式讀者」，深感對卓越不凡尤其是為人忽略的作家，有一份義不容辭的推介任務，於是班雅明、羅蘭巴特、阿圖（Antonin Artaud）、不少俄國作家等她孜孜不倦的寫，我們的眼睛被打開了（她從憂鬱氣質來寫班雅明的長文〈在土星座下〉實在是太精彩了），而她的小說，相形之下被埋沒了。如果這是必然要付出的代價，那她作為一名「鬥士式讀者」，不僅懷有巨大的道德情操，甚至可說是

有着一份殉道的精神。也許，得失本就存乎於作家本人對「作家」所下的定義。蘇珊·桑塔格曾說：「我以為作家是這麼一種人：他對『一切』都感興趣。」又曾言：「事實上我的趣味無法控制地龐雜。」偏食有偏食的代價，雜食有雜食的代價，從自我實現的角度來看，蘇珊·桑塔格其實已把作家之職發揮得淋漓盡致。

或者，如果（這永遠只能是假設的「如果」）蘇珊·桑塔格不是以紐約為基地，她作為一名讀者要「償還的債」可能就沒有那麼多。六十年代她結束了伯克利、芝加哥、哈佛漫長的求學期，選擇了落戶紐約這個地方，直至終老。在經典《反對闡釋》出版三十年後她有這番自述：「我一生巨大改變，一個發生在我移居紐約時的改變，是我決意不以學究的身分來苟且此生：我將在大學世界的令人神往的、磚石建築包圍的那種安穩生活之外另起爐灶。……我把自己看作是一場非常古老的戰役中一位披掛着一身簇新鎧甲登場的武士：這是一場對抗平庸、對抗倫理上和美學上的淺薄和冷漠的戰鬥。」那時候，紐約藝術的蓬勃給她持續的亢奮衝擊，她活於其中甚至一度以為生活本該如是。不是身處紐約，她當年可能就無法親身感受「一種文化及新感性」的出現〔「文學——藝術文化」（literary-artistic）與「科學文化」（scientific）、高雅與通俗文化消融為一體〕。但人會衰老時代也會朽腐，當今天不少人仍津津樂道她當年提出的新感性之時，在《反對闡釋》西班牙語譯本寫的後記〈三十年後〉中她發出如此的一番感嘆：「我

那時不理解的是（我肯定不適於理解此類東西），嚴肅本身已經處於失去其在整體文化中的可信度的早期階段，不理解我所欣賞的某些更為出格的藝術會強化輕浮的、僅僅是消費主義的出格行為。三十年後，嚴肅標準幾乎悉數土崩瓦解，而佔據優勢的這麼一種文化，其最淺顯易懂、最有說服力的價值來自娛樂業。」

但時代怎變，她一直就在紐約詩意地棲居。在《蘇珊‧桑塔格文選》中，編者陳耀成記述了她私下與他交談的這番話：「我其實不太喜歡這個國家（美國），我可以住在許多地方，例如巴黎。除了紐約，我想不出哪個美國城市我願意住下來。紐約是這麼一個大都會！單是皇后區，據說已有上百的族裔各自說着自己的語言。我住在紐約，也是因為想接近我兒子⋯⋯」只是死後一年，蘇珊‧桑塔格也「移居」巴黎蒙帕那斯墓園，加入她許多推崇的已故藝術家的「文人浩園」作永恆的安息地。美國小說家約翰‧厄普戴克（John Updike）曾揶揄她為「我們非常璀璨的法國前衛文化的隨從」，事實上她本人對自己的「歐洲癖」（europhilia）亦直認不諱。於此來說，生命孕育於中國天津（中國讀者可能因此份外覺得蘇珊‧桑塔格是「近親」）、生於活於紐約的蘇珊，與其說是屬於「美國」的，不如說是紐約和歐洲的。其實我更願意說她是世界的。

二〇一〇年七月二十七日

從卜・戴倫，
看一個「小波希米亞」

　　二〇一〇年四月原定的卜・戴倫（Bob Dylan）亞洲巡迴演唱，完成了東京一站後，其他五站（上海、北京、香港、台灣、首爾）全取消了，據說是因為上海、北京兩站中國政府沒通過批文，「連累」了韓國，真不好意思。「永不終止之旅」（Never Ending Tour）終究與中國緣慳一面。沒能親睹這一代民歌搖滾詩人風采的聽眾，且讓我在本文對他輕筆一描。其實我更希望以他折射出一個時代的藝術之鄉。

　　跟安迪・華荷（Andy Warhol）一樣，卜・戴倫也是二十出頭隻身從家鄉到來紐約，無獨有偶，不知是一個地方等着他們，還是他們在等着一個地方，他們雙腳在紐約落地不久就闖出了名聲，鋒芒畢露。安迪・華荷來自匹茲堡；卜・戴倫來自明尼蘇達，讀他的自傳《像一塊滾石》（*Chronicles: Volume One*）我們知道，他是乘搭一部貨運車來到紐約市的，為的是找那些他在唱片聽過但從沒見過的歌手們，特別是臥病在床、他極之崇拜的伍迪・蓋瑟瑞（Woody Guthrie）。結果追星族自身成了一顆巨星，對於那個倨傲的小子來說，未必沒有所料。來的時候正值嚴冬，天氣沒有難倒他，他在《像一塊滾石》中這樣寫道：「天氣冷得厲害，城市的所有主幹道都被雪

◀ 初踏足紐約，卜‧戴倫的回憶錄《像一塊滾石》有此言：「紐約市，這座將要改變我命運的城市。這座現代的蛾摩拉。我站在起點，但並不意味我是個新手。」

蓋着，但我要從霜打過的北村出發，這個地球的小角落有着灰暗的霜凍的樹林和冰凍的道路，這些都嚇不倒我。我能夠超越極限。我不是在尋找金錢或是愛情。我有很強的意識要踢走那些擋在我路上不切實際的幻想。我的意志堅強得就像一個夾子，不需要任何證明。在這個寒冷黑暗的大都市裏我不認識一個人，但這些都會改變——而且會很快。」

的確一如所料。應該慶幸他踏足的是六十年代的格林威治村，一個被稱作「小波希米亞」的藝術之鄉。不錯，他最初演奏的地方都只是一些小酒館，只為他人伴奏，但臥虎藏龍，他在格林威治村粉墨登場的「Wha?咖啡館」，白天馬戲團式表演作結後，接着的晚間職業表演，其中就有後來鼎鼎有名、百分百「紐約客」的幽默電影大師活地‧阿倫（Woody Allen）。更令人意想不到的是，在一九六一年二月抵埗還沒熱暖身子、只作了零星歌曲的卜‧戴倫，在八個月後受到著名星探約翰‧哈

蒙德（John Hammond）青睞，讓他和美國最早也是最好的音樂品牌哥倫比亞唱片公司簽約，如卜‧戴倫在回憶錄中自述：「這就像是個編出來的故事」。即使翌年夾雜民歌、藍調、福音音樂的首張專輯*Bob Dylan*（1962）反應一般，甚至有人戲稱卜‧戴倫為「Hammond's Folly」（哈蒙德的愚蠢），哈蒙德對這小子的才華仍堅信不移，並一再向對方肯定理解他音樂背後的意義。要知說卜‧戴倫是一名「遊吟歌手」是指他唱歌的腔調真的如吟哦一樣，幾乎可以肯定沒受過任何聲樂訓練。但最終征服了一代樂迷的，卻正正是這把不修邊幅的粗糙之聲。千里馬總得遇上伯樂，我們只能說哈蒙德獨具慧眼。

跟着我們知道，民謠組合Peter, Paul and Mary唱紅了卜‧戴倫的單曲*Blowin' in the Wind*；清麗脫俗有着天籟之聲的民謠抗爭歌手瓊‧拜雅（Joan Baez）大力提拔卜‧戴倫，翻唱他創作的歌曲，又邀請他在自己的音樂會中登場，令他聲名大噪。之後（說的不過是一九六四年八月），當卜‧戴倫造訪在戴爾摩尼可酒店（Delmonico Hotel）下榻的披頭四（The Beatles）時，他的名聲已跟披頭四不相上下，在房間中披頭四讓卜‧戴倫嘗試了電結他的使用，卜‧戴倫讓披頭四嘗試了大麻（之前只會嗑藥），彼此欣賞、惺惺相惜。六十年代，他也認識了比他年長十三歲、早十二年來到紐約的安迪‧華荷（Andy Warhol），他有時會造訪安迪在四十七街的工作室「工廠」（The Factory），後來「工廠」力捧的女星艾迪‧薩琪維克（Edie Sedgwick）為了與卜‧戴倫合拍電影而離開「工

▲ 二〇〇七年十二月三日，我在非常喜愛的紐約獨立影院 Film Forum，率先觀看電影 *I'm Not There*（港譯《七人一個卜戴倫》）。

▶ 二〇〇七年十二月十八日，在匹茲堡 The Andy Warhol Museum 中看到一幀 Bob Dylan 與安迪·華荷於一九六五年「工廠」的合照，富歷史價值，即時拍下。

廠」，卜·戴倫與安迪·華荷曾否是真朋友我不清楚，但後來肯定就是形同陌路了。

物以類聚，在紐約，卜·戴倫還與一些作家，特別是「垮掉的一代」代表作家金斯堡（Allen Ginsberg）相熟，大詩人成了卜·戴倫的仰慕者；一九六五年當卜·戴倫「背棄」民謠，走向電子（going electric）而給一些樂迷斥為「猶大」（Judas）時，金斯堡仍極力維護他，一直至一九七五年，他更作為樂隊成員之一，參加了卜·戴倫在美國的巡迴演唱會。

於此，我們看到詩與歌的匯合，詩歌同宗。不錯，卜·戴倫音樂為人稱道的特別是他富詩意、具文學、社會衝擊力的歌詞；二○○八年他獲普立茲特別表揚獎（在他獲獎無數的紀錄中，這也許只算錦上添花），頌詞中就特別標榜他「非凡詩意力量的歌詞創作」（lyrical compositions of extraordinary poetic power）。他的歌可以聽，也可以看。沒有六十年代的格林威治村，我們不可能想像，世界將失去多少。這肯定是難以估量的。

二○一○年八月十九日

◀二○○八年四月十二日在曼克頓東村（East Village）尋找金斯堡故居。一九五八至一九六一年，金斯堡與終生伴侶 Peter Orlovsky 共居於「The Croton」公寓第 16 號單位，寫下悼念亡母的著名詩作《卡迪什》（*Kaddish*）。

一則「反塗鴉運動」的故事

　　塗鴉（graffiti）在很多城市都是違法的，但弔詭的是，一個完全沒有塗鴉的城市，通常又被視為不入流的（起碼配不上「創意城市」的稱號）。就說現代塗鴉的搖籃地紐約，塗鴉屬刑事罪行，通常被控以破壞公物罪（vandalism）；但執法方面又常常寬容對待，因此，紐約很多牆壁，時至今日，都留有各式各樣，如噴漆罐（spray can）、馬克筆（mark pen）、紙模（stencil）、貼紙（sticker）、手繪（hand drawing）的塗鴉作品。

　　美國不同州份的文化差異很大，即使同是東岸，你由紐約飛到首都華盛頓，就登時由一個「塗鴉場」進入一個「潔淨地」。城市因素之外，地方政府如市長對塗鴉的態度，又起一定的決定作用。譬如說，紐約治安在前紐約市長朱利安尼（Rudy Giuliani）任內普遍被認為得到大力改善，但付出的代價同時包括政府對公共空間自由的收緊、塗鴉行為的整頓。但前車可鑒，無論任內政府如何視塗鴉為眼中釘，都不太敢用重力嚴打了。

　　我所說的前車可鑑，在旅美作家張北海《人在紐約》一篇文章中，有生動詳盡的記述。話說七十年代初紐約市長約翰‧林西（John Lindsay）新官上任，銳意大力清除市內塗鴉，於一九七二年展開了一次反塗鴉運動，只要在公共場所隨身帶一罐噴漆即可構成犯罪行為，結果，這一年，給交通警察逮捕的

塗鴉少年幾近一千六百個；想想這情況若發生於今日香港，實在非同小可。但結果怎樣呢？逮捕的不一定被送去法院，送去法院的，法官多認為塗鴉相比其他刑事罪行只屬「小兒科」，一般從輕發落（如判清洗車場）。一件小事，足見立法、執法與施法如何「三權分立」，市長也無可奈何。

　　猶有甚者，市長反塗鴉運動慘敗，還因為塗鴉得名作家、藝術家、媒體公開力撐。名作家者，有批評市長是為了參選總統才把紐約粉飾乾淨的諾曼‧梅勒（Norman Mailer），名藝術家者，有「普普藝術之父」安迪‧華荷（Andy Warhol），他曾說：「如果我是公共交通管理局長，我就把graffiti留在地下鐵的車廂上。」（六十年代紐約塗鴉已由地上走到「地下」——即走入地鐵，地鐵列車成了塗鴉作者的突襲場，七十年代達到顛峰，幾乎無一車卡倖免）。媒體方面，稍早於一九七一年，大報《紐約時報》就追蹤並發掘了自六十年代就一直以署名「Taki 183」於城中神出鬼沒的黑人塗鴉小子〔塗鴉者視自己為「作家」（writer），多在塗鴉簽上自己的代號（tag）〕；一九七三年，《紐約雜誌》更與市政府對着幹，大力炮轟其「反污運動」，更高舉塗鴉為「五十年代以來第一個真正的青少年街頭文化」，並頒發塗鴉獎表揚當年最有創造力和產品最多的塗鴉作家。至一九七八年，諾曼‧梅勒有份創辦的《村聲》（*Village Voice*），仍策劃專題介紹塗鴉著名代號SAMO，其成員之一有後來聲名大噪、英年早逝的黑人塗鴉藝術家Jean-Michel Basquiat；此君與安迪‧華荷於此時結為好友並合力創作，又是另一則故事。

　　後來塗鴉由高峰滑落，不是失勢於政府打壓，而是被捧上「神枱」，進入藝術館，成為高檔藝術品，被拍賣收藏；塗鴉浮上地面，卻失去叛逆精神。塗鴉有「消失的藝術」之稱，它扎根街頭，隨時準備被塗抹，只求一刻存活，不追求永恆；一旦進入殿堂被永久保留，它反而就真的徹底消失，說來這又是塗鴉藝術的另一存在主義悖論。

二〇一一年五月五日

◀ 如此塗鴉的紐約地鐵列車，今天已難見了。圖片由攝影師 Camilo José Vergara 拍下。

▶ 地面上的塗鴉作品，則仍可見。

從遺忘鐵道到空中花園

　　曼克頓那著名的由荒廢高架鐵道改建成的高線公園（The High Line Park），終於親身見識了。數年前旅居紐約時，高線公園仍未完成，我首次讀到這個有趣的重建計劃，在一份大學的學報，校園記者走入尚無人煙的禁閉路軌，路軌停用多年，雜草叢生，四季轉換，出奇地生出完全不是悉心植樹可以想得出來的園林景致。之後，二〇〇九年六月九日，第一期自下城甘斯沃爾特街（Gansevoort Street）至二十街的路段正式對外開放；今年的六月八日，二十街至三十街的第二期路段亦

▲ 從外看高線鐵道公園

告完成，在不少旅遊書上此路段還是以虛線（即未完）標示，如今已經變作真實，可在上面踏足了。

高線公園被建築界、城市規劃界視為一個成功的舊建築重建、再利用參考個案，記得去年年初移師西九海濱長廊舉辦的建築雙年展中，亦看到有關高線公園的圖文及錄像展示，當下就想，有機會再去紐約，這個地方就一定不可錯過。

踏足其上，就知其美好。目前已全面開放的一、二期路段，貫通下城肉品包裝區（Meatpacking District）至雀兒喜西區（West Chelsea），未來的三、四期進一步往北通至三十四街，完成後，自八十年代廢置棄用多年的遺忘地帶，便將成為一道全長一‧五英里、佔地六‧七英畝的空中公共空間。我選了一個陽光普照的下午在上面蹓躂，感覺實在是愜意的。高線公園沿高架鐵道而建，它高出路面由十八至三十英尺不等，這樣的高度不會太居高臨下，又能給予有別於在地面行走的觀景視覺，可以把鐵道兩旁的風景，如大廈天台的管道、塗鴉、殘存的工業結構、由古舊的紅磚屋至新型的銀色反光公寓盡收眼簾，也由於這稍高的視覺不是定點而是沿鐵道不斷變化，從中亦可看到不同區域的特色、新舊發展的印痕。當然，不向外打量，步道本身就是一個奇異風光，它結合了懸空街道、野生景觀、人造庭園，新鋪石路與鏽迹斑斑的鐵軌互相交織，上面長着千嬌百媚的野生花草，沿道設有很多形態不同的座椅，有的面朝特別設置的觀景台，走得倦了可在上面休息，或拿書閱讀也不錯。沿道設有多個上落出口，喜歡的話，可離開到附近街區走走又再折返。

高線公園有傑出的建築師和景觀建築師設計，但它不僅是單項建築，還是一個城市規劃個案，為確保公園的景觀視野，周邊的城市建設（如建築物高度、物業開發權）亦作出相應改動。可見的空間景觀外，作為一個都會重建案例，其生成運作於我們亦有借鑒之處。一如許多廢置建築，九十年代不少人基於商業利益主張拆除鐵道以蓋建大樓，在這形勢下，當地居民組成民間團體「高線之友」（Friends of the High Line）爭取保存鐵道，請願、向法院陳請、援引巴黎九十年代將廢棄高架鐵道開放成公共空間的實例、邀請紐約攝影師拍攝一系列高線照片、舉辦國際性設計競賽等，終令當地政府改變初衷，將鐵道空間還予市民。高線公園是民間力量從下而上參與空間改造的案例，其中政府的開放性亦是關鍵。鐵道公園亦帶動了鄰近地區的新建築和經濟發展，事實證明，歷史保存與商業利益，不必然如特區政府常掛在口邊的——處於天秤的兩邊。

二〇一一年十二月一日

▲ 新鋪石路與昔日鐵軌並置，
上有野草奇花。

再會紐約────從遺忘鐵道到空中花園

紐約地鐵博物館遊記

地鐵很多城市也有，但每天二十四小時運作、每日五、六百萬人乘載、在城中有自己一所地鐵博物館的，則十分罕有。我總說紐約地鐵是一個非常強盛的生命體。數年前與紐約地鐵博物館緣慳一面，舊地重臨，就專程到布魯克林區的地鐵博物館一走。

說是「地鐵博物館」，其實正確名稱應是「紐約交通博物館」（New York Transit Museum），但正如大都會運輸局（Metropolitan Transportation Authority，簡稱MTA）幾乎是Subway（紐約地鐵之稱）的同義詞，這所博物館雖然也包括一些巴士內容，但地鐵肯定才是主角。事實上，這所博物館有趣之一就在於其選址，博物館本身就是一個地鐵站，入口處是Court Street一個已停用的地鐵站入口，展覽館設在地下和再下一層的月台，比我想像中要大，內容也較預期豐富。

紐約地鐵建於二十世紀初，工人忍受着地底工作的惡劣環境，以至承擔着生命的風險，鑽進地底進行挖掘、測量、爆破、搭建等工作。常設展覽甫開始即介紹地鐵早年的建造歷史，這部分比較技術性，但也很有意思，提示我們今天習以為常享用的方便快捷背後，實有無數無名者長年艱辛地在儼如地獄般的地底世界工作。這個時候，紐約地鐵仍是由私營公司發

展，未收歸市政府及州政府所有；很多工人都是外來移民，尤其於一八八〇至一九一九年之間從東歐、南歐湧入紐約的移民，為地鐵開墾工作提供了巨大的勞動力。他們在惡劣環境下工作，如忍受地下積水的惡臭、石灰塵，不少礦工亦因此患上矽肺病；早年地鐵工程不時有意外發生，不少死者並無姓名可追。有一種工人——「sandhog」，他們在水底隧道工作時，忍受着為防山泥傾塌而不斷注入的高壓空氣；這時候有一種種族偏見，認為美國黑人由於源自熱帶非洲，比歐洲黑人更能勝任這種工作。

除了圖文展示，展覽難得是有很多實物，如以實物呈現地底的石層組織、纜線、管道、工人用的器具如鋤頭、電鋸、拖拉車等等。走到另一邊則排列着不同年代的地鐵入閘機，從腳踏到電子、從木質到鋼質、從四葉到三葉等等，我在一道道活轉門中進進出出，一時間也像一個孩子般感到樂趣無窮。實物的變遷還有不同年代的售票機、服務櫃、從紙票到代幣到儲值卡等，尋常物事一經陳列，倒真見證着時光的軌迹。

再走下一層，月台上停泊着多部列車，從一九〇〇年的高架火車到二、三十年代陳年地鐵到九十年代的新型地鐵不等，置身古老列車車卡中，坐上昔日竹藤質地的座椅、抬頭看着古銅色的風扇葉、當時年代的地鐵廣告，如走進時光隧道般。特別有趣是走進那列昔日用來數錢的「Money Train」，因怕金錢被竊，車身給髹成黃黑相間恍如垃圾車一般，裏頭「Money Room」數錢的櫃枱、白燦燦的光管，設計簡陋，奉行「財不

▶ 古式車卡的椅子與扶手

▲ 紐約交通博物館，設於布魯克林一個停用的 Court Street 地鐵站。

▲ 有幾分神秘感的「Money Train」

可露眼」的道理。每日運送着大筆款項的「Money Train」（其實紐約地鐵至今仍是虧蝕的），隨着錢幣使用的減少，已於二〇〇六年停用。現在除了親臨博物館，就只能於一齣叫 Money Train 的電影中一睹其身影，但因為這種車多年來十分神秘，電影所呈現的影像，據說與真身仍有距離，有機會我可要找來看看。

　　參觀完畢，想到我城其實也值得建一座地鐵博物館，雖然沒有超過百年的歲月、血汗斑斑的建造史，但應該也有自身的故事和特色。

二〇一一年十一月十七日

歸零地

玩笑不好玩了。一個美國電視廣告曾經把世貿大廈裝扮成卡通人物，我是在世貿致敬訪客中心（Tribute WTC Visitor Center）中看到的，曾幾何時的滑稽影像，到如今，不好玩了。

到如今，這裏叫Ground Zero——歸零地。現在僅存蕭穆。

現在它成了歷史上人類破壞的最大廢墟。廢墟不「廢」，余秋雨說：「只有在現代的喧囂中，廢墟的寧靜才有力度；只有在現代人的沉思中，廢墟才能上升為寓言。」人們對廢墟總是有一份執迷。每一天，來自世界各地的人，都走到這裏一睹廢墟。不敢輕言傷痛，不能無動於衷。

沒有了雙子塔，曼克頓的天際線不再一樣。世界也不一樣。在的時候，人們說它醜，不在的時候，人們又懷念它了。猶記得九一一事件半周年，兩條光柱射上天空，象徵世貿不死，這件作品名為「光柱紀念」，由八十八盞探照燈集束而成，突顯美國精神及紐約市的重建決心，可那光，明是泡影，看起來倒更像亡靈了。

這十六畝廢墟，未來將建成人類史上最大的紀念碑。建築方案的名字很有意思：*Reflecting Absence*。反省缺失。或者應該說，在缺失中反省。

世貿中心的日本建築師Minoru Yamasaki當年說：「世界貿易即是世界和平（World trade means world peace），因此紐約世貿中心的建築，目的大於僅為租客提供房子。世貿中心是人類奉獻給世界和平的鮮活象徵……」到如今，頓成反諷。

歸零地，暫時性地。未來這裏，將有一座自由之塔（Freedom Tower），更高更強更快，比原先的雙子塔更高，一千七百七十六米。一七七六，美國獨立之年，這是一個特別的數字。我卻想起美國電影《痛苦的報酬》（*Force of Evil*, 1948），在這電影中，它是美國國慶日彩券的熱門數字，邪惡由此而生。

世貿大樓設計師Minoru Yamasaki當年還說過一段豪言壯語：「雖然欣賞歐洲巨大紀念性建築的建築師不免會追求箇中最明顯的特性，但壯麗（grandeur）、神秘主義（mysticism）元素和力量（power）——教堂與宮殿的基本，也是與今天不協調的，因為我們這時代的建築，是完全為不同目的而蓋的。」

到如今，世貿倒塌了，「歸零地」旁的聖保羅教堂（St. Paul's Chapel），卻安然無恙。那裏的主教寫過一首詩，仿馬丁路德的句式：「Here I stand」。一里之外，我猶存。也不一定要說到聖經巴別塔故事，我想到在塔羅牌裏，高塔，本來就代表毀滅的意思。

其實也不是沒有破壞，世貿被襲時，聖保羅教堂也一片頹垣敗瓦，可就是庭院中那些壯烈犧牲的樹，保聖保羅教堂主

體於無損。人們留着那根粗壯的百歲西克莫（sycamore）大樹墩，永作鐵證。無神論者睜眼看着，也只能嘖嘖稱奇，儘管他們仍可說：神蹟，不過是極其偶然的同義詞。

　　人類歷史上，沒有一片人造廢墟如「歸零地」，是人類罪惡的活生生鐵證，同時又是人性崇高彰顯之境地。在股市被奉為聖壇的華爾街，來到這片廢墟，人們才得以頃刻思考，何謂真正的救贖——如果有的話。

二〇〇七年九月十日（重寫於二〇二一年十一月四日）

▲ 大樹倒下，奇蹟地沒壓毀教堂及墓園墓碑，樹根被樹木專家拯救下來，安放於聖保羅教堂內。

▲ 藝術家 Steve Tobin 以西克莫樹根作藍本，創作了這個銅雕塑品，裝置於聖三一教堂內。

◀ 聖三一教堂
「生者與死者，那麼近
一隻麻雀含着一片小綠葉
在墓碑之間蹦蹦跳
一躍，而後飛走了。」

再會紐約——歸零地

反省缺失

　　二〇〇七至二〇〇八年旅居紐約，每走過世貿遺址，隔着鐵絲網便看到裏頭堆疊如山的斷石頹垣；大型施工正在進行，一個等待重生的空間，不遮不掩地以廢墟（ruin）的狀態示人，這是人類歷史上最大型的人造廢墟（世界著名廢墟多是由天災造成的，如雷擊、火災等，人類有本事「自製」廢墟，可見人之造化）。廢墟將會經歷一段頗為漫長的時間才會徹底消失（其過程可稱為一種「軟消失」）。法國建築師鮑贊巴克曾說：「這個廢墟給人留下了一種強烈的、觸動身心的印象。」是的，如果你不輕忽歷史，廢墟本身就是極具沉思性的，其間，人們稱世貿遺址為Ground Zero，譯作「歸零地」。

　　三年多後，舊地重臨，新建的世貿中心一號（One World Trade Center）巍然聳立遮擋天空，頂部的玻璃幕牆仍未完全鋪好；坐落於雙子塔原址的「911紀念碑」（911 Memorial）則已建成，我預先上網登記，參觀去了。

　　世貿重生，紐約市長彭博於九一一十周年當日說：「歸零地」之名從此應該劃上句號了。我卻始終記取，過去十年的過渡狀態，其實也是重生的部分，意義非常巨大。在長達十年的時間，「歸零地」以廢墟之姿示人，沒有刻意隱藏現場的頹垣敗瓦，世界各地旅人來到災難也是廢墟現場，看着眼前敗壞

▲ 數年前「歸零地」的「廢墟」狀態

▲ 新　建 One World Trade
　Center 巍然矗立

的鋼筋泥石，不無沉靜下來，從缺失中反思生命。我們可以想
像，如果這堆瓦礫落在一個「面子大於一切」的國度，廢墟現
場會被團團包圍，掩蓋起來。我們可以想像，如果這堆瓦礫落
在一個「唯經濟是命」的城市，無數的政客、既得利益者、淺
見者就會提出愚蠢的聲討，青筋暴現地叱罵：「政府怎麼可能
讓一個如此值錢，在CBD的中心地帶，十年來一直處於廢墟狀
態，你知不知道你浪費了納稅人多少金錢」？在威權或經濟單
向維度的地方，沒有人明白，廢墟的意義。

　　重建同樣的雙子塔是瘋狂戀物，單建紀念碑被看作「頹
廢」，無異於是對恐怖主義的稱降。紐約雙子塔遺址應如何重
建，曾經在建築界引起一番爭議。人類史上，沒有建築物重建
像它一樣，肩負着如此重大的象徵意義。一個城市、一個國家

以至全人類，如何處理創傷、尊嚴、記憶、重生，就在這雙子塔倒塌後人稱「歸零地」（Ground Zero）的十六畝空間。

十年的時間是漫長的，也是短暫的，傷口是要經過時間癒合，沒有痊癒，不言重生。如今，「911紀念碑」四周儘管仍然不斷施工，但基本上是一個大型建築地盤，不再像一座廢墟了。一時之間我竟對廢墟狀態萌起一點懷想之情，茫茫然有一種「廢墟美學情結」作祟。

不叫「歸零地」，以「911紀念碑」的方案名字——*Reflecting Absence*，來指稱這片地方也不錯。這名字改得好，象徵意義跟建築形態完全一致，只是要翻譯成中文不太容易，因為英文的「reflect」富有歧義；中文就我所見，有譯作「反省缺失」、「映現傷逝」、「倒映虛空」、「對缺席的深思」等，我取最前者。

一般「紀念碑」令人想到「monument」，紀念碑席地而立（erect）供人仰視，世上應該沒多少「紀念碑」是下沉的。偏偏「911紀念碑」就是南、北兩個大型的下沉式水池，四方形面積跟雙子塔平面所佔空間相若，三十英尺高的水簾從水池四面落下，流向池底的中央黑洞，然而流水不息，可見之外亦可聽，潺潺的流水聲將不遠處的沸騰市聲隔絕，供人靜思、反省，人們稱那兩個水池為「反思池」。「反思池」改變了世上「紀念碑」的形態，也重寫了「水池」（pool）在城市建築上的一般意義。水池是西方城市常有的建築物，出現在廣場、

▲「911紀念碑」廣場種滿橡樹，一片橡樹的倒影投在池的中央。

花園、城市中心等，一般是小型的、裝飾性的，予人繽紛之感，有的水池甚至讓人嬉水。「911紀念碑」的「反思池」則是蕭穆的，它面積太大（是現今北美最大的人造水池），參觀者只能在池邊旁觀，或細看鐫刻在水池四邊護欄上近三千名的死難者名字。沒有我們當下世代時興的什麼「互動」、「參與」，人類回歸渺小，靜默、駐足、沉思，就是最恰當的了。當年在最後入圍曼克頓下城區開發集團（Lower Manhattan Development Corporation）的七個建築方案中，只有「反省缺失」一個不是在原雙子塔遺址之上建東西的；亦因為此，當時這勝出方案曾受到不少批評。敵人把你推倒，你站起來，不但要站起，還要站得更高更強；「反省缺失」設計者Michael

Arad、Peter Walker不作此想,他們以「逆向思維」和悖理思考:不但不向高發展,反而是沉降的;結果,這兩個下沉式的水池,就成了兩個永遠銘刻着歷史創傷的缺口,它物理上的下陷,永遠提醒你有些東西不見了、缺席了。如你看到眼洞必然想到眼睛。所謂紀念,就是對「不在」者念茲在茲。於此,召喚你缺失感的,不再是一個廢墟,而是一個完好的重建物。建築因此有了人文的意義。

二○一一年十一月二十四日

▲ 鐫刻在水池四邊護欄上近三千名的死難者名字

The bright blue morning sky became veiled in dust...

Missing posters blanketed the city, as hope turned to despair...

再會紐約———反省缺失

「有了許多的哀怨，結下不少的纏綿，杭州有『愛情之都』之美譽，相傳西湖月老祠有此一對聯：『願天下有情人都成了眷屬，是前身注定事莫錯過姻緣』，未知現在是否仍在？」

Chapter 06

印象杭州

城市名目

　　為了香港書展講座，在中山走了一轉，在酒店與演講場地之間轉了一圈，無暇看看這城市，這城市可資用來「省招牌」的名號——「國家級歷史文化名城」，倒是從旅遊冊子、官員、傳媒之口中聽了數次。

　　這令我想到，在這個城際競逐的年頭，城市都爭相在自己「名片」上掛幾個名目，若沒有一兩個能隨時拿出來派上用場，城市就好像不夠「格」似的。

　　中山後我隨即又飛了去杭州。杭州我第一趟去，還有餘裕慢慢發掘。她許多的城市名號，倒是頭一兩天已在旅遊小冊子、街上的標語等接收了，落在我這個對「文字」有嗜讀癖的人身上，倒也覺得值得玩味。

　　讓我在此細數一些。作為隋唐名郡、吳越首府、南宋都城和元、明、清的浙江省省會，杭州歷史深厚，有「中國八大古都」之稱。佛教在杭州的傳播始於東晉，興盛於五代吳越，故有「東南佛國」之稱。佛教文化深深影響杭州的民間文化，如建築、印刷、茶文化；說到後者，西湖以龍井馳名，亦有「中國茶都」之美譽。早在五千年，杭州地區已有絲綢存在，杭州是中國最古老的絲綢出產地之一，故又被稱為「絲綢之都」。這個精緻地方又有「愛情之都」之譽，千古傳誦的民間傳說，

如梁山伯與祝英台的「杭州求學」、「草橋結拜」、「十八相送」、《白蛇傳》裏白娘子與許仙的「斷橋相會」，都在此發生。

　　好了，好了，本文重點不是談論杭州，而是想談談城市名目的繁衍，以上例子，在我還沒在這地方留下很多足迹前，已先在一個旅者的眼前一一登場。如果以上如「東南佛國」、「絲綢之都」、「愛情之都」都強調歷史的底蘊，那麼像「文明城市」、「品質之城」，則當然是當下非常「泛中國」的造城運動，性質又自不同。城市名目有虛有實，單強調歷史之深厚也是不夠的，最好還要做到「新舊通吃」，像二〇〇七年杭州榮登「中國十大節慶城市」榜首，則肯定是迎合後現代「嘉年華會」化，將日子當成節慶生活的消費文化。作為「節慶城市」，杭州有一句口號：「杭州的名字叫生活，節日是生活的狂歡」。在節慶化、景觀化的大潮下，沒有哪個城市不辦自己的博覽會，不辦自己的美食節、煙花節、文化節（早前才知，原來中山也有了自己的書展，今年踏入第三屆，在七月中舉行，於香港書展之前）；而秉承「愛情之都」之美譽，杭州的節慶之一有婚慶節，說不定會出現集體婚典的畫面呢。

　　如是者，城市名目推陳出新，有些有自己獨特的歷史淵源、文化屬性，不可隨便借用；一些則需要權力機關認可，不是自己說了算，如「國家歷史文化名城」、「世界文化遺產城市」，背後牽涉複雜的意識形態。而消費市場本身又會為城市巧立名目，如「節慶城市」、「休閒城市」、「旅遊城市」、

「購物天堂」、「食尚之都」等等。另一方面，不少國際組織也不斷為世界不同城市打分，如「宜居城市」、「自由城市」、「創意城市」排行榜、「生活品質指數」（quality of life index）等等，城市不斷在一堆數字、名目的眼光之下被比較、考核、自我形塑，而其中的歷史、文化、消費因素，已經全然攪渾一起，互相周轉。我們對城市有着無限想像，卻又落入各式被預設的框框之中。

二○一一年六月

▲ 盛夏季節，麵院風荷。

舊都與新城

　　杭州作為中國八大名都之一，當然是古雅的，西湖民間傳說可上溯至梁祝恨史、《白蛇傳》、歷史人物如白居易、蘇軾、岳飛等，更是多不勝數、擲地有聲；可在城際競爭激烈的今天，她也要塑造自己新城的一面，將累積深厚的人文歷史兌換成旅遊城市的文化資本。

　　就舉剛剛被列入《世界遺產名錄》的西湖為例。小時候在課本中，好像讀過「西湖十景」：蘇堤春曉、麯院風荷、平湖秋月、斷橋殘雪、花港觀魚、柳浪聞鶯、三潭印月、雙峰插雲、雷峰夕照、南屏晚鐘，多年後親歷其境，適逢夏天賞荷之季，讀到「接天蓮葉無窮碧，映日荷花別樣紅」之詩句，也覺是人間美景，不可多得。

　　但現代城市，風景盡都被轉換成旅遊景點，而旅遊景點又要隨時日遞增以保持旅遊的吸引力，故在經典「西湖十景」之外，有「當代新西湖十景」，在此之外，再有「三評西湖十景」，就一點也不足為奇，說不出是人們對景點的胃口大了，還是風景真的多了。

　　既要古都，又要新城，現代西湖其中強調的一點，便是「三面雲山一面城」的格局。「一面城」者，主要有向東一面的新湖濱景區，杭州香格里拉酒店、凱悅酒店、音樂噴泉等都

坐落這邊，通向杭州湖濱國際名品街，上有Gucci、Versace、H&M、Zara等國際品牌商店，大道兩旁多個大型發展項目正在施工，那種中國式的「發展是硬道理」還是龐然巨大地進駐西湖邊；幸好只發展一面，這格局仍算是可取的。

這新發展的新湖濱景區，亦順理成章地成為、或被描述成「西湖的大門」、「城市的客廳」。但偏偏是在這「城市的客廳」中，我依稀感覺到傳統之雅與當今之俗的交錯。就在向城一面的大街上，表演歌唱的襤褸賣藝者（是的，當然有寫着「獻藝求學」、「獻藝醫病」等等的）喊破喉嚨地唱着頗為俗氣的流行曲，音樂和歌聲還要透過喇叭和咪高峰震天價響地播出，我心想，那些大酒店真是「多得你唔少」。有賣藝者拿着樂器敷衍地吹彈，樂器只成道具，播的是預先錄好的demo音樂。這向城一面的馬路不時堵車，汽車左穿右插響號不停。當然如絕大多數中國城市，不少人還是會從口中吐出「飛劍」，只能感嘆，一天「飛劍」尚存，一天通向「文明城市」之路還是遠的。

說到這裏，其實說的已不是杭州或西湖。在舊都與新城之間，我彷彿看着一則中國的隱喻。一如許多人，我確信歷史源遠流長的中國曾經有非常幽雅、精緻的生活文化，如西湖的詩畫園藝、杭州的絲綢、建築、茶道、篆刻印刷等，都令人心生嚮往。但中國的古雅來到當代，像中了什麼咒似的，都無可復圜地朝向粗俗化的道路奔走，不少人且稱之為「進步」。說實在的，我不算是一個厚古薄今的人，杭州還是我喜歡的城市。

但正正是在杭州這個相對幽雅、舒逸的中國城市，一點當代俗氣的侵襲便顯得格外明顯，如在美麗的西湖赫然看到一兩件漂浮於河畔、人們隨手丟棄的垃圾，感覺是那麼的不協調。歷史的雅遇上當代的俗，如果前者不被沖走便得與後者共處一室，說來這也是中國必然走上的道路；即使是「上有天堂，下有蘇杭」的地方，似乎也不能倖免，儘管她對粗俗化的「抗體」，在中國城市中或許已算是比較多的了。

二〇一一年七月

◀ 西湖斷橋殘雪

◀ 杭州湖濱國際名店街

印象杭州──舊都與新城

印象西湖

　　終於看了大型實景演出《印象西湖》。無論你喜不喜歡張藝謀，必須承認，他的確是一位視覺影像大師，在這方面，也堪稱當代中國第一人。老實說，觀賞前也不無疑慮，將高科技帶到西湖的湖光山色，不知弄出什麼花樣，搞不好，西湖的閒情破壞了，大自然又一次遭殃。

　　不過，張藝謀（及另外兩位導演王潮歌、樊躍）確有他的本事。全劇一個小時，不用一句台詞字幕，盡是虛幻片段，融入各種視覺元素，帶出一個老外也看得明白的唯美愛情故事。一開始，一年輕書生乘小船登上水中樓閣，在水上飄行，乍看真有幾分像神蹟幻覺。故事無非是一男一女的相見、相愛、分離、追憶，但也融入了杭州的民間故事，懂的人看多一點，不懂也不相干。譬如說，那書生分明就有許仙的影子，書生與女子以一把絹傘作定情信物，那還不是來自《白蛇傳》的故事，白娘子與許仙的邂逅，就錯於一次於雨中借傘。虛的故事有實景承托，不遠處的西湖十景之一「斷橋殘雪」，就是白娘子與許仙相會的地方。箇中視覺元素還有不少「密碼」，如二人相愛時如魚得水，舞台上人物幻化成金魚群於湖中暢泳，又十分配合「花港觀魚」此一景致。還有大量的色彩變化、雨簾、潑水，深度固然說不上，但論視覺盛宴之嘆為觀止，猶勝不少大型百老匯音樂劇。

我想說的不是單一演出，而是演出作為一個概念。這幾年間，中國已有了《印象·劉三姐》、《印象西湖》、《印象麗江》，都強調實景演出，將科技、文化融入於自然景觀，也是用上大量的群眾演員，有點像看北奧開幕式的那種集體舞台力量（或者，「印象」概念本來就肇生於此？），誠是中國一大特色。這種演出概念可以在不同地方搬演，但各處又因其環境、歷史有所不同，有點像「音樂噴泉」或者「幻彩詠XX」，已經不是單一零件或景觀，而成了一種城市概念。假以時日，說不定會有《印象外灘》、《印象東湖》呢。而這種實景演出，看來也有外輸的文化潛力，我隨便胡說，若果有天張藝謀被邀導演一個《印象尼斯湖》，也是不足為奇的。

二〇一一年八月一日

印象杭州——印象西湖

女性化城市

　　從杭州回來，遊興未盡，偶爾也看看一些作家筆下的杭州，如白居易的〈杭州春望〉、徐志摩的〈西湖記〉；在易中天的《讀城記》中，讀到這段話：「中國最女性化的城市當然是在江南水鄉。其中最典型的似乎又是杭州」。他還引述一些常談：如果杭州是大家閨秀，那蘇州就是小家碧玉，南京是侯門誥命，上海是洋場少婦等，都是妙喻。其實，城市有沒有「男性化」或「女性化」之分的呢？這當然不是一個科學的說法，但以文學、形象來看之，也不無趣味。

　　誠然，「嫵媚」這二字，不可用來形容任何城市。首先，如果城市氣質有所謂「嫵媚」，在中國，她應該是比較偏南的。一般以為，北方人大剌剌，愛侃大山，豪邁奔放，南方人則較溫婉、細緻、含蓄。北京永遠是男性化的，尤其它本身就是全國最高權力中心。一些城市，名字生來似乎就是男性的，如武漢。黃沙大漠、高原、險峰理應屬大漢子的。地理環境締造城市性格，一株一草也有份兒，你看杭州的行道樹如懸鈴木、楓楊、無患子、香樟，不若木棉、松柏，都是比較輕柔的。

　　我自己特別喜歡臨海城市。「女性化」城市理應是五行屬水的，不一定要是水鄉迷情如麗江那種，但至少應該有海，

有江，有湖，有小橋流水，或其中之一二。女性化城市都是水之精靈。就拿蘇軾詠杭州的〈飲湖上初晴後雨〉：「水光瀲灩晴方好，山色空濛雨亦奇，欲把西湖比西子，淡妝濃抹總相宜」，這不就完全是「女性化」的嗎？中國地大物博，有哪個城市堪與西子相提並論？（我想到文學名著中，也只有《紅樓夢》的林黛玉——「心較比干多一竅，病如西子勝三分」，堪與西子比擬）。西施這史上第一個「女Laughing」，美得沉魚落雁，沒有那嬌花照水的環境，又怎生有「沉魚」這般絕妙的形容？

中國四大民間傳說，有兩個以杭州作背景——《梁山伯與祝英台》、《白蛇傳》。兩個民間傳說中，男性都很窩囊，梁山伯與祝英台同窗三年未識對方女兒身，人家臨別百般暗示他莫名其妙，委實是蠢貨。《白蛇傳》裏的許仙也好不了多少，被法海挑撥一下就懷疑起自己身邊的枕邊人，欲知其真貌，到見着了就嚇破了膽，幸得白娘子盜仙草營救，才返魂有術。好一個「小男人」，最初下雨沒打傘子，本來就不應貪小便宜借傘的。梁山伯與祝英台的草橋結拜、十八相送、許仙與白娘子的斷橋相會，都離不開西湖；有水的地方就有秋水伊人，可好的男子到底不多。杭州的民間傳說，其實都在歌頌女子。

有了許多的哀怨，結下不少的纏綿，杭州有「愛情之都」之美譽，相傳西湖月老祠有此一對聯：「願天下有情人都成了眷屬，是前身注定事莫錯過姻緣」，未知現在是否仍在？

西湖有白堤、蘇堤，大家都知道白居易、蘇東坡曾任杭州地方官，親督修堤。其實，杭州也是遠離權力鬥爭的幽居地。蘇東坡到杭州本是外放的，可也活得逍遙。人知范蠡的故事，可知道越國滅吳後他為保性命辭去相職，到杭州販鹽致富，人稱陶朱公。可以共患難不可共富貴，中國歷史多的是。辭官經商的范蠡，說不定在杭州與西施再續未了緣？嗯，我想得太多了。

至於女子，在杭州住過的才女也不少，如李清照、朱淑真、陳端生、馮小青，名妓柳如是、蘇小小等。民間傳說的祝英台從家鄉（紹興上虞）到杭州求學，其實歷史人物西施、「鑑湖女俠」秋瑾，嚴格來說都是紹興人，但西湖有秋瑾墓、西湖更有西子湖之別稱，紹興、杭州同屬浙江省，互相靠近，也無分彼此吧。

二〇一一年八月

◀ 西湖蘇小小之墓

杭州詩詞之旅

　　詩詞不僅在書本中，詩詞在許多不同的空間。現在想來，喜歡杭州，定必與詩詞有關。在許多地方，我停駐的腳步都比一般遊客慢，就為了細看眼前的內容。蘇軾的〈飲湖上初晴後雨〉：「水光瀲灩晴方好，山色空濛雨亦奇，欲把西湖比西子，淡妝濃抹總相宜」，把一眾詠西湖的詩詞比下去，但當在著名的老字號樓外樓看到時，又覺蘇軾詩詞成了生招牌了。是的，有誰說，詩詞不可走進食店中，況且食店又的確是靠在西湖邊，只可惜味道不如想像中好。

　　西湖四季分明，春夏秋冬，桃、荷、梅、桂，各有風姿，遊西湖之際，時為七月，荷花盛開，賞荷之時，怎不叫我想到另一首詩：「接天蓮葉無窮碧，映日荷花別樣紅」？水珠沾在荷葉上沾不上花瓣，出水芙蓉，出塵就是這般。睡荷睡醒綻放眼前，原來真是美不勝收。西湖柳浪聞鶯，有沒有文人詠過柳呢？有的，曾任杭州刺史的白居易，寫有〈杭州春望〉：「望海樓明照曙霞，護江堤白踏晴沙。濤聲夜入伍員廟，柳色春藏蘇小家。紅袖織綾誇柿蒂，青旗沽酒趁梨花。誰開湖寺西南路，草綠裙腰一道斜。」一些詩詞現身眼前，一些詩詞因眼前景象而在腦內勾起，都有別於單從書本上看文字的味道。

　　杭州柔美，但也有凜烈的一面。革命烈士秋瑾祖籍浙江山

陰（今紹興），死後屍骨則葬於西湖橋畔，晚上無意路經，見一女石像腰封掛劍，英姿颯颯，便知是鑑湖女俠了。小小的墓地當然比不上岳湖邊上的岳王廟，中國不同地方都有岳王廟，但論最重要的，當屬杭州這一家——岳飛葬身之地就在臨安（今杭州）大理寺獄中，死後二十年被宋孝宗追封，以禮改葬其遺骸於今址。所以，來到此地，岳王廟，尤其是岳王墓，尤其值得一走。臨死吟詩的，近代秋瑾的「秋風秋雨愁煞人」叫人斷腸，古時岳飛臨刑前喊的一句「天日昭昭，天日昭昭」，也憤慨莫名；如今岳王廟正殿忠烈祠中間懸着的一塊「心昭天日」橫匾，就肇出此話。走入殿內，殿中高懸「還我河山」匾額，乃岳飛手迹。岳飛確是文武雙全的，書法了得，他以行書謄抄〈前出師表〉、〈後出師表〉，蒼勁有力，在岳王墓園中我見識到了。他本人留世的詩詞不多，一首〈滿江紅〉（岳王廟就以「三十功名塵與土，八千里路雲和月」為門柱楹聯），一首〈小重山〉，後者我更喜歡——激昂之外岳飛也有低迴處，好一句：「欲將心事付瑤琴，知音少，弦斷有誰聽！」幾乎真是聽到弦斷的聲音。

我慶幸我懂得正體字（我不說「繁體字」），遊杭州此種古都，有點歷史的筆墨真迹都以正體書寫，比起國內「簡體一族」，我想我又比他們直接感受多一些。如此一來，我這現代人又顯得更古老了（要在心中默唱：「誰能代替你地位？」——給正體字）。步出岳飛墓，穿過刻着「青山有幸埋忠骨，白鐵無辜鑄佞臣」楹聯的門廊，見明朝書畫名家文徵明的詠史詞《滿江紅》之真迹石刻，身旁剛好站着一個不認識的

內地遊客，似乎略有困難地讀着文字，於是我們就搭起訕來，逐點把文字一一辨出（當然，原碑石文字沒標點符號）：「拂拭殘碑敕飛字，依稀堪讀。慨當初倚飛何重，後來何酷。果是功成身合死，可憐事去言難贖。最無辜，堪恨更堪憐，風波獄。豈不念，中原蹙，豈不惜，徽欽辱？但徽欽既返，此身何屬。千古休誇南渡錯，當時自怕中原復。笑區區，一檜亦何能，逢其欲。」墓裏邊還跪着秦檜等幾個奸臣，這邊文徵明此文，明顯指出區區一個秦檜只是幫兇，真正要殺害岳飛的，恐怕還是怕父兄徽宗欽宗一旦回朝江山不保的宋高宗。「鐵人跪像」柵欄內有奸臣，可皇帝呢？這就不好說了。

到來西湖，雷鋒塔當然是要去的，何況以它作場景的民間傳說《白蛇傳》，看來最有本錢「國際化」（且拭目以待程小東導演的《白蛇傳說》）。重建的塔細看好像有點粗糙，說是古剎但不少結構用上仿木銅製，至於那道電動長梯是否設計得宜，則見仁見智，此是別話。走上塔頂，也見一些詩詞文章，其中有出自喜歡遊江南的乾隆皇帝御筆。康熙、乾隆御筆其實都不難看見。我倒是在看到現代作家茅盾的〈沁園春〉時，略有所停。文章是這樣的：「西子湖邊，保俶塔尖，暮靄迷蒙。看雷峰夕照，斜暉去盡；三潭印月，夜色方濃。出海朝霞，蘇堤春曉，疊嶂層染漸紅。群芳圃，又紫藤引蝶，玫瑰招蜂。人間萬事匆匆，邪與正，往來如轉蓬，喜青山有幸，長埋忠骨；白鐵無辜，仍鑄奸凶。一代女雄，成仁就義，談笑從容氣貫虹。千秋業，黨英明領導，贏得大同。」我一向以為不賴的茅

盾，這篇文章也寫得甚是普通，尾句就簡直是文學受政治污染的又一範例。自古詩詞有好有壞，文字進入我底眼簾，旅遊有心，原是歷史、文學的最佳通識。

二〇一一年八月十七日

▲ 岳飛像，上有出自他真迹的「還我河山」。

▲ 惜別白公（送別白居易群雕）

▲ 文徵明的〈滿江紅〉，於岳王墓外。

▲ 雷峰塔內，見茅盾〈沁園春〉一作。

雷峰塔石

　　早前到杭州旅行，在西湖泛舟，同船有一對來自杭州郊區的陌生夫婦，遠眺「雷鋒晚照」，不免搭起訕來。大家都知道原來的雷鋒塔早塌毀了，眼前那個是於二○○二年重建的；那丈夫笑說：「其實雷鋒塔倒塌的命運，本來就是寫好了的。」他指的當然是《白蛇傳》故事，可知道還知道，經他這一說，當下又忽有所悟似的。

　　是的，作為中國四大民間傳說之一，《白蛇傳》早已家傳戶曉，歷來出現不少的故事新編、主題變奏，但故事骨架幾個基本情節，包括雨中借傘生情、端午節白娘子飲下雄黃酒現出蛇形、白娘子到崑崙山盜仙草、白蛇青蛇與法海鬥法引致水漫金山寺、白娘子被壓於雷鋒塔內、雷鋒塔倒塌白娘子重見天日，都是少不了的。沒有最終的塔倒，就沒有最後的釋放和團圓結局；好一個八面威風的雷鋒塔，成也白蛇，塌也白蛇。

　　現實當然沒那麼美麗。原來那座建於北宋太平興國二年（977年）的木塔，相傳到元朝時仍保存得頗為完好，後來怎麼會一點點敗落，還不是拜中國歷史的連年戰禍與人為破壞？明朝時遭大火一燒，燒剩磚體塔身。磚體後來何以不保？因民間迷信雷鋒塔塔磚可以驅病強身或安胎，許多人從塔磚磨取粉末、挖取磚塊，還有人從塔內挖尋經卷以牟利，終至塔基不勝

負荷，於一九二四年九月二十五日，全然崩塌。

我沒料到的是，走進雷峰新塔內參觀，展覽館中竟有塔磚出售，當作旅遊紀念品，還附有「塔磚收藏證書」！塔磚售價不一，視乎其大小形貌，其中一些內藏經卷的，價錢又定得更高。館內有「雷峰塔古塔磚文化」解說，原文太長，簡述之，大概說到作為中國傳統文化，「磚」在風水學說中佔有重要地位，而雷峰塔古磚，又特有其氣質、佛性、「金」之特性與「平安特性」。跟着提到傳說中的功用福佑，歸納有鎮宅、辟邪、利釁、宜男之作用等等。末段這樣寫道，實是和諧社會之一絕：「『信則靈』，雷峰塔古磚，作為一種老百姓寄託美好祈福心願的載體，反映了國人祈求平安，國泰家和的美好願望，本身就是一種向上和諧的現象。經千年滄桑，雷峰塔古磚幾近消亡，已成珍物。機緣巧合，雷峰塔景區經浙江文物考古研究所唯一授權，得幸獲得現存限量古磚殘品對外流通，終使珍愛人士得償所願，並以久世珍藏。」

如果魯迅親睹此情此景，當會如何反應？他在〈再論雷鋒塔的倒掉〉中，曾力斥雷峰塔磚的挖去，不過是小小的一例：「龍門的石佛，大半肢體不全，圖書館中的書籍，插圖須謹防撕去，凡公物或無主的東西，倘難於移動，能夠完全的即很不多。但其毀壞的原因，則非如革除者的志在掃除，也非如寇盜的志在掠奪或單是破壞，僅因目前極小的自利，也肯對於完整的大物暗暗的加一個創傷。人數既多，創傷自然極大，而倒敗之後，卻難於知道加害的究竟是誰。正如雷峰塔倒掉以後，

我們單知道由於鄉下人的迷信。共有的塔失去了，鄉下人的所得，卻不過一塊磚，這磚，將來又將為別一自利者所藏，終究至於滅盡。」

把以上雷峰新塔展館文字與魯迅文章比讀，中國歷史，不是一個大諷刺嗎？只是魯迅如何看穿民族劣根性，料他也想不到，最後把私藏磚石「合法化」、「美好化」的，竟是雷鋒塔，及有關文物保護、旅遊文化單位本身！私挖是罪，真金白銀買的，就是功德。當代中國社會，沒有價值，只有價錢。或者，雷峰塔真的是鎮着妖精（但絕不是白娘子），合該倒下的。它的倒塌命運，本來，就是一早寫好的。

二〇一一年九月

▲ 雷峰塔古塔磚收藏證書

▶ 雷峰塔磚身

印象杭州——雷峰塔石

紹興：歷史主題化

在杭州旅行，順道又去了不遠處的紹興，打了一個「白鴿轉」。杭州和紹興，都是千年古都；祝家莊原來就在紹興的上虞市，民間故事裏的祝英台，當年假扮男裝到杭州求學，在未有公路也無火車的古時，短短路程也定必走了千山萬水，想着想着覺得新奇——其實不過在心目中虛擬出大概的位置。

是的，把歷史當新奇，是今日旅行城市之時尚；不要以為歷史只屬「過去」，當歷史被「主題化」成了旅遊景觀，它同時又是非常後現代的。香港民間力量對「歷史主題化」有所關注及批判，擔心歷史通通被兌換成資本主義的貨幣，倒是中國古都，在大踏步以「歷史文化名城」朝向「最佳旅遊城市」之不歸路上，表現出義無反顧的姿態。而在這「歷史主題化」的大潮上，像我這樣一個背包族旅客，也難免成了其中一個「參與者」。

在旅遊冊子上，紹興仍標榜自己為「東方威尼斯」，但它作為一個水鄉，大致上已屬過去式了。聽當地人說，紹興多年以來邊界少有向外拓寬，陸地就從邊界以內的河水不斷「填海」而來，尤其自上世紀八十年代初以來急促的城市化步伐，馬路開闊，河水面積愈縮愈小，今天到訪，實難再稱她為一個「水鄉」了。

也許是「水鄉」的意義改變了。著名的烏篷船仍是有的，卻不為擺渡，而完全是給旅者觀賞和體驗的。三個人登上，二十分鐘船程盛惠一百元，我看着船夫以當地獨特的「腳划」方式搖櫓，也禁不住拍了幾幅照片。古老石橋仍是有很多的，不少被列入「紹興市文物保護單位」，烏篷船在橋底穿過，兩旁水街舊宅尋常百姓家在河邊浣紗。由鑒水烏篷到大禹治水，都成了旅遊賣點，於此，水有了不一樣的意義。

　　烏篷船如是，三輪車也如是。三輪車少有作交通工具（雖然車伕跟我說他們有時也會接送小孩子上學、放學），都成了「旅遊公司」了。我被三輪車伕帶着，旋風式地到訪了幾條舊街，幾道石橋，又走入了人家的台門（那邊稱呼舊宅的名稱），疑心好像闖入了人家的生活，但住客好像見怪不怪，旅遊景點與生活空間交混一起，互相重疊，難分難解了。我又禁不住拍了一些照片，只能叮囑自己，別讓照相機取代了眼睛。

▶ 歷史街區

翻翻地圖，不同街區都標示成「歷史街區」，如倉橋直街歷史街區、石門檻歷史街區、八字橋歷史街區等，當然還有，魯迅路歷史街區；那地圖想必是特為旅客而設的。說到魯迅，這可是紹興的頭號「招牌」；紹興的名人不少，由古時的勾踐、西施，到現當代的秋瑾、蔡元培、周恩來等，但一個魯迅就夠得上很多個。來到紹興，當然也沒錯過參觀魯迅祖屋、魯迅故居、三味書屋、百草園、魯迅紀念館。孔乙己由小說變成土特產，賣的當然有茴香豆；我下榻的酒店叫咸亨酒店，是以魯迅為主題的一所老字號酒店。此外還有魯鎮——當地的魯迅主題公園，時間匆匆，未及到訪。有時也會想，如果魯迅在天有靈，看到如斯景況，又當作何想，想必是會痛罵一番的。

如是者，歷史、人物都成了文化資本，我無法脫離「歷史主題化」來認識歷史，也無法脫下旅者身分來觀看城市，我帶着批判距離但無法抽離其中，我看到的是旅遊景觀但同時又不無真實的——因為，已無所謂「去主題化」、還原本相的歷史；說來，這也是當代城市生活的基本形態。

二〇一一年七月

◀ 紹興的三輪車伕

▲ 尋常人家的台門

印象杭州——紹興：歷史主題化

虛實交集的「魯迅故里」

　　剛過的二〇一一年，是作家魯迅的誕辰一百三十周年，香港一些文學雜誌如《文學評論》、《城市文藝》都做了紀念特輯。我沒有特別強烈的周年紀念意識（尤其魯迅是超越時代的），但適逢其會，不久前也去了魯迅的出生地紹興，參觀了「魯迅故里」一趟。魯迅生前在紹興、南京、日本仙台、北京、廈門、廣州、上海待過，如果人的一生以出生地和臨終地為兩個最重要的站頭，在國內為數不少的魯迅故跡之中，上海的魯迅紀念館（及魯迅公園）和紹興的「魯迅故里」應是最值得參觀的，前者十多年前到過了，後者現在也以不同的印象印在我的腦海中。

▼ 魯迅故里牌坊，前有
孔乙己和阿Q雕像。

▶ 魯迅故居

　　所謂「魯迅故里」，包括了魯迅祖居（周家老台門）、魯迅故居（周家新台門）、他小時候讀私塾的三味書屋、魯迅紀念館，以及其中的街巷。不用多說，你也猜到它已經成了紹興的主題旅遊區和全國重點「愛國主義教育基地」。我下榻的咸亨酒店，當然不是〈孔乙己〉中那種迎街放着一個曲尺形大櫃台的格局，而是有着粉牆黛瓦、挑檐屋脊的中華老字號五星級酒店，其中的變遷，未嘗不可看作「魯迅」這符號的一則空間隱喻。是的，說到符號，「魯迅」不僅是一個文學家，還是一個超級旅遊、商標品牌，在紹興尤其如是。引毛澤東的話：「鑑湖越台名士多」，紹興「出產」過王羲之、陸遊、徐錫麟、秋瑾等名士，但你來到紹興，即時便會感受到，一個「魯迅」夠得上許多個，甚至可以說，他一個名字，撐起了紹興旅遊業的半邊天。

　　誠如余華在《十國詞彙裏的中國》（其中一個是「魯迅」）所言，「魯迅」的意義早已溢出自身主宰而成了一個複

數的文化符號，它交疊了文學、政治、商業種種錯綜複雜元素，且隨着當代中國的歷史發展不斷被挪用、演變、重寫。像我這樣說得上是一個虔誠的「文學愛好者」，來到魯迅故里，也無可避免地摻雜着「旅客」的雜質（混雜說來也是當代文化的特質）。在這裏，就連茴香豆、「金不換」毛筆等紹興特產，都掛上了魯迅之名而銷售。「茴」字我懂得寫，但「茴香豆」我沒嘗過，於是也買了一包。下酒物其次，「主菜」還在參觀魯迅祖居、魯迅故居和三味書屋。

甫踏進魯迅祖居第一進的「台門斗」，再步步進深至第二進的廳堂、第三進的香火堂（安放祖宗牌位、進香火之處）、第四進的「坐樓」（各房居住的地方），我都禁不住問問當地導遊當中的擺設多少是原物保留下來的，得回的答案好幾次都是：面帶微笑的「否」。查問之下，得知原來老台門建築是復修了，裏頭陳列的，卻是清末民初覆盆橋周氏族人生活的縮影，通過不同居室的擺設，再現舊時紹興的婚姻、飲食、酒肆等民俗風物。如此說來，魯迅祖居也發揮着另一種歷史「豪宅」住宅單位的示範作用。

好在走到魯迅故居、三味書屋，除了建築外殼，裏頭還可看到不少珍貴的原物。譬如魯迅臥室兼書房，魯迅從日本留學歸國後住在這裏，裏頭的鐵絲木牀他睡過，實木桌椅他伏案寫作過，第一篇文言小說〈懷舊〉就在此寫成。另一小堂有一張皮躺椅，是魯迅父親周伯宜在患病時休息的原物。走過灶間穿過長弄堂來到魯迅小時候玩斑蝥、捉蟋蟀、挖何首烏的百草

園；導遊一邊指着幾棵樹木，一邊就念起魯迅的一段文字來：「不必說碧綠的菜畦，光滑的石井欄，高大的皂莢樹，紫紅的桑葚；也不必說鳴蟬在樹葉裏長吟，肥胖的黃蜂伏在菜花上，輕

▲ 三味書屋

捷的叫天子（雲雀）忽然從草間直竄向雲霄裏去了。單是周圍的泥牆根一帶，就有無限趣味。」我的老毛病又來了，心想，那些石井欄、皂莢樹、桑葚都是原來那株嗎？但沒有問出口，敢情是重新植種的。面前的菜園一點也不荒蕪，泥牆南端那塊「梁界」界碑仍在，但現在的百草園，早已與梁家園地聯成一片，除了花木翠竹，還有亭子、假山、水池。遊人如鯽，野草不生，那還會是魯迅的樂園嗎？都不大相同了。

　　魯迅故居對面走幾步，就是魯迅小時候師從壽鏡吾的三味書屋。魯迅曾撰文記述：「出門向東，不上半里，走過一道石橋，便是我的先生的家了。從一扇黑油的竹門進去，第三間是書房。中間掛着一隻很肥大的梅花鹿伏在古樹下。」果然，甫踏進三味書屋，即見「三味書屋」匾額，下掛着一幅《松鹿圖》。除此之外，書屋正中放着的塾師桌椅、兩側客席、窗前壁下的學生桌椅都是原物。魯迅的桌椅放在原來的東北角，硬木桌上魯迅雕上的「早」字早成傳奇——當年，魯迅因故遲到（聽說是為父親的病張羅），遭到壽鏡吾塾師批評，魯迅為切

▲ 紹興魯迅紀念館,比不上上海魯迅紀念館。

記遲到,就在桌面的右邊角上刻了一個一寸見方的「早」字。周作人年紀小,當年跟哥哥一同上學,就坐在另一邊廂的桌椅,跟其他學子隔了開來。有趣在北京的魯迅博物館的陳列廳中也有三味書屋,裏頭也有魯迅書桌上的「早」字、《松鹿圖》,和魯迅臥室中的「金不換」毛筆等。原物與摹本,如此又衍生另一層次的虛實交雜。只是三味書屋到底只有一個,理應要到紹興親見的。所以說,在旅遊化了的景觀中找尋「原來」,還不算是太過奢侈和不必要的想望。始終真實的原物散發着歷史的味道,它是一把通向文字記憶的鑰匙。也只有在來到紹興這個水鄉之都,魯迅〈故鄉〉中這段文字,才真的縈繞

腦際，叫人再三思量：「我所記得的故鄉全不如此。我的故鄉好得多了。但要我記起他的美麗，說出他的佳處來，卻又沒有影像，沒有言辭了。」

二〇一二年一月五日

▲ 咸亨酒店，一家老字號五星級酒店。

◀ 孔乙己，由一個小說人物，變成一個著名商標。

印象杭州──虛實交集的「魯迅故里」

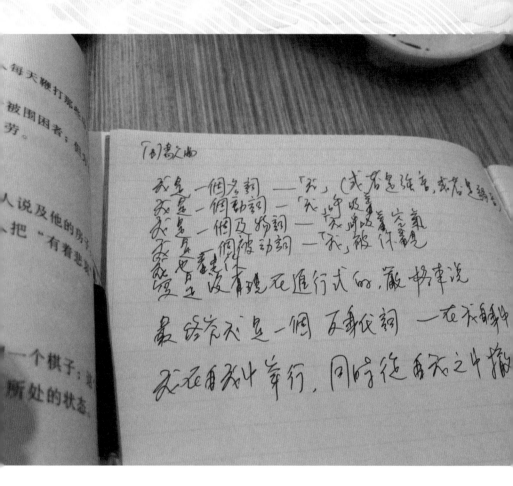

「在北京我住在東城區一條胡同裏的旅館，旺中帶靜，自成一角頗像一個藝術小區，裏頭有咖啡館、酒吧、餐館、正在興建中的劇院。胡同裏的咖啡館，地下連天台，空間寬敞。」

Chapter 07

寫 在 北 京

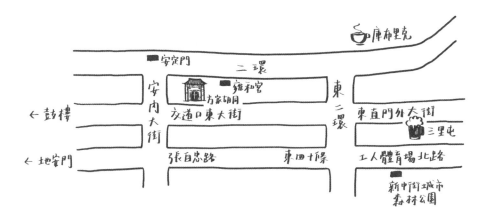

城市看表演

在其他城市遊走，其中一個經驗，是在當地看表演，常常是即興的，當日想看什麼，當日才選擇——如果這個城市能滿足這個要求，對我來說，這個城市就「宜居」多一分。

紐約不用說了，旅居的時間較長，百老匯、外百老匯、話劇、舞蹈、art-house電影等選擇極多，主流的另類的，藝術分眾市場很細，再冷門的東西都有捧場客。地方（place）始終是重要的，時、景、地合起來就構成了故事，譬如許鞍華的《姨媽的後現代生活》，我是在上海閘北區中，一個由香港集團發展的大寧國際商場內，一所由韓國投資的大型電影院中看的，真是「後現代」得可以；難得電影是寫一個上海生活的退休女知識分子，透過其生活來展現歷史的創傷；影像與地方搭配，觀影經驗就更加深刻了。

我總珍惜這種文化與旅遊記憶交錯的瞬間。近月又常常出遊，早前在杭州留了一段時間。在西湖邊岳湖處看了張藝謀、王潮歌、樊躍導演的實景演出《印象西湖》，的確是聲光幻象的奇妙魔法，嘆為觀止。觀看那天是七月一日，事後才知，當晚應《印象西湖》與《杭州日報》之邀，觀眾席上原來坐了九十位新黨員；未知另日觀看，現場掌聲會否有點不同。杭州這城市我很喜歡，但論表演選擇的確較單調，《印象西湖》、

《西湖之夜》（常年在當地東坡大劇院演出）、宋城千古情（常年在當地宋城演出）好像已撐起了半邊天。見旅遊書介紹越劇是浙江深厚的傳統文化，想感染一點江南靈秀欣賞一下，卻沒有演出，也許是我未熟知門路吧。

在演出選擇方面，北京看來不負一級城市之名。我來了一個星期，不時心血來潮看演出，不計在電影院看電影，一夜，到大觀園戲樓看了崑曲《憐香伴》，一夜，到梅蘭芳大劇院看了《戰馬超》、《伐子都》、《青石山》三段京劇武戲；崑曲的婉約京劇的壯觀，兩個晚上兩種色調。有趣在《憐香伴》是一齣有關女同性戀的劇作，寫於一六五一年，不免感嘆，今日的中國社會，思想原來未必比清初開放許多（如果不是更倒退的話）。在旅途中看節目也是參觀不同地方的好途徑，如到蜂巢劇場看孟京輝的《一個無政府主義者的意外死亡》、到皇家糧倉看《牡丹亭》、到國家大劇院欣賞世界歌劇音樂會等，都排着隊等着來，記在我的日程了。

如是者我想到數年前《時代》雜誌做的一期「紐倫港」（Nylonkong）封面專題，香港能與紐約、倫敦掛單，人人彷彿與有榮焉，不過如果細心看過專題內寫香港的文章，其中談到香港雖然繁榮，但要在夜間找演出看，就似乎乏味了一點。誠然，在文化藝術上，香港未能跟紐約、倫敦相比，但演藝活動其實也不算太弱，但要擺脫予人「唯經濟城市」的刻板形象，藝術文化的整體質素、多元性、方便性（國內的綜合的網上平台piao.com就非常強），則仍要更好地發展。環顧國內，

不少一、二線城市正炭炭於以文化節目如年度電影節、書展來建立城市品牌，這方面，香港算是領先，仍有很大優勢。至於未來西九文化區真的發展起來，又是否會另有一番景象，目前就只能寄予希望，拭目以待。

二〇一一年十月

▲ 到梅蘭芳大劇院看演出

▲ 在北京大觀園戲樓看崑劇《憐香伴》

時尚香港在三里屯

城市不僅是一個地理觀念，它也承載着符號價值，以不同的形式跨越邊界。譬如說時尚地標，上海有新天地，北京有三里屯Village，都由香港集團發展，早成當地著名的時尚旅遊休閒區。蘋果店在香港IFC開分店，據悉是蘋果歷史上最昂貴的專賣店，但說到中國境內第一間蘋果直銷店，就落戶於三里屯Village。

十月二日，到大柵欄走走碰着地鐵封站，聽說因人流太高了。十一黃金周，不少東西都要「借歪」，在這黃金檔期，三里屯Village卻在舉辦「時尚香港＠北京大集」，介紹香港六十多個服飾、鐘表、珠寶、禮品及家居精品品牌，也算難得。

這種香港品牌展銷，平日我未必熱中，但人在外地，又添了一份興致，想看看香港如何表述自己，人家又如何接收她。香港標榜自己為「充滿時尚魅力的國際都會」，應還有其位置；展場以「時尚流」為設計概念，以流動的線條簡約地劃分展覽空間，也頗具特色。至於老生常談的中西文化薈萃，或可見於品牌代言人及模特面孔，任展覽宣傳大使的是陳慧琳，

佐丹奴廣告代言人有MC Jin，其他廣告多是外國人面孔。展場內設「時尚咖啡站」，沒掛正名堂，但見人們拿着白身紅色logo的咖啡杯，便知是Pacific Coffee，展板上寫着「香港人最喜愛的咖啡店」，作為香港代表，星巴克可要靠邊站了。也有售賣香港本土文化的，經過一間叫陀地852的店，見展板上寫着「港人百貨·港產港撐」，特色商品充滿香港文化符號如電車、花牌、通勝、魚蝦蟹、飲茶點心、燒味以至長毛都有，在場老闆說，很多香港符號北京人也認識（真的嗎？），人們叫電車作「叮叮車」，但魚蝦蟹就不太懂得。視覺之外聽覺也不可忽略，展覽現場音樂由香港警察樂隊演奏，奏的是英式銀樂隊音樂，在國慶的大背景下，自鳴自放。想想，其實經營三里屯Village的香港太古地產，就是香港一大品牌，跟銀樂隊一樣，都有點殖民風情，卻又是國際性的。

二〇一一年十月

▲ 展板上寫着「香港人最喜愛的咖啡店」——Pacific Coffee。

▲ 陀地852的店，見展板上寫着「港人百貨·港產港撐」。

在北京遇見香港

　　身在別的地方，並不一定預期與自己的城市打照面。尤其我沒思鄉病。尤其一般都說南轅北轍。北京跟香港，不只是三個多小時飛機的距離。但城市是可攜的，城市自身也會行走，於是，我在北京也偶見了一點香港，其中，有以下點滴。

　　什麼香港「品牌」最有全中國化本錢？以下不是正式研究，但香港藝人的瘦身纖體代言，在中國不同城市，南至廣州，北至北京，都可在地鐵廣告燈箱遇見。「香港名牌，香港直銷」，「瘦身站」全面在內地城市開通，上回在廣州見的是郭可盈，今回在北京見的是佘詩曼。男影星方面，古天樂在國內看來也頗吃得開，普通話令大家忍俊不禁的輪胎廣告外，也有鐘表廣告，大大幅掛在王府井眾多廣告招牌之中。

　　由香港集團發展的休閒購物地標，上海有新天地，北京有三里屯Village。北京的食物偏辣、偏炸、多油（何況還有無處不在的「地溝油」），我沒有食物思鄉病，但怕身子捱不得太久，初來甫到時，朋友說，想食回一點香港味道，可以去三里屯（其實粵菜在城中也不難找）。十月三日至七日，國慶黃金周（避開了頭兩天），碰巧在三里屯Village南面，香港貿易發展局、北京市商務委員會和北京朝陽區人民政府正聯合主辦一個叫「時尚香港＠北京大集」的展覽，匯聚了超過六十個香港

▲ 時尚香港 @ 北京大集

品牌和原創設計，還有地圖介紹了散落於三里屯、燕沙、中關村、機場、東單、西單、國貿等不同商圈的香港商店。鐘表、珠寶等東西於我有隔，我倒是見識了也在小冊子上有介紹、一直想去的庫布里克（kubrick）書店。kubrick書店結合百老匯戲院，這個模式由香港（油麻地）轉移到北京（杭州那一家我未到訪），坐落於東直門香河園路當代MOMA北區內，不太容易找，目前這區還不太有人氣，但抬頭見多幢商業高樓以架空走廊連接起來，設計也甚有特色，未來這區也會發展起來吧。人靜有人靜的好，我在kubrick書店café待了一個愜意的下午，將不少靈感收集於寫作之中。

許多香港歌手演唱會「南征北伐」巡迴到國內了，二○一一年「埋單」前，這幾個月有張學友於成都、陳奕迅於上海、方大同於上海、北京，年底譚詠麟也將在北京首都體育館演出。北京餐館少有播放廣東歌，但也曾聽到楊千嬅的。有趣在不只是這些大牌至尊，香港組合my little airport「2011年中國六個城市巡演」也剛好開到北京MAO Livehouse，我在一條胡同看到poster，後來赫然又在三里屯一家叫「光合作用」的書店聽到他們的音樂，書店正在播放他們的新專輯，「我愛官恩娜，都不及愛你的哨牙」隨意率真的廣東詞句鑽進耳孔，未知書店內有多少讀者聽得懂歌詞。或者，聽懂聽不懂也無妨，音樂自有音樂的跨界，城市亦然，經常叫你意想不到。

二○一一年十月

▲ 方大同北京演唱會

▲ 那些年，my little airport 唱到上北京了。

北京咖啡館遊記

　　我是那種不喝咖啡就不能正常開始一天工作的人。到北京旅行，咖啡館自然是我經常流連的地方。就我一個月的體驗，北京咖啡館文化，比香港優勝，不是指咖啡的味道（這方面我不是專家），而是咖啡館的空間、多元性與人文氣息。

　　香港實在太多大型連鎖咖啡店了，一綠一紅，互相輝映，就雄霸天下了。是的，星巴克也開到北京，但它們肯定未至「梗有一間喺左近」，不斷自我複製的程度。咖啡館在不同地方，有不同型格。在北京我住在東城區一條胡同裏的旅館，旺中帶靜，自成一角頗像一個藝術小區，裏頭有咖啡館、酒吧、餐館、正在興建中的劇院。胡同裏的咖啡館，地下連天台，空間寬敞，老闆是一個三十歲年輕人，有自己職業，另經營咖啡館，咖啡館中的書籍都是他從家裏拿來的，有不少文學、哲學書籍，其中，王小波的小說特別多。我不時有一個想法，如果能開一家咖啡館，一定要把家中積存過多的書籍，選一些好的到咖啡館安放，等候有緣人拿起，這應該也是不錯的閱讀分享。不過，以香港的情況，相信這只能是空想了。

　　北京仍未有像巴黎的「雙叟」、「花神」、巴塞隆拿的「四隻貓」如此人文朝聖咖啡館；但在旅遊書介紹、值得一去的，則是有的。南鑼鼓巷如今也許已過度商業化，老胡同成了歷

史文化名街，可來到這裏，帽兒胡同的沙漏咖啡，我還是專程到訪了。打開門口，從一條栽種了花草的走廊步入，裏頭分成兩個間隔，我就在臨窗的一邊待了一個下午。聽說這裏有自家特色的阿魯斯咖啡，名字來自這裏的一個當攝影師的內蒙古店東，可我來到這裏，攝影師和以其名字命名的咖啡，都不見了。

　　另外我特意一去的，有從香港北上的kubrick，在內地叫庫布里克。書店加咖啡店加戲院，這模式在北京行得通嗎？目前仍言之尚早吧，也視乎其位處的當代MOMA區的未來發展。單論內裏，庫布里克以綠色設計為主，格調優雅，空間寬敞，人不多，的確是可充當寫作的書桌的。Bookcafe這東西，在高地價、地少人多、連鎖店獨大的香港，就不容易生存。

▲ 北京 kubrick 書店及咖啡店

▲ 方家胡同裏的參差咖啡館

　　在書店內設咖啡閣、走連鎖形式的，這回北京之行認識了光合作用書房，它位於三里屯的那家分店，我光顧了幾趟。書、雜誌、音樂，共同營造一個不俗的「第三空間」氛圍。不過，臨離開北京前，從媒體得悉光合作用在北京剛有兩家分店倒閉，看來這種走人文路線的民營書店，也不易為。國內自家發展出來的咖啡館連鎖品牌，我甚喜歡的有雕刻時光咖啡館，名字來自俄國導演塔可夫斯基的自傳之名，咖啡館創辦於一九九七年，在北京有不少分店，我在五道口位近清華校園的一家，相約了某媒體讀書版主編、文化記者見面；店內以淡雅素淨為主調，放有不少中外書籍，聽說有不少學人、藝術家、廣告人來往。

是的，大學與咖啡館，理應是臭味相投的。猶記某天在北京大學校園蹓躂，一時咖啡癮發作，好不容易才找到一家叫大樹咖啡的店，可能價錢不便宜，學生不多，但深啡木桌皮椅，也算不賴。如是者，於旅館、胡同、新區、商業中心、大學等不同地方，不同感覺的咖啡館，一個月來我也有所體驗（以上僅記一些）。整體來說，北京的咖啡館文化，我印象甚佳。

二〇一一年十月

▲ 當年在北京咖啡館內閉關寫《寫托邦與消失咒》的場景

▲ 南鑼鼓巷的沙漏咖啡

◀ 北京大學裏的大樹咖啡

看北京四合院

在北京逛四合院，本抱着一種認識歷史建築物的心態看。是的，它在，它仍然在，但現代人都住進公寓洋房裏去吧。然而，走進去，留神細看，原來好些元素仍是根深蒂固地流傳下來，不一定是一柱一石一檐一瓦，而是以更無形的語言，攜載着「政治無意識」的滲透。

譬如說「門面」，這個字任何中國人都不會不懂得。四合院的大門就是展示身分的門面，當然要恰如其分。大門前那青石台階有多少級不是隨便的（譬如說，五級高於三級，三級又高於無），門扉安放位置，也就是門外的入口空間有多深亦非胡來，就連門扇上設多少顆門簪，都是身分高低的展示。那多為石質，放在門口兩邊的門墩兒（建築學上稱為門枕或門鼓），不同等級的官亦有所分別，譬如說，門前列放石獅是貴族高官的特權，官位小的，就只能將門墩兒雕成箱型石座，上伏石獅；至於平民百姓，只能把門墩兒雕為鼓形，是為抱鼓石。官、商、百姓，門面有別，中國階級社會秩序，可見一斑。

走進院內，又有家庭之內的階級第次了。四合院講究風水，坐北向南，長輩住在北面正房，一家之主住在正房最東間，「東主」之名由此而來；後輩住在東西兩邊廂房，東邊住男，西邊住女，我們現在仍稱「少爺」為「少東」，一切其來

有自。西邊住女，怪不得中國經典戲曲如《西廂記》、《牡丹亭》的偷情故事都發生在西邊，儘管嚴格來說未必一定是四合院，但東西有別，由來如是。

如是者，我雖從沒住過四合院，但透過「門面」、「東主」、「待和你剪燭臨風，西窗閒話」等詞句橋樑，我這個文化全然有別的南方小子，還是通向了一點深嵌於中國傳統住宅建築的封建家庭秩序，不得不驚訝於語言的力量。這些東西狀若遙遠，沒錯，但想想你今時今日參觀「豪宅」樓盤，它也不是沒有其中的意識形態：大堂仍舊充當門面也許有過之而無不及；東南西北仍是重要的；最大的房間當是「主人房」，儘管如果它給寵壞了的「港孩」進駐，我也是不感稀奇的。

二〇一一年十月

水立方與鳥巢遊記

　　三年之後，終於來到奧林匹克公園，站在水立方、鳥巢前，一睹其廬山真面目。

　　當然，它們的影像早已在媒體大量接收，但未親身踏足，又未算真正見過。看過想到，水立方、鳥巢，其實是有「三個」的。

　　第一個是媒體化的形象，它們在二○○八年北京奧運首度亮相，受全球矚目，成了大型盛事的開幕場地、「大國崛起」的象徵、國際建築師在中國的實驗品展示、中國向世界建立新形象的符號。它們被嵌入媒體事件中被呈現，無須親臨實地，也能同步接收。

　　奧運完畢，水立方、鳥巢、奧林匹克公園等建築被保留下來，它們脫離了慶典時刻的媒體性，回歸日常生活，成為象徵北京文化名城的新地標（new landmarks）。因此，與其說水立方是一所游泳中心、鳥巢是一個體育場，不如說它們是旅遊新景點（tourist spots），它們成了北京旅行團必到之地，旅遊車把一車又一車的旅客送到這裏，旅客仰頭打量，盡情地以手機或相機發揮「觀看」的力量——在建築物前擺個靚甫士（所謂靚甫士，也是標準化了的），或離遠一點拍下建築物外觀，即為到此一遊，立此存照。他們看的是建築物的立面

（facade），也即是一種景觀或奇觀（spectacle），大多數旅客在門前止步，不打算走進去，因為入內參觀要買票，水立方三十元、鳥巢五十元人民幣，不算便宜。此為第二個。

第三個，作為旅遊景點的延伸，一些旅客如我者，不滿足於只看外觀，還想走進去看個究竟，不一定抱有很高期望，但即便是一個空殼，也是要走進去才知道的。它們不是故宮、不是恭和府，你當然不會期望裏頭盛載着什麼深厚歷史，但你好奇心抖起，也想知道裏頭的空間感、水立方的藍椅和鳥巢的紅椅如何對照、鳥巢的網狀結構在裏頭是如何支撐的，等等等等。於是你買了門票，以金錢來購得一個「內部視覺」，於此你成為水立方和鳥巢的消費者或被消費者。如果不是其獨特建築，如此消費未免是有點傻氣的，比方說，你來到紅磡體育館，會捨得花幾十塊錢純為走進去嗎？由此而來的門票收入，看來是賺得頗容易的。

「內餡」雖然不怎樣豐富，但走進去仍是有所得的。水立方以藍白為主調，連扶手電梯的運輸帶也是海洋藍色調的，一些貼近牆身的薄膜結構氣枕，近得可以觸摸。它基本上就是一個游泳中心，嬉水樂園的確是有一家大小在嬉水，在裏頭進駐的咖啡館、食店、專賣店乏人光顧，要將水立方打造成一個游泳休閒中心，看來還有相當距離。四樓有一間游泳紀念展館算是值得一看，裏頭重點介紹中國游泳發展，可見毛澤東游泳照及其「發展體育運動，增強人民體質」書法，及至「改革開放游泳事業的騰飛」（由鄧小平同志一張游泳照帶起）、奧運佳

績、群眾游泳等，不失為運動與政治互扣的通識教材，特別富有中國社會特色。

至於鳥巢，體育場是值得一坐的，八萬人座位空空如也，電視大屏幕仍播放着奧運會精華片段，感覺不是不詭異的。從體育場走出，一道樓梯引向五樓、六樓，五樓有一些展覽內容，但多是冷科技知識，如介紹鳥巢的聲學環境研究、電氣設計的創新、網結構合攏技術的研究應用、網結構負溫焊接試驗研究應用等；另放置了一些奧運「文物」，如開幕禮用到的缶、古箏、竹簡等，聊勝於無。好在鳥巢的鋼筋近看又是另一風景，它們成了一道道窗框，從鳥巢內部望出去，可以飽覽奧林匹克公園，而水立方入夜份外亮麗。是的，原來不知不覺間，在兩個場館內蹓躂，也由下午走至黃昏。這樣說來，八十元入場券，也不是白花的。

二〇一一年十一月

▲ 鳥巢內的鋼筋「樹枝」，聽　▲ 從鳥巢內看奧林匹克公園和水立方
　說因北京塵大，不易清洗。

皇家糧倉《牡丹亭》觀後記

　　到北京一走，聽朋友提議，到皇家糧倉觀賞了廳堂版《牡丹亭》。顧名思義，皇家糧倉就是昔日國家儲糧的倉庫，現在在全國給保留下來的為數不多，位於北京東城區的南新倉，是規模最大、現狀最好的皇家糧倉遺址。它建於明朝永樂七年（即公元1409年），是明清兩代皇家倉庫之一，距今已有六百年歷史；據說其所在地風水極佳，鼠蛇不入，遂成古代京杭大運河南糧北運之終點。世事難料，有誰想到，幾百年後，糧倉改了用途，有人在裏頭聽唱崑曲？確是有趣體驗。

　　乘地鐵在東四十條站下車，路面即見「皇家糧倉」指示牌，走入東四十條直路，見一排灰磚石瓦的低矮樓房，置身於新建高樓的玻璃幕牆包圍之中，時空交錯，又像兩不相干。青春版《牡丹亭》在文化中心看過，《牡丹亭》回歸廳堂、棄掉麥克風、以「家班」演出，又將如何？滿有好奇與期待的。

◀ 甫出地鐵車站，即見「皇家糧倉」指示牌。

期待前奏是先來一客晚宴。門票包自助晚餐加崑曲演出。一個人到咖啡館常常有，一個人吃自助餐，印象中，還是第一趟。事實上，此節目以「筵演」結合為商業模式，宣傳語之一就是：「先享牡丹宴，後賞牡丹亭」；美食加文化，說來是有點「小資」的，但要體會消費理論所說的「教娛」、「食娛」、「購娛」（Edutainment, eatertainment, shoppertainment）「三合一」模式，這是值得參考的一個案例。自助餐少不了北京烤鴨，是否「御膳」，不必深究，有廚師當眾示範「片皮」，看在旅客尤其是「老外」眼中，也是可堪觀賞的。據聞歷史上皇家糧倉因國家儲備糧減少一度變成軍火庫，如今多家大型餐廳進駐這條「南新倉文化休閒街」，歷史翻了幾翻，竟又變回一個「糧倉」——後現代的。

不過戲肉始終在飽餐後移師劇場的《牡丹亭》演出。六百年皇家糧倉，六百年崑曲，物質文化遺產與非物質文化遺產於此結合，倒也有幾分像「遊園驚夢」——不入園林，怎知春色如許；似這般都付與斷井頹垣。

廳堂版《牡丹亭》於二○○七年五月十八日首演，我看的是第四百九十四場（劇目可以重複，這個數字無法重複）。說是「劇場」，其實是由古倉廠改建而成，「人」字屋頂，兩邊有前、後檐牆，中間有柱樑支撐；高架戲台是沒有的，演出空間依建築原貌構建，後台也是沒有的，演員勾臉換服就在開放式戲房完成。我坐的是第一排位置，演員造手、表情、服裝、化妝看得清清楚楚，幾乎可觸可碰似的。既是廳堂版，演員棄

用麥克風和揚聲器，完全靠身段和嗓音發揮；樂師分坐兩廂作現場演奏，笛師錢洪明有時則走入舞台唱奏，此君來自江蘇省崑劇院，曾經是張繼青大師的御用笛師，笛子吹得實在動聽。如此觀賞感受，大型演出場地確是無法給予的。

演出也巧妙地利用到一些現場空間元素，如第一回目《驚夢》，大概唱至「風吹花落，春夢乍醒」時，片片花瓣自屋頂降下，落英繽紛，效果不俗。場內依柱樑位置放了幾個玻璃缸，內有金魚遊弋，演至《離魂》一場，秋雨如絲正好落在玻璃缸上，效果更佳。現場放置的是明式家具，演員、樂師也按明代服飾裝扮；精工簡約，也頗配合崑曲意境。況《牡丹亭》作者湯顯祖本是明代萬曆年間人物，如此配置，又不僅是裝飾性了。

只是建築、家具可以古舊，現代人的生活步伐又到底不同，全本連台的《牡丹亭》可以演足幾日幾夜，現代人怎生如此能耐？廳堂版《牡丹亭》比白先勇的青春版《牡丹亭》更為濃縮，演出大約一個半小時，但在濃縮精簡之下，故事結構、主旨精髓、精彩唱詞、戲劇張力大致仍可保留，亦難得矣。全劇給編排為八個回目，分別為「驚夢」、「言懷」、「寫真」、「離魂」、「叫畫」、「幽媾」、「冥誓」、「回生」，每一回目開始時，有人出來點燈籠，在燈籠紙絹上草書回目名字，然後將燈籠掛在樑木上，如此一來，中國傳統書法也被揉進了演出之中。

看罷演出，我想，中國傳統戲曲，一些其實也甚有本錢發

展成百老匯式長青劇目，而且，論觀賞和藝術性，甚至有過之無不及。不過，翻譯方面還需下一番功夫；京劇看熱鬧武場，文字還不需太講究，但崑劇之美，文字極為重要，廳堂版《牡丹亭》雖附中英字幕，但譯筆仍有不足。香港導演關錦鵬正為皇家倉導演一齣廳堂版《憐香伴》，此作寫於一六五一年清初，是一齣有關女同性戀的劇作；未來在皇家糧倉演出，我期望甚殷。

二〇一一年十一月

◀ 皇家糧倉位於東四十條二十二號，右邊是灰牆石瓦，左邊是新式高樓，兩種風景。

▶ 舞台一景

▶ 廳堂版《牡丹亭》，
  在皇家糧倉遺址上
  演。

「散落於不同角落的舊工業空間如何保留、利用、發展,以令文化藝術真正受惠,令城市變得更具創意和人文性,政府和民間可真要有更深遠和廣闊的視角。」

Chapter 08

文 創 園 區

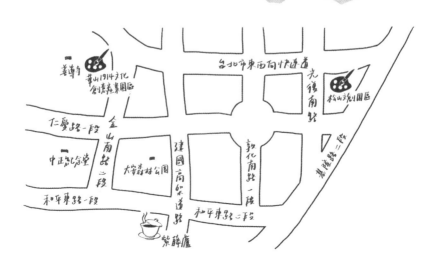

閒置空間再利用概論

　　所謂「閒置空間」，即一個曾經有着特定用途的空間，因工業轉型、歷史變遷、都市計劃等各種原因，後來一度進入被廢棄、失修、懸宕以至多餘的狀態，這廢置狀態可長可短，以華山文創園區為例，它由原來的酒廠遷離、停產，至一九九七年台北藝文界發起將它發展為一處藝文空間，期間閒置了十年。一個空間被經年閒置，這除了被遺忘的因素，往往也牽涉解決複雜的問題，如業權轉移、維修重建、「再利用」空間如何考慮地方特性來發展、如何營運監管等等。閒置空間一旦牽涉古蹟或歷史建築，其復修工程、費用、難度又往往更高。

　　「閒置空間再利用」不是個別城市的問題，不少城市由工業時期轉入後工業期，面對日益緊張的地方競爭，如何賦予歷史建築空間以新角色，尤其在當下文化創意產業方興未艾之時，都對城市形象、城市再生起着十分重要的作用。這方面，香港整體上可說尚在起步，歐美國家以至亞洲區內如台灣，都有更成熟的經驗和案例，可資參考和借鏡。

　　龍應台在馬英九尚任台北市長，邀她擔任台北市政府文化局局長的任內，除了推動樹木保護卓有成果外，在當時財政部的支持下，也做了一次台北「現存閒置空間普查」，讓閒置的得以再利用，讓老房子的歷史面貌換上新貌，據說在其任內頭

四年，甚至沒建一幢新建築。現在我們在台北見到「閒置空間再利用」的文化聚落遍地開花，應可追溯到這時期。的確，閒置空間的物權未必都由政府所擁有，即使擁有也可能分屬不同部門，但在協商、推動、監管、整合等事宜上，政府的角色卻是重要的。現時台北市政府文化局，轄下便設有一科專管「文化資產（古蹟、歷史建物、遺址、文化景觀、聚落等）的認定、管理及活化利用」，由不同性質的閒置空間發展而成的松山文創園區、光點台北、牯嶺街小劇場等，都在其架構之下，委託給不同的民間團體承辦。

考據一下閒置空間原來的屬性，既富歷史趣味也有文化比較的意義。譬如說政府建築，台灣曾受日本殖民，「華山」、「松山」這兩個文創園區，原都是日治時期建築，本為民營商辦的酒廠和煙廠，一九四五年後由台灣政府收歸接管。香港的殖民歷史，也衍生一些自有其獨特殖民特色的歷史建築，如亦被閒置多年的中區警署建築群。說起警署，其建築風格跟其時代形象變化息息相關，從早期石屎深嚴的殖民建築，逐漸變成今天玻璃透光的現代建築。舊的警署如大澳警署，現在都變成文物建築了。是次台北之行，我亦走訪了由前警局改成的牯嶺街小劇場。它原為日治時期的日本憲兵分隊所，一九四五年由國民政府接收後為台北警察分局，至一九九五年遷離，閒置數年後改建為現在集小型舞台、排練室、會議室於一身的小劇場。牯嶺街小劇場大門朝西北坐落於牯嶺街的三岔口上，可以想像昔日它多年發揮監控之眼的地利。工業轉型，香港未必曾

文創園區——閒置空間再利用概論

出現如「松山」煙廠一樣宏大的「工業村」，但工業大廈、倉庫（如中環藝穗會原身就是牛奶公司倉庫），應該也為數相當的。此外還有交通建築，如廢置的火車站、火車路軌、碼頭等，經「再利用」後有了新的命途。這些，放眼世界有更多有趣案例。閒置空間再利用，是一個本土空間規劃、城市再生的問題，同時需要跨城市的比較視野。

▲ 前身為警察局的牯嶺街小劇場，坐落於牯嶺街的「三岔口」位置。

二〇一二年七月十二日

▼ 電影勝地「光點台北」，前身為美國駐台北領事館，八、九十年代也曾被閒置多年。

工業時代的舊建築重建

　　人會退役，城市空間其實也會，尤其一些工業時代的空間產物，完成了一個黃金歲月的「歷史任務」，功成身退，或遭廢置，或遭拆毀，幸保下來的，則轉型成新的空間，在我們這個據說是講求文化創意、資訊知識的無形「後工業時代」。

　　火車站、鐵路路軌、倉庫、工廠、碼頭等，都是工業時期的標誌空間。近年到不同城市旅遊，我也像有一種「空間收集癖」患者般，自設主題，收集一些由過去工業空間改建而成的新文化空間。一些地方你未去過應該也一定聽聞過的，譬如巴黎由舊火車站改建而成的奧賽博物館，譬如曼克頓雀兒喜（Chelsea）由舊倉庫改建而成的畫廊區，又如曼克頓那由廢置多年的鐵路改建而成，已成著名公共空間案例的「高線花園」（The High Line Park），以上，都有幸一一踏足過，聞名不如見面。

　　考慮空間發展和再利用，我們不可缺少城市比較和歷史視角，當然人家的經驗也不能全搬。有些成功例子回頭來看，完全出於偶然，根本不可能被規劃，譬如卡拉OK的出現。有誰仍記得或知道卡拉OK是如何誕生的呢？據說於一九八五年在日本岡山出現，最初由大貨車的空置貨櫃改裝而成，大概是一個安裝了播唱系統、可容納五至十人的間隔，坐落於市區外

圍，顧客要專程駕車前往光顧。貨櫃遭棄置，肇因於當時日本國營鐵路私有化，有誰又料到一個簡單的「空間循環再利用」觀念，令卡拉OK這新興事物在世界各地大行其道？當然，如今沒有人再在貨櫃「唱K」了，但「karaoke box」這個名字，則仍然管用。

鐵路與倉庫、貨櫃關係密切，唇齒相依不是偶然。譬如說，以上說到的曼克頓The High Line Park，它坐落於曼克頓西下城區，自下城甘斯沃爾特街（Gansevoort Street）延綿至三十四街，曾肩負運載物資到該區的重大責任。這條鐵路於上世紀八十年代停用，雀兒喜區原來作為肉食包裝區（Meat Packing District）此時亦已式微。如果是一個以「發展為硬道

▲ 曼克頓的雀兒喜畫廊區

理」的都市，整區相信會被全面清拆，改頭換面。事實上，當年那條鐵路High Line，亦有人主張拆毀以蓋建高樓，但紐約的城市規劃，民間聲音十分重要，有民間團體聯結藝術家發起保留鐵道，鐵路被廢置二十多年，二〇〇九年第一段終於對外開放，人們看到的是一片鏽迹斑斑路軌與新鋪步行徑相間、野生花草與綠化園林景觀共冶的優質公共空間。又如那就近有多達二百

▲ 雀兒喜中一間藝術工作室，由貨倉改建而成。

多家畫廊進駐的雀喜兒區，那也不是從上而下的規劃得來，藝術家這種「波希米亞動物」喜以群聚，物以類聚，加上物業擁有者又懂得欣賞或支持藝術，以低於市價的租金租予藝術家，讓他們把貨倉改造成自己的工作室（studio），令這區的藝術氣息超越原有、愈發「士紳化」（gentrified）的Soho區。這些，也不是獨有空間硬件就可行的。

工業空間再利用，非今天之事，當年安迪·華荷（Andy Warhol）到紐約發展，在四十九街第一間大型工作室銀色工廠（silver factory），原本就是一間製帽工廠，沒有這空間，「普普藝術」大師說不定也不能發迹。時至九十年代自「創意產業」在英國提出後，工業閒置空間被改建成文化聚落（cultural cluster）或文創園區，更是「後工業城市」共同走向的路。這

文創園區──工業時代的舊建築重建

◀ 上海的紅坊創意
園區，甫進即見
上海藝術雕塑中
心。

些空間，近年在中國內地、台灣等華文地區也漸漸多了，北京
的798藝術區（原為五十年代無線電廠）、台北的華山文創園
區（原為日治時期釀酒廠）、松山文創園區（原為日治時期製
煙廠）、上海的紅坊（原為五十年代鋼鐵廠）創意園區等等，
都成了「文化旅遊」不容錯過的項目。這些創意園區，幾乎都
有一些共通點，譬如開放中間綠地作公共空間，保留原工業建
築特色以至歷史痕迹與當代藝術構成新舊並存、精緻與粗獷並
置的藝術氛圍，將原有倉庫、廠房等改建成大型展覽或活動
空間、在藝術空間之餘又注入商業店舖（以至商業味道過於濃
厚）如精品店、咖啡店以至國際品牌時尚店等。可見的建築、
空間之外，其中的管理模式，也值得關心「創意產業」經營管
理的人士注意；譬如由政府委託民間機構營運（營運期滿再續
辦或交還政府），也有是整個園區由單一機構擁有，將空間分
割租予不同商戶等等不一而足，篇幅所限，此處只有從略了。

　　香港近年也銳意發展「創意產業」，這城市也身處後工

▲ 上海的紅坊創意園區，中間的草地，放了很多由廢置鋼鐵造成的雕塑品。

業時代，有不少工業時代留下的空間，如工廠大廈、倉庫、街
市、屠宰場、舊交通樞紐如停用的碼頭、機場，以至警察局、
監獄、軍用基地等，相對於整片從零到有、新填海而來的大型
「西九」，這些散落於不同角落的舊工業空間如何保留、利
用、發展，以令文化藝術真正受惠，令城市變得更具創意和人
文性，政府和民間可真要有更深遠和廣闊的視角。

二〇一二年八月

華山文創園區

　　隨香港藝術發展局赴台拜訪不同文化單位，行程緊密，一大收穫是走訪了多個由舊歷史建築改造而成的文創場地，其中不少都屬於台灣所說的「閒置空間再利用」個案。先說一下位於台北中正區、佔地七‧二一公頃的華山文創園區。

　　這個案例之所以特別有趣，不僅在於它變身成一個時髦的「創意聚落」（creative cluster），還由於其歷史身世、空間建築，裏頭充滿了故事。我總以為，任何歷史空間再利用，如果蹓躂其中無法讓人勾起對歷史的回溯與想像，若不是遊者本身的缺乏好奇，便應是這空間再利用本身的缺失。

　　華山文創園區本身的歷史故事就十分豐厚。一如不少台灣的古蹟及歷史建築，它是日治時期的產物。華山文創園區全稱「華山1914文化創意產業園區」，「1914」這數字可要記一記，目前在華山園區所見的建築設施，最早為創建於一九一四年的日本「芳釀社」，當時以生產清酒為主，兼做樟腦。昔日的造酒廠，今天的創意園，工業時期的製酒業變作今天後工業時期的創意產業，其中變化又道出「閒置空間」的另一特色——不少其實都是工業遺址，因工業轉型或遷移，原來生產性的空間才滑入「投閒置散」的過渡階段，這過渡期可長可短，而將閒置空間從被廢置、被遺忘、被懸宕的狀態重新納回「有用的正途」上，把

空間納入創意產業的一環，為不少後工業社會所共用的一條方程式。因此，考究這些園區，除了是殖民史、建築史的在地回溯外，也是重溫認識一頁工業史的「活課室」。

首先，名字本身便有故事。華山，何以叫華山呢？一九二二年，酒廠由民營時期進入官營時期，也在這一年，台灣總督府廢台北市舊有街庄名，改用日式「町」名，將原清領時期之三板庄南部分（今中正區梅花里）稱為樺山町；「樺山」之名從日治台首任台灣總督「樺山資紀」而來；至國民政府時期再將「樺山」改為「華山」，沿用至今。

日治時期台灣最大的造酒廠之一選址於此，亦非偶然。當時位於樺山町包含台北市役所（今行政院院址）、樺山貨運站、台北酒廠等政府單位，是日治時期台北市都市計劃所規劃開發的地區。其中樺山貨運站於一九四〇年，因台北火車站改建，在樺山町增設貨運站，與台北酒廠的鐵路酒廠支線相連，釀好的酒直接「上車」，就可運載出去。一九四五年戰後，酒廠由國民政府接管。事實上，酒廠的名字、釀製的酒類，多年來亦隨政府酒品政策改變而多番轉變，如一九二四年從早年生產價格低廉、以樹薯為原料的「太白酒」，改以製造米酒及各種再製酒為主，從五十年代中期起，米酒產量逐漸增加，酒廠更開始研發各種水果酒，開啟了「台北酒工場」的黃金時代。

那黃金時代又是如何結束的？隨着經濟發展，位於台北市中心位置的酒廠，因為地價昂貴，加上製酒所產生的水污染問題

文創園區——華山文創園區

難以克服，於是配合台北市都市計劃，酒廠遷移至台北縣林口工業區，華山作為酒廠的產業歷史，遂於一九八七年畫下句點。

對於我這個對文化歷史、建築比消費創意更感興趣的人，當我在園區中的精品店、紅酒作業場、「樂活時尚」概念店、放有周杰倫《熊貓人》拍戲道具的餐廳穿梭閒逛時，我的眼光其實更緊盯着滿有特色、仿若百年前日本曾以台灣一隅作西式建築實驗場而建成的一幢幢建築物，那些尖頂屋瓦、圓拱窗櫺、已列為古蹟的煙囪等，散發着一股靜默的人文氣息。

二○一二年六月

◀ 華山創意園區一景

◀ 園區將閒置期間的牆上塗鴉亦保留下來

松山文創園區

　　走訪台北，文化官員聽到我們到了「華山」，必說那你們也要去「松山」看看。「松山」者，松山文創園區，另一處由閒置空間改建發展而成的文化聚落，位於信義區、靠近台北101大樓、正在興建的台北大巨蛋體育館，論商業地理位置，比「華山」又更佔優勢。

　　「華山」和「松山」這二案例，的確有可比讀的意義。華山文創園區前身為一間釀酒廠，而松山文創園區，佔地六·六公頃，前身則是「台灣總督府專賣局松山煙草工場」，一間煙草廠是也。一煙一酒，二者歷史都可追溯至台灣日治時期，相對來說，「松山」歷史較短，「華山」始建於一九一四年的日本「芳釀社」，而松山煙廠則建於一九三七年，一九四七年光復後更名為「台灣省煙酒公賣局松山煙廠」，至一九九八年停止生產為止；二〇〇一年由台北市政府指定為第九十九處市定古蹟。酒業、煙業都曾為台灣帶來巨大財政收入，後來如何隨都市計劃、公賣改制、外來市場競爭等因素轉型、結業、遷移，在考察閒置空間再利用時，都是值得追溯的工業歷史。

　　走入園區，「華山」和「松山」的歷史建築都甚堪玩味，尤其後者，你會訝異於日本當時於台灣殖民地實行的「大工廠計劃」，有別於我們一般對工業廠房純功能化的印象，整個松

山煙廠的建築規劃都別具心思，具日式分離派建築風格的辦公廳舍、大跨距高透光長廊建築的製煙工廠、結合月台與供應輸送帶的倉庫群、擁有高聳煙囱的鍋爐房佈局有致，多為二層單棟建築。不僅生產廠房和行政中樞，松山煙廠當年還非常重視園林特色，中庭闢建巴洛克式花園，歐式風格，有趣在四周散落着數個東方臉孔的裸女出浴雕塑，據說是以當時的女員工為模特兒雕塑而成，中央設噴泉，一方面具裝飾作用，另方面，也與煙廠的消防考慮有關，可能與風水之說亦不無關係。日本這煙廠當年在此引入「工業村」概念，看來對員工福利亦考慮周全，煙廠內除設巴洛克花園、東面大面積的荷花池（現改建為生態池），還有男女分間的澡堂、籃球場（現為多功能展演廳）、育嬰房等，供上千名員工及其子女使用。

市定古蹟、歷史建築自然成了「華山」、「松山」這樣的文創園區的重要賣點。華山文創園區內有三個市定古蹟，松山文創園區則更多，給列作市定古蹟的有辦公廳舍、倉庫群及輸送帶、製煙工廠及鍋爐房，另檢查室、機械修理廠、育嬰房則為歷史建築。現時松山文創園區各項建築群都闢為不同的展演空間，舉辦不同的藝文活動，如與台灣創意設計中心合作於園區內設置的「台灣設計館」常設展覽。有趣在在松山煙廠停止營運之後，這曾經一度廢置的空間形成半人工、半自然的生態環境，生物棲地相當多樣化，大量古樹植樹被保育下來，工業環境成了一片生態綠地，令人反思工業與自然的共生關係。現時中庭的巴洛克花園亦向公眾開放，參觀那天見居民在此閒談

◀ 松山文創園區內的煙囪及鍋爐房一景

▲ 松山文創園區內的巴洛克花園 一景　　▲ 松山文創園區的夜景

休憩，成為一片公共空間。除此之外，一個創意園區若有足夠的文化特色，應可吸引電影工作者到此拍攝取景，實地與影像互相借取，以我所知，到華山創意園區取景的台灣電影，有蔡明亮的《臉》，而到松山煙廠取景的則可能更多，計有陳正道導演的《宅變》、李啟源導演的《巧克力重擊》、柯孟融導演的《絕命派對》等，最新有今年朱家麟導演的《瑪德二號》。有機會要找其中一些來看看。

二〇一二年七月

一座人文茶館

說到日常生活的人文沙龍空間，古希臘我們會想到廣場（agora），歐洲的我們會想到咖啡店，英美式的我們還會想到一些酒吧，而中國呢？也許茶館是有過這樣的傳統的。

說到茶館，香港雖是一個也傳承着中華文化的地方，但茶館文化好像不甚興旺，地道茶餐廳、連鎖式咖啡店則有很多，然而也鮮有成為文人匯集之地。我們對於茶館的想像，念文學的人大抵會想到老舍的《茶館》，但其筆下，與老舍擅寫平民百姓的筆調一致，主要是《駱駝祥子》般的車伕等小人物的集散地，多於文人雅士、社會賢達討論時政、切磋學問的交流空間。去年到北京小住一月，也光顧過一些茶館，感覺亦多是世俗的飲食場所。著名的「老舍茶館」也許文化氣息較重，經常有京戲、皮影戲、民族雜技等表演，延續昔日平民喝茶看戲的傳統，但消費氣息甚重，而地面那座茶館，則比較吵雜而離茶道的清幽文化甚遠。

我對茶館文化的認識不多，也沒什麼想像，但早前台北之行認識了一間叫「紫藤廬」的茶館，印象甚佳；台北這個城市，論城市景觀表面看不算美，但人文氣息就存活於小小的街巷陌里中，紫藤廬不失為一間有其淡雅、品味的茶館，後來再多讀其故事，知悉它在台北原來早有「第一所具藝文沙龍色彩

的人文茶館」之美譽，殊不簡單，且讓我介紹一下。

此行是一趟由香港藝術發展局策劃的台北文化團，拜訪多個文化單位和場地，甫抵台到訪的是台北市電影委員會，聚會地點也富心思，就選在以茶會客的紫藤廬。交代這個背景非純為個人遊記，翻開一本由台北市電影委員會出版的《拍台北：影視勘景指南》，第一章「日式建築」一章，就有紫藤廬的介紹，如下：「木造日式建築原是日治時代高等官舍，一九五〇年代成為鄰近的台灣大學教授與知識分子聚會所，自此成為台灣自由主義思潮、政治及社會改革運動的空間代名詞。一九八一年改為茶館，是台灣第一所具藝文沙龍色彩的人文茶館，不定時舉行藝文講座、讀書會。」這間茶室，除了為平民所用外，想也成了接待文化外賓的窗口，像探訪那一天，接待者發表講話後，也特意請來兩位專業茶師，給我們示範整個泡茶過程，從溫壺、備茶、賞茶、置茶、溫杯，以及出茶湯等等，簡單如泡茶者先在桌上鋪一塊小方布，再在小方布上放置茶具，原來也有學問，方形、圓形滲着「正靜清圓」的茶道哲學，以茶為媒介，坐在榻榻米上品茶佐以茶點，也是一種特別的文化體驗。

台灣光復久矣，但台北市古蹟及歷史建築被保留下來成為文化空間，或多或少是日治時期產物，如我曾到訪的牯嶺街小劇場、華山創意園區、松山創意園區等；殖民建築成為日後的文化遺產，這是值得另文書寫的一章。這座紫藤廬亦是其一，一九四五年前，紫藤廬老宅原為日治時期的高等官舍，

文創園區——一座人文茶館

一九五〇年代後為財政部關務署署長周德偉教授的公家宿舍；改闢為茶館則是一九八一年的事，因庭院三棵老紫藤蔓生屋簷而得名，又名「無何有之鄉」，意謂什麼都沒有，又好像什麼都有，帶有道家思想。建築無聲，只有讓故事貫注時才真的是「活化」了。翻查資料，一九五〇年代這日式老宅曾是自由主義的議論場域，張佛泉、殷海光、夏道平、徐道鄰以及青年時期的李敖、陳鼓應等常在此集會清談，為以台大為中心的自由主義學者的聚會場所；紫藤廬難得是當時專制高壓統治下尚存的一片小自由空間。這地方甚至與台灣「美麗島運動」連上關係，時維一九七五年，當時老宅仍未變成茶館，一些初嘗挫敗感的失意黨外人士常常在此落腳聚集，紫藤廬因而成為日後陳文茜筆下的「反對運動記憶裏最美麗的堡壘」，也成了林濁水回憶裏的「落魄江湖者的棲身所」。政治之外，當時大宅亦成了一個波希米亞文化場所，特別支持剛起步的弱勢藝術家，如林麗珍的第一支舞「不要忘記好的雨傘」曾在此策劃與排練、陳建華帶領的「青韻合唱團」在此定期練習；作家尉天聰、白先勇、施叔青、李昂、辛意雲、奚淞、王律平等經常在此出入；具有濃厚批判色彩的《台灣社會研究季刊》也在此創辦，至今二十餘年每月定期在此聚會，不曾中斷。現時茶館除了茶室外，也設一個小型畫廊，到訪時這裏正舉辦「逆旅悠塵：梁兆熙個展」，仍繼續支持台灣的本土藝術。

有了如此文化底蘊，怪不得它成為全台灣第一處市定古蹟，也是台北市第一處以人文歷史精神及公共空間內涵為特色

▲ 茶館內的畫廊

▲ 紫藤廬一景

▶ 坐在榻榻米上品茶
佐以茶點

而指定的活古蹟:「其為台灣民主運動、反對運動及自由學者的聚會場所,所散發的人文氣息,具有教育、文化、政治等功能及特色,並強烈展現市民生活文化意義,具有保存價值。」不過,原來此一「古蹟再利用」的佳例,也曾「危在旦夕」──一九九七年,因產權爭議,財政部欲收回紫藤廬並將其查封,此事引起軒然大波,藝文界、學術界、茶藝界及台北市民、國際友人紛紛聯署向政府施壓,由此更引發起一場古蹟保存與搶救運動,紫藤廬得以保存下來。一方淨土,同時又有千絲萬縷的社會運動淵源;何謂「天人往來」、出世與入世,下趟有機會來台北,也許你也可到這大安區的「無何有之鄉」,思忖一下。

二〇一二年七月五日

廣州紅專廠遊記

到廣州方所書店出席講座，順道去了當地的文創園區「紅專廠」（Redfactory）一走，跟我早前到上海參觀的「紅坊」，有一點相通，但文化氣息又更濃厚。所謂「相通」，包括它們都是舊工業時代的建築，近年在「創意產業」的大旗下，都給保留和改造成一個文化聚落空間，且二者都掛着一個「紅」字，跟中共建國的初期歷史息息相關。

上海的紅坊和廣州的紅專廠同年出現，均建於一九五六年，前身為上海第十鋼鐵廠，後者為一間罐頭廠；鋼鐵感覺離我有點遠，小時候已吃的鷹金錢豆豉鯪魚罐頭，卻原來在這裏生產和存倉；不走進其中，不知罐頭倉庫之大，同行的廣州傳媒友人告之：「這可是當時亞洲最大的罐頭廠呢！」走訪這類舊建築文創園區，歷史的認識和想像是需要的。五十年代鋼鐵業可不是一般工業，一九五八年，中共先後提出鋼鐵工業和農業大躍進的目標，要求鋼鐵產量比一九五七年翻一番，務求「超英趕美」，以至實行全民煉鋼；「紅坊」的「紅」，實在也是共產奮進時代的「紅」，於今在「紅坊」創意園區，中心草坪不錯放置了不少以剩餘鋼鐵鑄造的雕塑品，可歷史記於文字，就不大可見了。相對來說，罐頭工業沒那麼「大躍進」，但「紅專」之名也有意思，一方面固然跟裏頭的紅磚建築有關，但取名「紅專」而不叫「紅磚」，有識者當會想到「又紅

又專」這口號：思想要「紅」，又具專業知識，曾幾何時對青年一代和知識分子的要求；今天，則成了一個時尚的創意園區的名字，歷史的傳承與斷裂，都鐫刻於一個名字之中。

此外還有建築。廣州紅專廠廠房的前蘇式建築是一個時代的印記，標誌着「中蘇友好」，新中國成立之初以蘇聯為效法對象的年代；廣東罐頭廠當年的成立，就是前蘇聯援助新中國最大的輕工業項目之一，建築也一律取蘇式風格，如左右呈中軸對稱，平面規矩，中間高兩邊底，主樓高聳，迴廊緩緩伸展，包含檐部、牆身、勒腳的「三段式」結構等；從中可見建築與社會意識形態之緊密關連。除此之外，園區內街道的命名如炸魚街、窩爐街、解凍街、冷庫街等，以至畫廊名字如鐵幕畫廊，都頗堪玩味，配合大廠房的鋼筋框架、編號數字、破牆，工業時代的粗糙感與當代藝術的時尚感互相衝撞，已成這類舊建築創意園區的共有特色。

氛圍之外，內容當然也是不可忽略的。這方面，廣州紅專廠看來也是不賴的，二〇〇九年開業至今，已舉辦了二百多個文化藝術展覽及活動，我參觀時在不同展場看了「神話——青年藝術聯展」、北邦的「漂流動物園巡展」、「生命的風景——吳冠中版畫作品展」，聯展、個展、名家展覽均有；觀乎過去曾舉辦的設計展、電影節、某些國家的藝術展等，可能性看來很高。在大陸，這類的創意園區空間甚大，被闢作展場的大廠房外，紅專廠也在室外空間辦創意市集，中秋期間更將籌辦一連三天的節慶活動，將傳統節日和民間藝術帶入園區。

我也特別欣賞紅專廠自辦官方刊物《紅板報》（*Redzine*），這方面香港的策劃力是比較弱的。這類園區當然不能只搞藝術，它們也成了消閒娛樂之地，各式商店、食店、酒吧、咖啡店進佔，但目前來看，廣州紅專廠頗能取得平衡，予人的感覺不會過於商業化。

二〇一二年九月

▲ 園區內的中式餐廳蟻工房，門前的焗爐，昔日用來煮豆豉鯪魚的廚具。

◀ 紅專廠內的展場

文化創意園區的經營模式

　　在本章中，我先後介紹過幾個文化創意園區，包括台北的「華山」、「松山」、上海的「紅坊」、廣州的「紅專廠」等，一些如北京798的已非常有名，不用我介紹了。這些文創園區在不同城市增生，一些旅遊書籍中也開始加入了，也不一定真的那麼熱中藝術創意，只是這些地方也成了文化旅遊項目，走訪這裏，可以「一站式」滿足看展覽、遊建築、消閒、購物的需要，是城市「主題化環境」（themed environment）的一種表現。除了一般本地和外來旅客，一些創意園區也成了婚紗拍攝、雜誌封面、電影拍攝的場景，與所在城市互相增值，很多也成了當代藝術的前台showroom，吸引藝術品的買家。

　　可見的建築、展覽、食肆、商店之外，到這些園區，較少人關心的是它們背後的經營模式。這方面其實也是值得關注的，尤其香港特區政府好像也銳意發展創意工業，文化管理的知識不可缺少。我素來無「business mind」，但到訪這些園區，也盡量嘗試了解一二。

　　首先當可了解，這些文創園區的產業持有人屬誰。這個，看似簡單，有時也挺複雜的。以「華山」為例，前身為台北酒廠，日治時期屬台北專賣支局附屬台北造酒廠，一九四五年戰

後由國民政府接收，改名為台灣省專賣局台北酒工廠；其所屬權隨時間有所遞變。像北京798最初之得以成為文化聚落，乃由藝術家闖入進駐，「華山」亦然，一九九七年金枝演社進入廢棄的華山園區演出，被指侵佔國產，藝文界人士群起聲援，爭取閒置十年的台北酒廠再利用。經此一役，省政府文化處與省菸酒公賣局協商後，自一九九九年起，台北酒廠正式更名為「華山藝文特區」。至二〇〇七年二月文建會（現為台灣文化部）以促進民間參與模式，規劃出一種「空間整建營運移轉計劃案」，由民間團體依約取得園區經營管理權利，「華山1914文化創意產業園區」才正式成立。

所謂「空間整建營運移轉計劃案」，英文為「Reconstruct-Operate-Transfer」（簡稱ROT），特別適用於政府舊建築物，由政府委託民間機構或由民間機構向政府租賃，予以擴建、整建、重建後並營運，營運期滿，營運權歸還政府。「華山」和前身為造煙廠的「松山」，以至之前曾介紹過的「光點台北」（前身為美國駐台北領事館）、牯嶺街小劇場（前身為警察局）都屬此例，中間細節如租期的長短，則各有不同。香港近幾年推出的「活化歷史建築伙伴計劃」，大致用的亦是這模式，當然其中的細節亦有差別，如活化伙伴計劃中，政府或會提供翻新工程的撥款，及在營運初期為經營的社會企業提供資助。

同樣是舊建築改造為文化創意聚落，這種開放予民間營運的模式，在國內就未必那麼可行。起碼就我所參觀過的上海「紅坊」、廣州「紅專廠」，看來是屬於私人企業，而非以ROT的模型運作。舉上海「紅坊」為例，它前身為鋼鐵廠，鋼鐵廠退役、經一段時間的閒置後，改造成現時的「新十鋼上海創意產業集聚區」（由上海市經委命名），由上海十鋼有限公司及其他機構合營，將空間租予不同單位如畫廊、咖啡店、時尚品牌店等。其中，我有幸早前在此參與演講的民生現代美術館，由中國民生銀行出資建立，是中國大陸第一家以金融機構為背景的公益性藝術機構。這種例子，在台北和香港都不曾見過，目前為止，也許為上海所獨有。

二〇一二年九月

▲ 上海「紅坊」門前，品牌林立。

▲ 上海「紅坊」中的民生現代美術館

「那年的除夕夜，仰光黃昏時分，烏鴉密佈天空，鴉聲四起，籠罩了我的心。從沒聽過如此響亮淒厲的鴉聲，好像要為我合奏一段葬曲。一雙腿在城中行走，真真真正明白，何謂，斷腸人在天涯。」

Chapter 09

渡 劫 之 行

伴離之旅

　　這不是旅遊，這也不是出走。這不是放逐，這也不是逃亡。或者每樣都有一點，沒有一個準確字眼，無以名狀。我只是失驚無神來到了這裏。失驚無神地，鬼迷心竅地，靈魂沒了半個地，腳步飄浮地，來到了我從沒踏足的緬甸，更準確來說，是緬甸之南的仰光。

　　半夜的貓頭鷹也有失神時。一夜又被睡神離棄，不堪在牀上輾轉反側，至凌晨五、六時，我幾乎像一個夢遊者般，爬起牀就坐在桌上鍵盤前，迷迷糊糊上網訂了機票酒店飛緬甸仰光，兩天後出發，跨年在異地度過。是好友展的叮嚀，見我面容憔悴果真如槁木死灰，你去趟旅行散散心吧，旅費由我來付當支持。訂票的時候這樣想，醒來時知道「散散心」只是托辭，天大地大何以是緬甸。我只是極度放任地，讓自己追隨一個半離棄我的身影，私下或了一個未圓的願。

　　梅菲定律，凡是可能出錯的都會出錯。手機型號本就不新，作業系統久沒更新像我這人處於發霉中，臨行時想安裝起碼的apps卻不果。算吧，以往未有智能手機年代不就一個背包一張地圖了事，何況我一直不看Google Maps之類，迷路是我天生的強項就儼如我自己的人生。沒時間先到銀行提款，匆匆在機場只找換了一百元美金。走得實在太急，電話卡沒有，一

本可作指南定心的旅遊書也沒有。
一個半廢的手機，一百元美金，七
天自我拋擲進一個陌生國度，幾乎
可說是「裸遊」。

▲ 唐人街上的唐狗

甫下飛機，在機場找換店兌換
當地貨幣，未料又遇一難。找換員
拿起幾張美元紙幣，在我面前揚了
揚，說這些不受理，我一臉狐疑，
莫非機場找換都有偽鈔，他指指紙
幣中間的摺痕，「no good」。我可兌換的就更少了。這些年
來，去過的地方也算不少，從沒聽聞（或我孤陋寡聞）美元紙
幣有摺痕或摺角的不受理，後來在城中試了幾間找換店莫不如
是，如此中南半島國度，愛美金愛至如此完美主義的潔癖病態
地步。幸好出發前預約好司機把我從機場接到旅館。是的，一
紙地圖、阮囊羞澀，我訂的也是平價旅館，位於唐人街的阿格
青年酒店，好像又回到青年旅館的時代，但比較好的是有一個
自己的簡陋單人房間。

緬甸比香港慢一個半小時。但此時的我與你因處同一國
度，並無時差。事情的急轉直下真難逆料，或者，所有裂縫之
始都是難以察覺的。才大半年前一次說起年底一起去一趟緬
甸，回到你父祖輩的家鄉作無所謂的「尋根」，其實不過多個
理由結伴同行，探索這個國度。還說到緬甸四月潑水節，香港
有沒有呢，查了一查，原來香港有的是泰國潑水節，不是緬

渡劫之行——伴離之旅

甸。一年不足，往事如煙。年底你跟我慶祝生日時，你告訴我當天訂了緬甸行程還告訴了我出發和回程日期，我問，一個人去嗎，你說，是的。你還說到打算失聯一段日子。作為也算是「自由主義者」的我也曾愛單身上路，即使當時仍是伴侶，我知道，你已沒有與我同行之意。說起旅行你還說到四十歲前要去一趟公路旅行，你樂悠悠而我心憂傷，我當下心知，你想像中的未來並沒有我。我不懂得駕駛儘管公路電影我也有看過。這是你給我的生日禮物嗎，當時並不知道是最後一份。一些最後的事情，發生當兒當事人不知道是最後，過後想起，怎都有着一種悲哀。

伴行常有人說，「伴離」是一個怎樣的過程，隔了差不多兩年在傷口已結痂起碼不再鮮血淋漓之時，我才敢用筆墨寫出來，雖然並不排除，在寫的當兒筆尖如手術刀般又會觸動傷口讓它復又淌血。風險總是有的，一個寫者如我，也只能聽命於自己的心音，事實上，我現在已感到，是文字牽引着我而不是我在寫文字，如緬甸之行，我也是被一條將斷未斷在你我之間牽纏着的隱形的線拉扯着，繫在我身上可能是提線木偶的線也可能是一條風箏的線——無論如何遲早也是會割斷的。

就這樣我失魂落魄傷痕纍纍地來到了緬甸。我知道這個時候你也在，但我無意現身也不打算讓你知道。我只是以這方式實踐最後「同行」緬甸的想望，如果不能說是承諾。對你來說這趟出行是真正的旅遊，將由仰光啟程，去到萬塔之城蒲甘平原再上古都曼德勒再轉落美麗如畫的茵萊湖，再回到仰光這個

出發也是結束之地。對我，在如此突發身心俱疲的狀態下，足跡根本不能越過仰光。事實上，不要說仰光，因為盤川如此緊紐（一半美金兌換不了，臨行前太急也沒開通銀行提款卡），我連截計程車（仰光最普遍的交通工具）也不行，我所能及的，只能是靠腳步可至之地。

這樣我在仰光的軌迹自然以唐人街我下榻之處發散開去。還好，仰光的街道，仍沿襲英國人一八五二年的棋盤規劃，也即是由橫街直路構成的格狀座標，即使我這路盲也不至於太易迷失方向。唐人街入夜也算熱鬧，觀音古廟、唐樓、各鄉華僑宗親會外，金店、彩券店、衣服店等自也必不可少，最地道也吸引外來者的還是擺滿路兩旁的各式攤子，吃的尤其多，有的琳瑯滿目放滿一堆串燒，有的以水煲炭爐作廚架起幾張摺凳摺枱供坐便是一個熟食檔，馳過據說多是日韓淘汰的二手車噴出的黑煙和灰塵，沙爹滷味燒魚檳榔米粉湯各式炸物以至炸蟋蟀等，未敢一一放進口中但單是看看也不失為流動的饗宴。再入夜汽車漸少人潮開始疏落，此時流浪狗出動在恍如被棄置的街頭在隨地都是的垃圾堆中覓食，事後如果你問起我對仰光最深刻的印象是什麼，不是金光閃閃的佛塔，而是流落於漆黑唐人街上為數眾多馴得只剩下覓食本能尾巴上翹的唐狗兒。跟當地人談起，說仰光華人人口十五萬，一刻想到，如你父母當年沒回中國再輾轉來到香港，你便會是這十五萬人中的其中一個，故事將完全不一樣，而我也不會在香港遇到你。若說人生的認識是機遇，這機遇甚至不在我們的人生，還在我們出生之前，

無論你多麼希望斬斷與家族的紐帶，它還是以非常隱密的方式伸延並牽纏。

可用的緬幣有限，可用信用卡結帳的食店不多。不能截計程車，城市這回真的以腳步邁開。翌日打開手上的紙地圖，由唐人街出發，尋找作為市中心標記的蘇雷塔。如此，無論你精神如何渙散，無論你在自己城中如何悒鬱遲遲不能起牀，來到異地，你還是會讓自己勉強早起來，向着一個自定或多或少也是俗成的目標進發。沿途經過林林總總的檔舖和流動地攤，擺賣蔬果魚肉書報衣服低端電子器材以至整檔全放着士巴拿鐵鉗螺絲批等等不一而足，在這個近九成人信奉佛教的佛國國度，基督教堂如基督教衛理公會（廈語教會）、以馬內利浸信會等仍然可見。面塗特納卡的婦女頭上頂着盛貨的籃子經過、身穿袈裟的小僧在樹下乘涼冷不防一個手裏拿着遊戲機，如此這般，你也拿起相機捕捉，街道永遠才是城市的生命所在，寄寓

▲ 頂着籃子的婦人

◀ 拿着遊戲機的小僧

着各式人物也包括如同失心慌的你。陌生的街道，在其上的人和風光，可以讓你從自我（或她）抽離一下嗎？只要好奇心和感受力仍未全死，應該是可以的。從自我中抽離又讓自己慢慢重新陷入自我。

蘇雷塔門票三美元，入塔脫鞋寄存鞋子看門人另收了我一美元，甫進蘇雷塔門口，一個年約十歲的小孩Lwin熱烈地擁上來說給我作嚮導，我問收費多少，他豎起食指示意一美元。身上的美元買少見少，但好吧，跟着他在塔內走了一圈，他也賣力以有限的英語解說。離開塔後他仍跟着，說可帶我到市政府、班都拉公園，但這些地方就在附近，我說自己一個走走便可以，於是他又指向較遠一處，說那邊有一個碼頭，可以乘渡輪到對岸的達拉（Dala）小鎮。由跟着到纏着，不料忽然從公園殺出一對母女竟是Lwin的母親和妹妹，那母見我推辭着說也可讓那妹妹帶我行，最後還是要更狠心的拒絕才擺脫了他們。這樣，我雖說自己不是一個遊客，只想自我消隱，但你在當地人眼中還是徹頭徹尾可一眼辨識出來被物色的他者，「旅遊凝視」（tourist gaze）常說遊人對於當地人的想像可也有想過這反過來如捕捉獵物的凝視？

但事實上，人地生疏，又無當地人聯繫，初次觀照一個城市，又如何能完全擺脫遊人之眼？流浪狗街頭覓食，小孩尾隨遊客搵食，寄身佛塔謀生的人何其多，這樣在困難處境中，善良如你還是會一下子發揮出一點強悍。你到青年旅館接待處訂一個本地遊，但你說明自己僅有的一張五十元面額美金身上有

摺痕（事實也如是），接待處最初也說沒有辦法，但後來還是找到一個旅遊導遊願意接受。於是，你終於有一天可以越出腳步所能及之地，去到離唐人街和市中心更遠的地方。

翌日由當地導遊帶着，坐汽車駛至來到仰光都不能不去的臥佛寺和大金寺。白色大臥佛臨在眼前，佛身以緬甸玉打造，眼睛則以玻璃鑲成，右手托着頭顱舒泰地側臥着，盯着眼前如螞蟻或跪或站的信眾或遊人真會普渡眾生嗎，據說這種姿勢是佛在休息而非涅槃（涅槃之境真存在嗎？），我想到我城也有一座天壇大佛何以佛像要愈大愈好仍執著於形相而說到底迷信巨大的不過是人。Colossus。喬達基臥佛寺供奉着緬甸最大的室內臥佛像，說是寺其實是以鐵皮屋頂蓋覆的室內，去到的時候佛身整個被竹棚圍着近脖子處還搭了一個工作台有工人站在其上，超能的巨佛也需維修何況是人何況是我呢。在承托佛身的台下仰視，繞到佛腳那巨型腳板底刻有一百〇八個圖案，都是六道輪迴的形象代表佛超脫三界，而我呢，讓我由頭到尾重頭經歷一次感情從盛極轉衰也許我便可以輪迴再生在此人世。

雪德基大金寺坐落市北，位於海拔五十一米的皇家園林西聖山上，高九十八米的塔身又為世界之最，論盛名又超過臥佛寺。不僅遊人，據說每個緬甸人一生一定要來朝拜一次，當日晴空萬里，抬頭看高聳入雲的塔尖，脫下鞋子走在大理石平台上按習俗順時鐘方向繞行，也見遊人如鯽不少人或跪或坐向着大大小小的佛塔參拜；大抵我與佛無緣，我看着金箔滿身的大金塔，貼了七千噸重的金於我何干呢，此外簷上還掛有金

鈴、銀鈴、各種寶石，塔頂還有一顆七十六卡世界最大的鑽石，這一切與佛何干於我何干呢不是說眾生虛無四大皆空嗎，何以眼前如此金碧輝煌，這世俗色相不正正是對佛門的莫大諷刺嗎？幸好除了金銀珠寶這裏還供奉着佛祖寶物其中有釋迦牟尼的八根頭髮。圍繞大金塔的還有緬甸的生肖神，導遊Han跟我解說，這個我也早有所聞。不同於中國的十二生肖，緬甸的生肖神有八，對應着星期一至星期日，其中星期三又分早上和下午，分別為老虎、獅子、公象（星期三早上）、母象（星期三下午）、老鼠、天竺鼠、龍、大鵬鳥，各有不同方位。我在星期三亥時來到這世上，也入鄉隨俗地向我所屬的母象神像澆水浴佛。此時我也腦海一旋，你在周五下午來到這世上，也

▲ 臥佛寺腳板正在維修

渡劫之行——伴離之旅

▲ 修道院

許此前你來到這裏也曾在自己所屬的天竺鼠上澆水。這樣我去到何處仍把你攜同，自由行走卻是心之囚徒，你以不在場的存在、前後腳的身影附身於我遊離的軀體，你在自己的旅程中也有默念起我嗎？一切不過是幻象如夢幻泡影如露亦如電但執迷的我此刻離佛道仍非常遙遠。大金寺四個大門皆有聖獸雕像，Han解說，不同的人從不同的方位離開塵世，東面給皇家人員，南面給一般人，西面給囚徒離世前許最後一願，北面給宗教人士，我想想自己離開時會往哪方向走，南西北皆可能只是不可能是東方之士。

在臥佛寺和大金寺之間，我還去了一間修道院。終於不是那些旅遊勝地，但想想，修道院開放予遊人參觀（儘管不多）是否也有點「真人騷」的感覺呢，只見修道院內的僧侶對外來人士也視若無睹或見怪不怪，你進入他們的後園你進入他們的學堂你進入他們的食堂甚至連廚房也經過了，你見婦人在煮着一鍋一鍋銀盤子的食物你有點驚訝緬甸僧人原來可以吃葷（當日廚房見到的是豬肉）。之後你還去了一處僧人考試的地方，你聽着Han解說他們考試的科目嚴格之程度但細節過後如何也想不起來。人生如旅，一切不過是過目風景。

後來還是回到市政府一帶。寺廟看得多了，我跟Han說想看看英殖時期留下的建築，結果走進了一所宏大的維多利亞紅黃磚屋群，北面中心大樓和東西翼建築呈U型包圍着一個中央庭園，這裏原來是舊秘書處大樓，導遊Han也是首次來到，建築物呈荒廢狀態，正在復修當中，我們沿鑄鐵扶手木地板旋轉樓梯拾級而上，在空蕩蕩有着一排拱形木窗高天花的房間中穿梭，十室九空，但其中一個，正舉辦一個有關廢物利用的展覽；有時我自己走着，有時又跟Han談起話來，就在這歷史廢置空間，我向着一個陌生人，面前的導遊，說起自己的故事來。他問我你住在哪裏（此時你在行程尾段應也在仰光），想幫我找你，我說我不知道。我說，我來，不為見你，而為一個心結。他說從沒見過像我這樣的人。沿途他拍下我一些影像，我着他不要放上網，我不想你知道。最後還是有一漏網之魚，在廢置的殖民建築中，剎那攝入，我在庭園沉思踱步，斯人獨憔悴。

　　後來回到香港，我才知道這幢殖民建築物西翼的一個房子，原來就是當年昂山將軍及六個內閣成員被刺殺之地。我記得電影《昂山素姬》開首就拍過這幕，楊紫瓊扮演昂山素姬也入型入格，我與你看過很多電影，影像成了回憶無以延續又有何意義呢？說到緬甸又怎少得昂山，仰光有一條昂山路，鄰近有一個售賣寶石、油畫、古董、布飾、手工藝品等的昂山市場；翌日我口袋所剩無幾，昂山市場在班貝坦區離唐人街不遠是走路可及之地，於是我醒來後，昏頭昏腦便搬弄腳步向這裏

進發。這昂山市場我不準備多說旅遊書籍自有介紹，我想記的是一個事件，也可說是意外。走到Junction City商場，馬路對面就是昂山市場要橫跨一條行人天橋抵達，才踏上滾滾向上滑動的扶手梯，忽然電梯失靈嘎嘎嘎輸送帶不住向後流，在輸送帶上的人見勢色不對快步向上奔跑，其中有我，我加快腳步跟後流的速度鬥快，原來曾閃過死的念頭想過從哪條天橋跳下去的我，在千鈞一髮間仍是有本能的求生意志。終於跑到扶手梯頂，有人按下電梯煞停掣，人們驚慌一輪未幾又回復原來模樣；我想也慶幸這條電動扶手梯有點陳舊速度不快，不然剛才那「競步跑」便準會釀出一場意外。

驚魂甫定，在昂山市場走了一圈，踱步逛到就在附近拉塔鎮昂山路上的一座教堂。我非信徒，但最後予我靜心之感仍是教堂。都說緬甸是佛教之地，但教堂仍是不缺，如果沒經歷英殖統治如我城，大抵便不會有面前這所紅磚外牆、白色尖塔的聖三一大教堂。教堂於一八九四年建成，為仰光兩大教堂之一。打開鐵閘，甫進見幾隻火雞在泥地草坪上走動啄食，遊人稀少，三三兩兩的女孩以紅磚作背景拍照，我步進教堂，典型的尖拱頂彩繪玻璃，最初另有一人未幾獨剩下了我，我坐在教堂長椅上開始閉目禱告，禱告什麼呢，感恩剛才大難不死渡過一劫，禱告我心疲憊我心憂傷我不行了求神垂憐撫慰我，我走到告解室我甚至走到無人看管的祭台上，打開聖經開始讀起來。一刻的親近神明是我軟弱了嗎還是真有神明召喚，或者一切不過是心音顫動如果有所召喚不過是你暗晃的影子。待了

▲ Immanuel Baptist Church

一個下午，離開時教堂的
兩扇鐵絲網門閉上，一刻
以為被困出不去了，但原
來門只是反鎖只要向內拉
便可解開，是神的啟示嗎
原來所謂心鎖不過是自加
的，如果你要走你一定可
以走出去。

　　以上說到達拉小鎮其
實我尚有一筆補記。那天
甩開了小孩Lwin後，我
獨自找到渡輪碼頭，搭船

▲ 白鴿飛翔，樹下路攤。

渡劫之行──伴離之旅

越仰光河去到仰光另一面的Dala。明明是公共渡輪買船票時卻被帶入房內登記護照兼付外國人的船票。甫下船有人來兜客說包電單車導覽，我見小鎮不小不乘車也不行，這回戒心重了講好價錢乘上一部，那人乘上另一部，兩部電單車並排或前後而行各有一司機駕駛。小鎮破落，遊人稀少，電單車兜我看了些塔廟、村落，有木造的漁船停泊，沿岸築建簡陋木屋，有婦女坐在地上修補魚網，流浪狗經過，石路泥路間有污染混濁的沼澤，達拉鎮為二〇〇八年南亞海嘯重災區，影響至今村民生活貧困，大概兩小時行程最後那導遊帶我去了一處賑災站，一袋袋盛着白米的麻包袋堆疊，導遊說米是該地農民種的，據質量分不同價錢，遊人買起一袋在麻包袋上寫上捐獻人名字，錢會

▲ Dala 小鎮

▶ 緬甸導遊
Han Thein

落回災民手中；站內見幾個外國人被兜售着，我猜多是騙財說不了。最後駛回碼頭，不虞有詐說好的價錢還是坐地起價還要包付另一部電單車和僱司機的費用。這次我真的光火了，雙方僵持着有電單車群開始包圍着我。如果當時我有餘錢或者我真的會被嚇怕就範了，但我實在沒多餘的錢，付了我應付的後我便跑回渡輪上去了。在船上看着海鷗在仰光河上飛翔，怒氣息歇，我想着緬甸這幾年來開始開放旅遊業，連災難如海嘯都反過來成為旅遊生招牌，到底有多少人包括男人婦孺乃至僧人從中斂財找尋生計？這樣想時，或者我也在試圖了解一些東西，騙財也成了領會一地文化狀況必不可少的體驗。也只能說自己畢竟太純，口袋的美金自此真所餘無幾了。

◀ 前秘書處大樓

◀ 聖三一大教堂

渡劫之行——伴離之旅

到最後一兩天真的已彈盡糧絕只能在雜貨店買麵包作餐充飢，一個人需要的可以很少。有香港朋友知道我情況的，說不如就向你「求救」吧，我雖然不知你住哪裏但青年旅館有wifi迫不得已還是可短信聯絡你。但想到你說失聯一段時間我就只好尊重到底，也許亦為尊嚴，不現身比現身難多了。旅程最後我剩下四百緬幣，兩張一百元一張二百元合共三張紙幣，我帶着這三張紙幣離開緬甸，一張或者給你一張我私藏留念，一張我跟自己作約定留待他日使用——這地方我一定要再來，再來的時候不再遊魂不再追逐你的身影，不再只滯留仰光而真真正正是遊遍緬甸。

就這樣，在我生命中，曾經離奇出行，在異地尋找一個女子，不為見面而只為以另一方式「同行」。那年的除夕夜，仰光黃昏時分，烏鴉密佈天空，鴉聲四起，籠罩了我的心。從沒聽過如此響亮淒厲的鴉聲，好像要為我合奏一段葬曲。一雙腿在城中行走，真真真正明白，何謂，斷腸人在天涯。走過了幽谷一趟，熬過黑夜，沒死也許更加堅強。後來知道，仰光，就是結束的意思。

二〇二〇年七月二十九日完成

河內之行

一、二十五年後

　　越南這個國家，少時當然聽過，「不漏洞拉」，天天在大氣電波播放，越南難民營，香港為全球收容越南難民最多的地方，所知的越南，就僅此而已，很近又很遠。間中在新聞看到越南難民營打鬥火生事，也沒上心，畢竟當時年紀尚輕，而難民營又像一道與外間隔絕的牆。後來長大一點讀到西西的小說〈虎地〉，苦地與虎地，禁閉營與動物園交錯，教我印象深刻，但讀的時候，越南難民多數已撤出香港，越南難民營在香港，亦隨一九九八年特區政府取消「第一收容港」政策而劃上句號。我們對某事某物的認識以至關切，常常都是滯後的，有時是遲鈍，有時是無可避免的延擱。緬甸我認識一個女作家，越南則認識一個男藝術家，前者在愛荷華認識，後者在紐約認識但只有幾面之緣，認識時藝術家說越南已發展起來不再一樣，有機會要去探訪，但如很多事，這種隨口說說多半事後都會落空。事實上，將時光回撥，我還沒料到自己在二〇一九年，會兩度踏足越南，遺落一身灰塵。

　　一次在年中，跟開咖啡店的C和D去。一次在年尾至跨年，跟朋友M去。前者去的是越南河內，後者去的是越南胡志明市，一北一南，如很多地方，南北曾經分裂，曾經對壘，各

有故事。

　　C和D從科技界轉營獨立咖啡店已十多年，後來擴大規模與人合資經營起連鎖餐飲業來，他們近年在越南河內買了樓，還跟當地人合作，買了一塊地自己蓋房子籌辦一個小旅館，幾個房間加一些共用工作空間，一切尚在開發階段。平生抗拒置業，但C邀我去一個河內樓盤置業講座時，我竟也去聽了。其實我抱着的心態，也只是凡事也可知一點的好奇心，聽聽而已，但聽到五十多萬可置一單位，一時間竟也想到不如就買下一個，離開香港這個傷心地，這樣我便不用擔心不知什麼時候在香港不知什麼角落會偶遇你，猝不及防地，無言以對。人們離開一個地方各有理由，有為城市的墜落有為自己的前途，而我竟然是為逃避你──「不如不見」，逃避一個曾經非常親密的人，而正正因為曾經親密，再見時那種距離份外叫人神傷。我們的情愛由一次重遇開展，沒料到日後，可能的街頭重遇卻於我有畏，以至於我竟想到為這不高的或然率，離開自己所屬之城，從此無人認識，無人知曉我名字地活下去。如此畏，必然因為我對你，仍如此愛。

　　現在我已忘了那置業講座的內容，事實證明，某些東西，因為頻道不同，我是無法入腦的。只記得講者是一個前銀行家，看來是社會標準的成功人士，分析中國及東南亞不同城市的發展潛力，特別看好越南河內，並在當地娶了一個選美冠軍的越南小姐。C和D剛好要去越南一趟收樓兼跟進旅館事宜，C知我那時候人如枯草，便招我一起去河內走走。我和C、D

識於微時，對上一次旅行已是二十五年前，沒料到隔了那麼久竟又再結伴同行。想不到的是，梅菲定律又一再發生在自己身上，出發當天，手機跌在地上，屏幕一面剛好平平整整貼在地上，裂成龜殼狀。屏幕破了，完全顯示不了，之前下載的旅行apps都用不上了。當時出門在即，也無法修補了。或者說是霉運，不如說自己失魂；又或者隱喻一點來說，今趟旅行，我不免仍帶着碎裂的心上路。

說是三人行其實大部分時間我獨個兒，因為他們二人到當地有事要辦，也有朋友待見，他們也不是第一次來這裏了。真正一起共餐只在首個晚上，去了一家隱身於民居裏的懷舊越南餐館。餐館餐桌以舊式衣車改裝而成，四周放着老式單車、打字機等有歲月痕迹之物，牆壁掛着越南帽、金屬油燈，天花板以竹篩子覆蓋，氛圍是不俗的，印象中食物只是一般。餐廳坐落哪裏我沒概念，因為在這裏，旅客動輒以Grab叫車，只任司機把我們送到目的地，原本方向盲的我更無從知悉方向，只在乘車時也透過車窗接收街景，過目即忘的。飯後倒有在四周散步，行到西湖邊，我想到杭州有一個著名西湖這裏也有一個西湖，名字的雙生也許並非偶然。

▶ 懷舊越南餐廳

二、竹帛湖與西湖

原來河內有七十二個湖，其中又以西湖最大，飯後踱步的地方嚴格來說也不是西湖，而是在西湖旁邊與之相通的竹帛湖（越南語：Hồ Trúc Bạch）。事後查資料，才知竹帛湖原為西湖一部分，一六二〇年安阜、安光、竹安三村修築固禦堤（今青年路），將西湖與竹帛湖一分為二。在竹帛湖散步時已入黑，風景看不太清楚，與友同行又不能隨自己步伐看個仔細，印象中湖泊不大，湖邊聚着不少人納涼，感覺閒適。旅遊書不多介紹竹帛湖，更少有介紹的是，這湖是越戰時約翰‧麥凱恩（John McCain）當海軍機師，飛機被擊落他乘降落傘逃生，墜湖、重傷被俘虜之地。後來在湖的西岸一條路上豎立了一個紀念碑紀念此事。大難不死，麥凱恩一九八五年去越南當地看到這紀念碑，事隔十多年，不知心情如何，想來真是鐵漢一個。

至於西湖，位於河內老城區西邊，有說因地形似杭州西湖而得名，如是後者，我看還是攀附的多。關於西湖，我看過這樣的一則傳說。話說十一世紀時，有位名為Không Lồ的越南和尚替中國皇帝治病有功，受皇帝獎賞以青銅，和尚將青銅鑄成一個大鐘。這個大鐘聲響遠及中國，讓一隻小黃牛誤認作母牛的呼喚聲，遂從中國一路奔跑到西湖現址，並把它變成一個大湖。這樣說來，越南西湖當真與中國拉上關係，並且拜後者所賜，卻因誤會而生。如此傳說，不知出自越南還是中國，小黃牛奔向河內西湖不知什麼時候，如果在古時，越南受中國統治，還未算「出

境」旅行。都說「自古以來都屬中國領土」，越南北部在漢朝，一度屬於交趾郡，至公元九三八年，吳權率軍在白藤江擊敗南漢軍隊，越南北部始脫離中國長達一千年的統治。但數十年後，一個中國人在越南建立起自己的王朝，成為越南李朝的開國皇帝。翻翻書本自有提到，此人叫李公蘊，出身顯赫，祖父李崧在後晉時期官拜宰相，但一如我們常聽的中國宮幃劇故事，後漢時李崧因得罪當朝權臣而被誣陷致死。李崧死後，其子孫避災遷居南方，李崧兒子李淳安棄官從商，航運業務遍及真臘（今柬埔寨）、暹羅（今泰國）及交趾（今越南）等地。但李公蘊沒有繼承父業而選擇從政，大約在北宋真宗景德年間，被越南黎朝皇帝任命為左親衛殿前指揮使，並賜黎姓。後來黎朝內亂，為爭皇位宮廷發生政變，此時李公蘊聯絡各方勢力，秘密培養自己黨羽，伺機待發。中間過程掠過，總之，公元一〇〇九年，越南史家將之與中國夏桀、商紂相比的暴君黎龍鋌（因「臥而視朝」，又稱臥朝帝）駕崩，其兄弟起兵作亂，越南政局陷入動亂，李公蘊看準機會，發動政變，取代黎朝，建立李朝，人稱李太祖。說到這裏又有另一則傳說。河內位於越南北部紅河三角洲，傳說李公蘊一回看見一條龍自紅河騰躍，因而將這裏改名為昇龍（Thăng Long），並遷都於此。與之前歷代的短命王朝相比，李朝歷經九代皇帝享國二百一十六年。昇龍自李朝之後成為多個王朝首都，但陸續曾改名為東都、東京、中都、北城等，直到阮朝才遷都順化，如今又是越南首都。有此背景鋪墊，西湖區附近有創建於越南李朝的真武觀、有始建於十一世紀的昇龍皇城城堡、一柱寺，便似乎能連起較縱深的脈絡。據說昇龍皇城是李公蘊看到紅

▲ 竹帛湖

河上升起蛟龍後，命人建城，後來成為軍事指揮中心，但大部分建築在殖民時期已被摧毀。而一柱寺，傳說則是李朝第二代君主李太宗夢見觀音菩薩在水池蓮花台上托着嬰兒，不久得子，為答謝神明，便在小池中央興建了這座小堂，由一根木柱支撐，遠看猶如一朵蓮花。大抵統治者要樹立權威、自我造神，不少都要依賴神話，其實，西湖是紅河經年氾濫淤塞後造成的，根本與來自中國的小黃牛沒任何關係。不過，聽古不好駁古，傳說流傳下來仍是有趣的。我手上兩本旅遊書，一本說「西湖是皇室與富商最愛的地區，周邊曾興建過夏宮和豪宅」，一本說「打從越南李朝起，歷代帝王都熱中在這裏興建別墅，所以沿湖泊一帶仍有不少別墅」，昔日的王朝痕迹成了今天的旅遊資本，其實歷史早已斷裂；今天這一帶被打造成比老城區更有發展潛力的西湖區，文首提到那個河內置業講座，就不止一次提到西湖，我當時還懵然不知，何以河內也跑出一個西湖來。

三、老城區

　　河內分為內城（市區）和外城（郊區）兩部分，說「越南已發展起來不再一樣」，於內城的老城區特別可見。從上世紀九十年代開始，河內工業發展迅速，老城區內有八個工業園區，如機械、化工、紡織、製糖、捲煙等工業，到二○○一年後轉型為旅遊商業之城，並以還劍湖周邊一帶發展成旅遊區，我下榻的旅館即近於此。老城區內，旅遊書必有介紹位於還劍湖北邊的三十六古街。說起來這又與中國人建立的李朝有關。以上說到，李公蘊滅黎朝後於一○一○年定都河內，為了服務王室，許多商品和手工業集中在皇城附近落戶，為統一管理各種行業集中在一條街，如陶器街、筆街、紙街、鞋街、布街、魚街、絲綢街、涼蓆街、銀器街等。這裏的地名多半以Hang開頭，正是中文裏的「行」字。如今三十六古街是否如此井井有條按行頭劃分，我沒細究，大概也早有混雜，譬如銀器街現在又有「外匯街」之稱，大多金舖兼營外幣兌換，我在其中一家也以港幣兌換了一些越南盾。我來的當晚是周日，周末設有河內夜市，老城區內數段街道變成行人專用區，路邊攤販售賣各樣商品，琳瑯滿目至眼花繚亂，我又不善議價，隨意閒逛旨在感受整體氛圍，感覺這城市充滿活力，人很多遊客很多，老外的面孔不少。雖說有數段路劃為行人專用區，在越南過馬路還是需要小心，那麼多的摩托車，後來學會，你目不轉睛向前橫過就行，不用你避車而是車避你。做人有時還是要有一點霸道。我從西湖區那間懷舊越南餐廳回到旅館，感覺肚內尚有餘空，也光顧了一些小吃，至夜市攤檔拆架捲舖，喧嘩

▶ 老城區夜市

落幕，一夜又將走到盡頭。此時我的「路盲症」又發揮作用了，明明閒步時以還劍湖為地標應不會迷路，結果離開旅館一段不遠路程，怎都走不回去，最後真的放棄了，有摩托車前來兜截便說好價錢載回旅館。未料摩托車司機好像也要找一番路，忽爾向我說不如載我到一處先按摩再接回旅館，我自然明白這按摩不是一般事宜，我想單身男子出行於此，便常常要經受這些誘惑，說來類似經驗在杭州、上海都曾有過。色慾都市，繽紛與暗黑並存。

四、還劍湖與木偶劇

河內西湖有傳說，還劍湖亦有，其典故則在李朝之後，與後黎朝的黎利有關。話說黎利生於一三八五年，當時越南不再受中國統治，但十五世紀初中國明朝趁越南內亂時，出兵佔領越南，黎利在家鄉藍山鄉發動起義，經十年抗戰終打敗明軍，重新恢復越南的獨立主權，建立後黎朝（1428-1789年），後人尊之為黎太祖。傳說黎利在藍山起義之前，曾在湖中撈得寶劍「順天劍」，拜寶劍之神秘力量，黎利才得以拒退明朝大

軍。黎利建立後黎朝後，有天在湖上遊憩，忽然出現一巨龜取走寶劍，當地人民認為，神龜將寶劍藏於湖底，以備日後越南有難時再用，還劍湖因而得名。湖中有一座龜塔，就是紀念這則傳說的。近有學者發現湖裏的「神龜」為大鱉，死時推測一百二十歲，其後製成標本公開參觀。

　　翌日在還劍湖一帶行逛，五時許走向不遠處的昇龍水上木偶劇院，準備去欣賞當地著名、二〇〇九年入選聯合國教科文組織人類非物質文化遺產的水上木偶劇。劇院不算大，票價分兩種，我買了較高價的在前排，自由選座，舞台為一個長方形水池，兩邊各架起一個矮枱坐着幾個樂師，開場前先來幾首樂曲演出，樂器除了常見的二胡、琵琶、竹笛等，還有越南獨有的一弦琴，靠着一根弦發出不同音調，比二胡又更神奇。前奏演罷，木偶自水中登場，隨劇目上演各種翻滾跑跳、捕魚、划船等動作，舞台兩邊射燈在水上投下或紫或紅等鮮艷色彩，喧鬧繽紛。我拿了中、英、法劇目單張各一，列出的劇目有十七項：一、開幕：越南民族傳統樂器獨奏和合奏；二、樂娃開頭；三、升會旗；四、龍舞；五、牧童吹笛放牛；六、農夫耕田插秧；七、釣青蛙；八、打狐狸捕鴨；九、捕魚；十、光榮祭祖；十一、孩童戲水；十二、鳳舞；十三、黎王還劍；十四、賽船；十五、麟舞；十六、仙女舞；十七、四靈舞（龍麟龜鳳）。是的，所謂木偶，不僅有人物如樂娃、牧童、農夫，還有不同動物如牛鴨魚龍等，還有道具如龍船、旗、轎等，每節劇目不長，伴以越南語旁述，來看的人多是遊客，看

來也不在乎內容。演出大概長約一小時，劇終，一直隱身竹簾後的木偶藝人半身浸在水池中央出來謝幕，最後一字排開我數一數一共有十個。演出場次頻密，各場之間只有十五分鐘間隔，我想到他們這樣一天不斷演出會金屬疲勞嗎，這樣常常浸在水中皮膚會皺嗎，但謝幕時觀眾拍手拍照觀者和被觀者都狀甚歡樂，都是我多想了。據說木偶藝人利用長約兩公尺的木棍和絲線操縱木偶，這種特殊技藝不輕易外傳，一刻我想到，我也是一具木偶嗎，如是，操縱着隱形線段的又是誰人。一刻想到，如果像以前那般結伴同行，那木偶劇應該就會雙雙觀賞，獨個觀賞在事後即或向你分享到底又能分享什麼呢。但完了我還是在紀念品櫃枱買了明信片寄你，事實上，那張法語劇目單張拿取時也念着你。人去到遠方仍牽着藕絲的纏。從自我抽

▶ 水上木偶劇

▲ 還劍湖

▶ 木偶劇藝人謝幕

離，說回文化，劇目其中一節「黎王還劍」就是上述說的還劍湖故事，而「昇龍」，上文也交代過，就是更早時李太祖定都於河內給她取的名字。在此，沒有人怎在意的名字，如果你有心，還是可將不同的歷史傳說連起來。

五、下龍灣

翌日我應C提議，一人參加了下龍灣一日遊。聽說下龍灣有「海上桂林」之稱，親身到訪之後，個人以為，其奇麗美景，又更賽桂林。（是的，說到二十五年前與C、D還有另一同學J的旅行，就是往廣西桂林，如今我只記得那裏有一個象鼻山）。都說大自然力量可以讓人變得渺小而釋懷，慣常活在城市的我，對這說法沒多大經驗。因此，該天中午登上旅遊巴，駛去下龍灣的Bãi Cháy遊船碼頭這段路上，我並沒抱很大的期望。生命告訴我們，期望愈高失望愈大，不存期望有時又會有意外驚喜，像下龍灣這個地方，結果不僅開了我的眼界，也開了我的心懷。

甫下旅遊巴導遊帶我們到一間珠寶店，店前女工示範從牡蠣身上採珠，還有一些小型機器之類，總之，就是將煉珠工序展現人前，好讓你跨進那珠寶店時增加點購買欲。珠寶店不是珠光寶氣那種，有點陳舊，店裏掛着一個個顯要女性人物如英女皇、戴安娜王妃、奧巴馬夫人米雪兒、希拉里等戴着珠鏈的大幅照片。一行約二、三十人中，沒有人真的認真理會，都只當這只是行程的開端，過場而已，而事實亦的確如是。

　　真正的戲肉當然在登上遊船的幾個小時往返行程上。下龍灣遊船有兩種，一種是仿中式平底帆船（事實是以引擎而非風力驅動），另一種則是現代化的遊輪，我登上的遊輪叫Lemon Cruise。下龍灣面積廣達一千五百五十三平方里，海灣矗立着大大小小的石灰岩島嶼近二千座。這些石灰岩地形由中國東南的板塊延伸而出，經過億萬年溶蝕、堆積，加上海水侵蝕，形成壯麗非凡的景觀，也就是所謂的喀斯特地形。遊下龍灣當日偶爾下起毛毛雨，霧氣瀰漫，但多數時候又放晴，藍天裏現起片片魚鱗雲。最奇特還是那些大大小小的島嶼，香港島嶼也多，但在下龍灣這般完全被千巖萬壑所簇擁，一生人還不曾試過。島嶼的形狀千奇百怪，一座座「獨秀峰」自海上升起，有的如浮在水面的香爐，有的宛如人頭的大石，事實上所有形容都不需要也不中用，總之就是大自然的鬼斧神工，置身其中有如進入一片世外桃源。船上的遊人來自不同地方，一家大小好像不少是韓國人，也有從馬來西亞來的，此外，有幾個西方人面孔結伴同行，來自法國的。來自香港的則獨我一人。下龍灣清麗脫俗，可在船上也免不了俗，遊程包一個海鮮餐，說是海鮮餐卻有炸雞腿、炸春卷，嗜魚如我最愛吃的還是烤魚。

　　很多時候，我走到船的甲板望着四周群島也低頭看隨船前行泛起的白頭浪，心被洗滌也一直有所牽掛。來到一個Vung Vieng Fishing Village的水上漁村，我們換坐舢舨，也有人選划獨木舟進去。我跟兩位馬來西亞華人一條船，由一個頭戴尖頂越南帽面披彩巾的女子划船，途中穿過一個低矮的山洞，穿過

後面前忽然又豁然開朗，進入一個由峭壁包圍的湖內湖，四周山壁陡峭，長滿垂榕和蘭花。駛着駛着，見村內人就住在海上搭起的木台和鐵皮屋，也有住在船屋上，疏疏落落的人和狗，村民現在主要靠旅遊業替遊客撐船還是靠捕魚為生呢，心中響起問號但我沒有問。漁村內有一個社區會堂，其中有展覽廳展出漁民的用具和生活照，另有一幢建築讓村內小孩上小學，這些導遊都沒帶我們去看。回到郵輪上我大部分時間都是對着群山和海出神、沉思或發呆，沒有人跟我爭船頭甲板的位置除了那三數個法國人也喜歡聚在這裏。一刻，我拿出《字花》讀當期我發表的小說〈愛的塵土區〉，小說虛筆寫到你，結尾一句「放下，雖然會化為塵土，但卻是愛中塵土。」——是自我開解還是真的？大抵看到我一人常常看着湧浪，其中一個法國男子友善地跟我聊起來，他說他現在在巴黎工作，但他不喜歡巴黎，更愛他的出生地里昂，比巴黎樸素得多。我說里昂這城市我很想去，他好奇。我說我愛過的一個女子在那裏留過學，一直想去看看，但她不在我身邊了。說的時候我第一次用到「ex」來稱呼你，我想幾經痛苦我終於接受了一點什麼。繼緬甸導遊後，另一次我在異地跟人說起你。此後我將無語。

下龍灣不是所有島都可以登岸，只有被劃為「保護區」的才可以，我們登上了其中一個，從一個洞口拾級而下，赫然進入一個偌大的溶洞，溶洞裏有無數的石鐘乳、石筍、石柱，以燈光照亮着，構織出一幅幅怪誕奇異的畫面。離開溶洞來到一個沙灘，應該就是書裏說的基托夫島上一處潔白的沙灘，

一九六二年胡志明帶着來訪的蘇聯太空人基托夫（Ti Top）到此遊覽，胡志明遂將此無名島命名為「基托夫」，其實名字於我一點也不重要。我們在沙灘上稍休，沙灘上有人在岸邊游泳，有人在划獨木舟，此時的我蹲下來，拾了一根樹枝在沙上寫字，我寫上了你的中文名字，又寫上了你的英文名字，然後又寫上了「放下」和英文的「Let go」，也不在乎是否有人在看我。我好像就在這個沙灘，作了一個「放下」的決定，是時候放手了，離開時我踩在沙上塗寫的字上，字迹覆蓋着我的腳印有點化了，想像它在我離開後字迹還會逗留多久，大概一個大浪淹至便會將所有字迹沖刷無痕。足迹再深，我們每個人都只能在沙上存留一陣子。

　　說到下龍灣此行尚有一筆關於導遊或文化身分的。去河內旅行前，你一次在面書中提到當地人有不喜歡中國人的，這個我沒在意但也遇到。在去下龍灣時，領隊導遊時說到越南不喜歡中國人（她下意識瞄瞄我，全程得我一個），我唯有跟她（其實她是華人）說我來自香港，香港也受困我們也反抗着。她聽後又好像有點明白。其實混雜的身分，如何說不清。我想越南人不喜歡中國人，其中大概跟南海主權爭議有點關係，不過想想也好，他們不喜歡中國人，所以很多地方沒中文，沒有太多中國遊客，外國遊客反而多。我本人也怕甚多中國人出沒的地方。這些複雜的文化身分，又如何向他人說清呢。不過這也只是一個小插曲，我也沒放在心上。華人女導遊叫大家猜猜下龍灣一共有多少個島嶼？大家都無從猜估。她揭曉說是

一千九百六十九個。這數字怎得來？她笑笑，就因為胡志明卒於一九六九年，當地人以此作下龍灣島嶼之數，這樣說來，胡志明在越南，身前身後都可說無處不在。

▲ 下龍灣洞口

▶ 下龍灣溶洞

渡劫之行──河內之行

六、河內大教堂、雞蛋咖啡

翌日醒來，隨C和D去到有河內大教堂之稱的聖若瑟主教座堂。這是河內最古老的教堂，據說乃仿造巴黎聖母院，屬新哥德風格，門前有一聖母瑪利亞抱着小耶穌的銅像。教堂建於一八八六年，由當時主教Paul-François Puginier自行燒煉紅磚瓦片，由彩券商贊助，耗資當時約二十萬法郎建成，至今成了河內數一數二的歷史名勝。我想到不久前巴黎聖母院大火，人們的悲嘆比毀了自家家園更甚，二〇〇三年暑假我到巴黎進修法語當然曾親到巴黎聖母院，沒想到隔了十六年來到這巴黎聖母院的仿造品，本尊與分身，寄存着殖民與被殖者的關係。教堂的大門只在舉辦彌撒時才會打開，其餘時間遊客需自位於小巷內的側門進入，當日卻好像有工程進行不予開放，只能在外邊仰望，匆匆一遊。

別了河內大教堂，C和D說帶我去喝當地著名的雞蛋咖啡。雞蛋咖啡以開業於一九四六年的老店Café Giảng為正宗，店就開在老城區，一點也不難找，現由第二代Nguyen Tri Hoa傳承，仍沿用早年配方，以蛋黃取代牛奶沖調咖啡。室內座位外，門前放了幾張矮桌和板櫈，這裏雖不是巴黎，但喝咖啡路邊還是比室內好，我就選了室外一張矮桌，對着門前停泊着的一輛輛摩托車，呷我第一口的雞蛋咖啡。除原味外，現在這家店還加入綠豆粉、朱古力、啤酒、蘭姆酒等味道，但如果只能點一杯，我永遠都是先選原味，其他味道，有機會再嘗吧。後來C、D去處理自己一些業務，我便告別他們，準備在離開河

▲ 雞蛋咖啡

▶ 河內大教堂

內前多去一個地方——著名的火爐監獄，這可是C、D多次來過河內卻不曾踏足的。這樣我明白，不是人人都會從歷史角度來了解一個地方的。

七、火爐監獄

　　法國統治越南差不多一世紀，一八九六年建成了中央監獄（Maison Centrale），當地人則稱之為火爐（Hỏa Lò），為法國人興建於北越最大的監獄，囚禁當時反法國殖民的政治重犯，無數的酷刑拷問就在這「火爐」監獄裏暗無天日地進行。一九五四年胡志明推翻法國殖民在北越建國後，中央監獄成了國家監獄，收容嚴重罪犯和異見分子。一九七三年南北越

渡劫之行——河內之行

戰爭爆發，當時美國空軍全力轟炸北越，部分轟炸機被擊落，被俘的美軍就被囚禁於此，其中最知名的有上文已提過的麥凱恩。如果說這座火爐宿命地是一所大牢房，它的歷史實則也斷開幾截，昔日越南反殖者被施予酷刑，越戰時越共亦以非人道刑法對付戰犯，因其恐怖名聲，美軍稱之為「河內希爾頓」。像柬埔寨金邊的赤柬集中營、萬人塚，曾幾何時災難之現場，如今都成了展覽場所。一九九三年火爐監獄被改建成辦公大樓，只留下東南角約原址三分一大小的地方，作監獄博物館之用。博物館展出不少刑具，小如門鎖、鐐銬大如用來處決越南革命分子的斷頭台，也有犯人用的餐具、刑服等，有集體囚禁的大牢房也有單獨囚禁的地牢（cachot），置有一具具監犯人形和圖片，其中又以展示反法國殖民的革命犯為多。其中一個大牢房，兩邊長木台上各坐着一排囚犯，一條長長的連環腳枷固在木台上鎖着眾人腳踝，有的囚犯人形獨個沉思有的轉臉跟同夥傾談，牢房的盡處是太平門上面閃着綠色的「Exit」字。人已至此絕境還有心情傾談嗎？一幅真實照片記錄着，囚犯除了被鎖上腳枷頸上還戴着枷鎖。重重鐵門深鎖插翼難飛，但見一九五一年有記錄五個政治犯成功從地下下水道逃獄。到館外又見一棵杏樹，文字說明這樹與囚犯（一九三〇至一九五四這段時期）的獄中生活緊密相連，囚犯用杏樹樹皮和嫩葉醫治痢疾和腹瀉、清理傷口，用杏仁果實來增進健康，用杏枝來製造筆筒和笛；政治犯還靠在樹幹討論還擊敵人嚴密禁閉和野蠻壓迫之計，隨着時日這棵杏樹成了歷史的見證。或者人到絕境仍有逢生的希望，儘管多麼的微弱。當日遊人不多，三三兩兩

靜默地看靜默地拍照，也有不少外國人，博物館展覽文字有越南文、英文、法文，一刻我慶幸沒有中文中國遊人或者因此不多，外國人中必有來自法國和美國的，他們各自參觀這座火爐監獄時，想必又有不同的感受（如有的話）。將殘酷現場變成博物館，讓人銘記歷史，但傷痛變成展品無可避免也會變質變得輕盈，我想到文化批判家阿當諾「繆斯庵」（museum）即為「墓塚林」（mausoleum）一說，看來也是無可避免的。

就這樣我差不多來到今趟河內行程的尾聲。仍延續着我「渡劫之行」，但不再追逐某人以至於放逐。你的影子仍常常在我腦內縈繞，心仍是陷落的，好像無法執拾起自己，但好歹我是為自己而來，為自己而出走。離開下龍灣乘旅遊巴回河內市區時我真的以為自己已放下，但原來那「放下」只是一時的特效劑，藥力過後你仍盤據心頭，自此我更加知道，放下是一段漫長的路程。

因緣際會與兩個朋友相隔廿五年後再上路，但多數時候我又是獨個而行。其中一個下午，我其實去了他們準備發展小旅館的地方，在一個頗遙遠的村落，參觀時樓在起，三四層，仍像工地，要發展成他們心目中的小旅館，想必又要不短的時間。我隔着距離見D與當地人交涉，有時言談間還要用到一點技倆，有點令我不太舒服。但人地生疏，我想我又是明白的。他們由喜歡咖啡到成為咖啡專家，由經營獨立咖啡店到轉型與人合營餐飲業，路也不易走，也走了超過十年。仍在織夢，即使也有塵俗一面。而我呢？我好像已經來到給歲月打殘的地

步，一副骨牌，不動聲色，只需挑動關鍵一塊，便頹然崩塌。說實在，我已經不知什麼是對自己好（如果自毀也是其一？）我不知，我茫然，只想過或者離開，成無人知曉我過去的異鄉人。其實也不一定要去河內。只是想調節步伐，有些時間可在其他地方旅居，寫寫其他的地方。我沒條件移民，而且始終捨不得香港。我覺得自己還是很需要在兩極的鐘擺擺盪，太定下來我便死了。遠的太貴，在一些有殖民背景的東南亞國家，語言不太通，半透明地活着，好像也是另一種可能。下一站我想到胡志明走走，不再追逐你而追逐我一直喜歡的作家杜哈絲，去前再讀讀她的《勞兒之劫》，現在我必有更深的體會。

二〇二〇年九月十二日完成

▲ 火爐監獄集體監倉

▲ 火爐監獄

西貢之約

二〇一八年除夕夜，隻身在緬甸仰光，猶記入夜時烏鴉聲密罩四方，迷烏鴉曾寫下小說〈鴉咒〉，到群鴉四起，聲聲襲來，又非文字可言。

▲ 深夜時分，到 Tới Bến 吃宵夜。

二〇一九年除夕夜在胡志明市，更喜其西貢稱呼，儘管由殖民而來。其實西貢之名一直沒有離去。不僅外來人，是越南人自己將它留住。

半年前在河內，半年後在西貢。這回說是追蹤杜哈絲去了，其實不過是一個理由。迷戀的總是迷戀。

又是夜機，從機場去到市中心民宿時，已近子夜。肚子有點空，就近下街兜轉，在附近一家叫Tới Bến的當地人餐館宵夜。深宵時分，餐館仍有三三兩兩的食客，多數是本地人，坐在室外的路邊雅座輕聲細語，我也不例外；這裏不是旅遊區，侍應們不懂英語，點菜時還得用上手指頭，一兩道菜外，還點了BIA Saigon Special，綠色玻璃扁身瓶。一支不夠，再來BIA Saigon Export，想知Special跟Export有何分別。味道差不多，Export的瓶子倒是金色瘦身，高一點的。BIA，許是我第一個認識的越南語。甫下機即嘗了西貢啤酒，當地著名的333啤酒，名字來自法語的Trente-Trois（三十三），遲些當會試試。

一、市中心的城市漫行

翌日我與朋友M報了一個city walking tour，晨早八時半一個時段，下午一時一個時段，夜貓子的我，除非失眠，多數錯過旭日。中午會合前，先找了間隱世於一座六十年代舊廈的樓上咖啡店吃午餐，這家Old Compass Café也頗雅致，晚上有時會辦一些作家講座和live music。吃過午餐前去會合地點，導遊很年輕，二十出頭吧，越南名字叫Minh Loc英文名字叫Steven，自家設計路線，private tour，不帶團，這個下午，就我們三人。

首個地點，Steven帶我們來到一個法式建築舊宅邸，外牆奶油黃色，巴洛克風格，也有點中西合璧。Steven說，西貢首座電梯就設於此，可見這大宅主人在西貢曾多麼顯赫。抬頭一看，越南名字下寫上的是：HCMC Fine Arts Museum，大宅如今是西貢市立美術館。Steven以英文給我們一點歷史解說：這裏原來是Uncle Hoa's Mansion，我問此人誰也，他在我簿子上寫上Hui Bon Hoa三字，越南華人，曾經是西貢的首富，熱心公益，他說了一些數字我都忘了，只記得他舉起三根指頭，說這富商要人在西貢曾擁有「3000 houses」。後來這幢大宅交予政府，部分變身成現在的美術館。到後庭園走走，有一廢置的網球場，旁邊立着兩個人物銅像，一個想必是他說的Uncle Hoa，另一個，可能是更早於西貢發跡的華僑富商郭琰（1863-1927年）。美術館樓高三層，裏頭收藏了越南國內知名藝術家的繪畫和雕塑作品，有畫軍人與人民、婦女與農民等，

幾可預期，又頗感陌生。當代作品都是一九八〇年以後的，又未必偶然，後有幾幅抽象作品，水準一般。Steven大概以為我是藝術愛好者，又或是這些藝術品於他眼中別具意義，逗留時間稍長；走到其中一廳，有古典磨漆畫大師阮嘉智的鎮館之寶North-Centre-South Spring Garden，駐足一會，卻感應不大。倒是我對這幢建築物更感興趣。Uncle Hoa何許人呢？Steven說得那麼重要一定大有來頭，又或者他以為我們來自香港，與華人總有點親緣，首站選在這裏，也有一番心思？後來回家找，這華人富商在西貢確曾叱咤一時，Hui Bon Hoa，中文名字黃文華（1845-1901年），原籍福建廈門，二十歲時來西貢，白手興家成為著名華僑，後來加入法籍，與法人合營典當事業。黃氏家族人丁興旺，第二代黃仲訓、黃仲讚、黃仲評兄弟與父一同經營業務，當舖之外又發展房地產為主，富有亦受當地人敬重。說西貢現代美術館前身為黃家大宅（以其家族公司名號，也稱「黃榮遠堂」）其實有所簡化。原黃家大宅有四棟大樓，不是同一時間興建（次序在此略過），現在胡志明市立美術館主要包括仲訓樓及最早落成的中樓；仲讚樓曾為越南銀行，早已拆掉；至於仲評樓，越南政府則出租給人私用。這裏不惜花點筆墨，其實想說，我們聽的故事不少都是經化約的。就如導遊及一般旅遊書都不會告訴你，越南解放後，越共充公了黃榮遠堂的家具古董，原放於中堂祭祖廳的匾額亦因而失蹤。黃文華在西貢發迹及開枝散業，前後逾百年，在一九七五年黃家在越南的族人全都遷居他國，如此變化，有歷史意識的自可領會。很多東西，年輕導遊不會說，實在也不懂，最初他

說到這大宅變身美術館還好像大宅主人善心捐出，其實裏頭很多故事被封埋。一九八七年胡志明市立美術館成立，一九九二年正式對外開放，歷史翻到越南改革開放後的近章，歷史斷裂處處。

▲ 西貢市立美術館（HCMC Fine Arts Museum）

也停留得有點久。之後沿街走走，路邊風景總是吸引，有戴着三角越南帽賣生果和越南小吃的婦人、有修理車輪的個體戶等等，街頭是營生之地，有的在街角有的在大道，看來也一片悠閒。Steven帶我們到一家咖啡店品嘗當地咖啡，室內坐了不少人，有點黝暗，室外陽光下排着低矮的木桌板櫈，越南路邊雅座的特色，我們也坐下來，對着一排摩托車呷咖啡，也

跟Steven聊起天來。我對他的興趣不下於旅遊名勝。Steven人很健談，說得一口流利英語，他告訴我，原來他自學英語不過兩三年，天天看教材下過苦功，話雖如此，兩三年可以流暢如此，聽來也真有點詫異；我說香港人自小在學校習英語也少有像他流利。他很清楚英文對他前途的重要性，他又很相信知識就是力量，說自己很喜歡看書，是一本本的書不是手機上的零碎資訊。對前景抱有希望，說希望幾年內儲夠錢，可去美國讀書。陽光孩子，我想除了因為年輕和性格，也必跟越南這城市的發展步伐和時代環境有關（想到我城的年輕人，一片茫然）。

▲ Steven 帶我們到一家咖啡店品嘗當地咖啡

▲ 我和 Steven 坐在戶外矮凳聊天

　　既初次到來，名勝還是不可錯過的。旅遊書上有介紹的西貢歌劇院、市內最大教堂——人稱「紅教堂」（Red Cathedral，因其紅磚外觀而得名）或「聖母院」（仿巴黎聖母院，名字就叫Notre Dame Cathedral）當然也經過。紅教堂側面架起高高的鐵架，有建築工人站在頂上，旁邊就是法國在越

渡劫之行──西貢之約

▲ 紅教堂（Red Cathedral）

南最早的郵政總局——一八九一年落成的西貢中央郵政局。紅
教堂當日只可近觀，啟用於一八九二年的郵政局當然要進去看
看，拱形門窗、綠色鑄鐵雕花裝飾、地上鋪上的花階地磚，由
巴黎艾菲爾鐵塔的建築師Gustave Effel所設計，如今中央大廳
時鐘上掛有胡志明肖像畫，人頭湧湧，郵政局好像一個鬧市。
一排年代電話亭上掛上標示不同時區的時鐘，同步又永遠有着
時差，法國建築加胡志明加當代旅客，今夕是何年好像也無關
重要了。

　　十九世紀下半葉法國殖民越南激起越南人民反抗殖民地
運動，今天法國殖民風情可兌換成源源不絕的旅遊資本。但說

胡志明市為「東方小巴黎」也不完全流於招牌，西貢為越南第一大城，當年法國殖民定都於此，開發沼澤、闢建道路、規劃市區，也曾用心經營這塊土地；法國自一九五四年全面撤出越南，由此開始了二十多年的越南南、北分治，如今多少年又過去了，西貢今天的市容仍處處可見法國的影響。南北分治時期，西貢為美國扶植的南越共和國首都，又帶來另一片資本主義西風；雖說一九七六年南北越正式統一，今天你走在河內與西貢，還是感到空氣中的明顯分別。

當然我腳步所及只是西貢的第一郡市中心，寬闊的大道上，歐陸建築與現代化高樓，舊樓與鐵皮瓦頂摻雜，路邊攤與高級餐廳並存，整體跳躍着卜卜的城市脈動。走到胡志明市最繁華的步行大街阮惠大道，見有鐵架築起的臨時舞台，有人高高興興在綵排，為迎接即將到來的新年。沿步走一直通向胡志明市人民委員會——原西貢市政廳，昔日法殖時期的總督府。這幢法國殖民建築，正前方不遠處立着一尊胡志明全身銅像，基座上的胡伯伯一臉祥和；Steven說，胡志明生前沒來及見到南北統一，統一後人們把他的像放在西貢，跟銅像身後的市政廳同一座位，眼望南方象徵最終實現夢想。步行大街如林蔭大道又像一個偌大廣場，附近商廈林立，特別有印象的有Hotel Continental Saigon和Artex Saigon。胡志明像有靈的話，看着這些又有何感想？Artex Saigon旁見一地盤圍板，上寫VIETNAM-JAPAN，兩邊標有兩國國徽，共同發展胡志明市的鐵道項目，整個胡志明市都在發展中。二戰時日本也曾佔

領越南長達五年，日本戰敗一九四五年胡志明即宣告越南民主共和國正式成立，在河內發表獨立宣言。說來都是前塵，比越戰（1965-1975年）又更遙遠；在發展面前，歷史沒被掃進字紙簍也得靠邊站，這也實屬平常。我們常說記憶，其實一定的遺忘也是上路的恩賜，於人亦於城市。

名勝古蹟逛夠了，一邊散步一邊跟Steven聊，他知我是寫作的，特意帶我們到Ho Chi Minh City's Book Street蹓躂；這可是旅遊書鮮有提及的。長長的一條街有書店有咖啡店也有麥當勞，也有一架流動圖書車，旁邊坐着一男一女少年雕像，各自拿着書背對背挨着。我走到一家書店，書本全都是越南文我不懂，只想看看有沒有Marguerite Duras在其中，有的話帶走她一部越南譯本也不錯。Steven不大聽過這作家，書店也沒有她的書。Steven對書有一份熱忱，只是看的書不同，多是自

▲ 啟用於一八九二年的郵政局

▲ 郵政局附近的 Ho Chi Minh City's Book Street

我管理、心靈一類。說到文學書,他說也看的,我好奇 ·問,他說最喜歡的一本,是Hermann Hesse的*The Journey to the East*。我卻預感,他有天會如願展開他的西方行。

逛完書街,走過一些street food市場,Steven最後帶我們到War Remnants Museum(戰爭遺蹟博物館),此時已是下午四時四十分,離閉館時間只有二十分鐘。我們在戰爭遺蹟博物館門前來個合影,就此告別。

二、一條地道,一場煙花

翌日離開了市中心,去到胡志明市西北郊約七十公里處。當然不可徒步而去,也非私人導遊,而是登上旅遊巴士,參加團遊,導遊跟昨天的Steven完全不同,中年,他先自我介紹,名字VC,司機叫Hai,在車上briefing時可能為搞氣氛常夾些有味笑話,但有點過位,座位上的人沒甚反應,他對大家的冷淡又加一點諷刺。但講解時他還是每有內容的。在車上在馬路上搖着搖着時,特別記得他說到的摩托車數字。胡志明市本地人口九百萬摩托車有八百萬部,汽車則有十六萬輛。摩托車的數字好誇張。胡志明市西鄰柬埔寨(舊稱高棉),在Highway 22上駕車六小時便可到達。特別記得他說到四個政治人物的對應——美國總統艾森豪(Dwight D. Eisenhower)與胡志明同年生同年死,而另一美國總統甘迺迪(J.F. Kennedy),則與越南共和國(南越)總統吳廷琰同年同月(1963年11月)被刺殺身亡。這樣說來也可算中西文化比較,也可說冥冥中之巧

合。昨天參觀的戰爭遺蹟博物館，以坦克、戰機、重型機槍、炮彈、照片等陳列美軍在越戰中的罪行，但博物館雖設在市中心卻跟日常生活很遙遠，昨天的Steven今天的VC，美國掛於口頭成為談資以至有所傾慕，或者歷史便是如此，曾經慘烈流血的，經歷時間都變得輕於鴻毛。旅遊大巴濫着濫着，臨近終點VC轉了話題，說到我們的團費，經公司剋扣落入導遊和司機口袋只有幾個巴仙（此時我明白他何以一上車便介紹二人名字），言下之意希望我們多給點小費。我聽着有點不忍，也當見聞，想到昨天的Steven，同樣靠旅遊業維生，年輕個體戶善用社交媒體，比傳統替公司帶團的中年導遊看來優渥也輕鬆得多，或者這也是世代之別，擁有着不同的文化資本。駛了一個多鐘，旅遊巴停下，目的地——著名的古芝地道（Cu Chi Tunnels）到了。

　　古芝地道在旅遊書多有介紹，但親臨其中，即使只開放部分，衝擊力還是蠻大的。古芝原是一片叢林密佈的村落，後來這村落怎麼會出現幅員廣闊、深入地下的戰壕地道，大概是這樣的：自一九四八年抵抗法國時，農兵用最簡單的原始工具，經二十多年徒手挖掘出長達兩百五十公里的地道，南通胡志明市城外的西貢河，西面可抵高棉。這地道真正發揮戰爭作用還在六、七十年代的越戰期間，古芝地道成為越共的地下總部，地道縱橫交錯迂迴曲折，內有司令會議室、醫務室、廚房、手術室、軍火庫等，說是「地下村子」還更準確。地道深至三層，入口有叢林掩護不易找到，陷阱處處，農兵白天躲在地

下，晚上神出鬼沒四處伏擊，美軍在這裏屢吃敗仗，損兵折將。

　　導遊VC帶我們來到一處草坪，他拿起一根竹枝輕輕一捅，一塊草皮翻開，原來是一個陷阱，裏頭直立根根鋼尖。形形色色的陷阱，人們看着有說有笑，如今成了展品，當年可真用來捕獸擒人。VC又帶我們來到一些小土丘，看仔細上有一個個小孔洞，原來是地道的通氣孔，由一根小管子拉到地面，從外引入空氣。VC說起美軍帶着狗隻來搜索，農兵買來美國肥皂，狗隻嗅着通氣孔聞到自家味道以為是自己人，不虞有詐。（我後來想，狗兒嗅覺出名靈敏，真的那麼容易被欺騙？也無謂深究，且當故事聽聽。）

　　古芝地道作為戰爭遺蹟，如今只開放Ben Duoc和Ben Dinh兩區，窄小秘密入口處處，其中一些如今蓋上樹葉棚讓遊客進去參觀，內有農兵模型在製作炮彈、武器，有地下廚房的柴木炊具等。說到地下廚房，VC又給我們說，當年打游擊，農兵只會在清晨煮東西，清早叢林霧氣深，炊煙透過通氣孔排出混進其中，不易分辨。戰爭期間，當時在地下煮的食物也是簡單的吧，果然VC後來給遊客捧來一碟碟粗吃，其中有戰時的主要食糧蒸樹薯，供大家品嘗一下。物資匱乏，當時農民用舊車呔製造厚底拖鞋，如今也成展品，看着也不得不佩服農兵絕

渡劫之行──西貢之約

境逢生的叢林智慧。我們匆匆瀏覽，當年越共可真是深入虎穴，據說戰爭時有人在地道內生活達十年之久，堅韌真難以想像。

旅行中，第二次走進戰爭地道（一次在內蒙海拉爾，日本關東軍當年在中國東北邊境修築的秘密地道，這又是另一故事），今回也算大開眼界。地道有三層，第一層裏面尚可行走，第二層得彎着腰，第三層得整個人屈身，大概屈身鴨仔步行了四十米，已乏力了，沒走完一百米，在另一出口走出。有時，旅行體力少一點真不行。所謂「體驗旅行」，也算認識歷史吧；不過其中途經一處練靶場，區內闢作「國防體操射擊場」，提供當年打仗的AK 47、M16等步槍，VC說，大家可買子彈在射擊場上體驗一番。果然有遊客戴着滅音耳筒興高采烈地射擊，我在射擊場後隔着距離靜看，當年的炮火，今天的娛樂，槍聲雷雷如放鞭炮。射擊場旁有小賣部、紀念品店。至此我真的有點受不了，當年的殺戮戰場，今天的旅遊勝地，一切最後都成歷史反諷，一切最後都成了tourism。這未嘗不是一則「後現代啟示錄」，不僅止於一地。

參觀完了旅遊巴駛回市中心已是七時許。四周找吃，始終路邊攤才有火候，好比我們曾經有的大排檔，但更粗獷旺盛。當地的烤魚、從沒見過那麼大的老虎蝦，也叫我大快朵頤一番。吃完了在街頭逛逛，除夕夜，街上張燈結彩，熱鬧非常，小販在大道邊賣小吃，人群在廣場上聚集，深宵時分公園內大群孩童在盪鞦韆玩氹氹轉，整個市中心，鬧哄哄得異常。愈近凌晨街上愈發擁擠，摩托車在大道上水泄不通，已成一條幾乎停止流動的摩托車河。我和M想步回民宿，在人群與摩托車之間穿穿插插，寸步難行。全城擠滿摩托車為看一場子夜煙花，很簡單，但又並非不歡樂。我沒想過看煙花，可人被困摩托車陣中，此時當真見識這城摩托車的威力。終於踏入凌晨，噗噗噗，天空上綻放起一團團煙花。此時我也「疊埋心水」跟人群一起看煙花。事情常常出人意表，不至而來也可當作驚喜。無端看了一場煙花，或者也可說是「陌路賞花」。

渡劫之行──西貢之約

煙花散聚，燃它不過二十分鐘，但這二十分鐘，配合如斯城市景象，我會一直記得。

三、終於來到湄公河

在一場被圍困的煙花匯演中完結了二〇一九年。

二〇二〇年，我很欣慰來到久聞其美的湄公河。

這回又報回一個私人遊，導遊又是一個年輕人，英文也說得不錯，名字叫Tri。

先去到一個村子，坐上渡輪，淡啡色的河水泛起漣漪，兩邊都是茂密椰林。果然椰樹在這裏支撐着重要的林業。來到一個椰子工場，椰殼鋪滿一堆，有工人在剝椰殼。Tri說一棵椰樹用三年長成一生壽命有六十年，由汁到肉到殼到木等，一生都物盡其用。工場連着小賣店，裏頭也有各式椰製產品。

午餐安排了一條烤魚和一碟炸物，好奇一問，一是「Elephant ear fish」一是「Banana flower」，魚的形狀像象耳嗎原來香蕉花也可吃。跟Tri談起話來，他又說到希望兩三年內，儲夠錢希望去外國讀書。如果沒記錯，這回他說的是加拿大。遇到年輕導遊都有想望，導遊不過是他們通向夢想的中途站。閒談裏自然說起湄公河，Tri說中國現在在上游發展水庫工程影響到湄公河，湄公河水位不斷下降，也許十年後，湄公河就會沒了。

在另一個灘岸登上小艇，這回不是摩托船，河上的小艇都由村落的婦女搖櫓駛着，我想她們本來都是村落的鄉民，或者由務農捕魚轉到如今為旅客泛舟，這也許為她們帶來生計，但不知怎地，想及此心裏總有點幽憂。我也入鄉隨俗，跟搖櫓婦女一樣戴起了越南帽，湄公河真是明媚，流經老撾、柬埔寨、越南等地，怎能想像它有天竟至消失？後來回港，同年年底在「亞洲電影節」跟S看了一齣《湄公2030》，泰國、柬埔寨、越南、緬甸、老撾幾個導演各拍短片想像未來的湄公河，也談到其隱隱的消失危機。

　　越南北部有紅河三角洲，南部有湄公河三角洲；兩河灌溉陸地，有河的地方就有生命。湄公河流過多少歲月，以為生生不息，但人的造化、地緣政治的作弄，有本事毀自然於瞬間。有時人的價值，還不及一棵椰樹。

　　不是滾滾長江，而是憩淡的河流，一如我心之靜默在其上。一刻也想到杜哈絲的《情人》（L'Amant），十五歲半的法籍少女與華僑富商之子就在湄公河的渡輪上初遇；少女戴着「一頂平檐男帽，玫瑰木色的，有黑色寬飾帶的呢帽」，多少年過去了，什麼都煙消雲散，如果什麼尚在心頭，也許就是這頂帽子，以及，小說開首即蹦出來的一句：「我有一張毀敗的臉」（J'ai un visage détruit）——備受摧殘因而比年輕時更加美麗，多少人真會懂得。

　　杜哈絲少時住的地方叫沙瀝（Sa Dec），距離西貢一百四十

公里。小說中少女與中國情人常幽會的地方在堤岸，西貢第五郡的中國城。二〇一九年（轉眼就變「去年」）重讀了杜哈絲的 *The Ravishing of Lol Stein*（拉岡說L.S.是Duras創傷女子的原型），體會更深了。小說中文名字譯作《勞兒之劫》。其實原法語「Ravissement」難以翻譯，一詞多義，既有掠奪，也有迷醉之意。杜哈絲結構看似散漫，用字其實很精準。這回如果說是追隨杜哈絲而來（其實不過一個理由，無需要的），只及湄公河上；時間不夠，堤岸未去，沙瀝比預想中遙遠。這樣也好，讓一些東西留着，不要一次過耗盡，不要一次過達成。這樣我便知道，西貢這個地方，如果有命，我是必會再來的。

　　來的時候，但願湄公河別來無恙，等着我。（她涓涓流着，其實並不等着任何人。）

二〇二一年九月二十日完成

渡劫之行——西貢之約

總有些時光
在路上

作　　　　者	潘國靈
圖　　　　片	潘國靈
助 理 出 版 經 理	周詩韵
責 任 編 輯	葉秋弦
封 面 設 計	謝佳穎
美 術 設 計	Sam Wong
內 文 插 畫	郭淑怡
出　　　　版	明窗出版社
發　　　　行	明報出版社有限公司
	香港柴灣嘉業街 18 號
	明報工業中心 A 座 15 樓
電　　　　話	2595 3215
傳　　　　真	2898 2646
網　　　　址	http://books.mingpao.com/
電 子 郵 箱	mpp@mingpao.com
版　　　　次	二〇二二年二月初版
I　S　B　N	978-988-8688-28-9
承　　　　印	美雅印刷製本有限公司